考验

陈晓波 著

時代文藝出版社

图书在版编目（CIP）数据

考验 / 陈晓波著. -- 长春 : 时代文艺出版社，2021.6

ISBN 978-7-5387-6719-3

Ⅰ. ①考… Ⅱ. ①陈… Ⅲ. ①长篇小说－中国－当代 Ⅳ. ①I247.5

中国版本图书馆CIP数据核字(2021)第085995号

考验

KAOYAN

陈晓波　著

出 品 人：陈　琛
责任编辑：徐　薇
特约编辑：李一兵
装帧设计：陈　阳
排版制作：隋淑凤

出版发行：时代文艺出版社
地　　址：长春市福祉大路5788号　龙腾国际大厦A座15层　（130118）
电　　话：0431-81629751（总编办）　0431-81629755（发行部）
网　　址：weibo.com/tlapress（官方微博）　sdwycbsgf.tmall.com（天猫旗舰店）
开　　本：710mm × 1000mm　1/16
字　　数：233千字
印　　张：16.75
印　　刷：长春第二新华印刷有限责任公司
版　　次：2021年6月第1版
印　　次：2021年6月第1次印刷
定　　价：48.00元

不忘初心，方得始终。

——题记

目录

序　言

几年前，在《中国青年网》上看到一篇探讨“中国共产党为什么能永葆朝气活力”的文章，激起我创作一部小说的欲望。

什么是“朝气”？朝气喻指一种奋发进取的精神气质。《孙子兵法》里写道：“朝气锐，昼气惰，暮气归”。中国共产党成立百年，始终保持蓬勃朝气，这在世界政党史上极为罕见。

为什么能够这样？中国共产党作为“使命驱动型”政党，能够永葆朝气活力的“秘诀”，就是“不忘初心，牢记使命”八个字。

我想到了那些循着使命的召唤，朝气蓬勃、活力满满地为实现梦想目标而奋斗的中国共产党人，好多人物和事件在我脑海里闪现，几乎不用去刻意描画，都是鲜活的故事。

因为一直在市委机关从事文字综合工作，我近距离接触和服务十多位市委书记，发现他们每个人都有自己的特点。在现行领导干部选拔任用体制下，能够走上大城市市委书记岗位的人绝非等闲之辈。他们需要党组织长期培养教育、考察磨砺，一步一个台阶地锻炼成长，他们应该是中国共产党队伍中的精英，是党执政的栋梁。

有人劝我最好还是写写老百姓，文学创作要以人民为中心。我说这个道理我懂，党员领导干部也是劳动人民一员是吧，不该把他们从人民的范畴中剔出去，更不要对立起来。

也有人提醒我：不如写写反腐败题材更吸引眼球，或者写十里桃花三生三世庆余年什么的，流量销量会更好。而我坚持说：市委书记也是有血有肉的普通人，有啥不能写的。我很喜欢莫言先生的一句话，“哪怕只剩下一个读者，我也要这样写。”

于是我动笔写这部小说，写一个名叫秦丰年的市委书记。小说通过对秦丰年工作经历的记述，生动展示中共基层领导干部在新时代历史背景下不忘初心、牢记使命所付出的艰苦努力。

《考验》故事发生时间设定在党的十八大之后的2014年，地点是东北一座老工业基地城市岚集市。

秦丰年在岚集市最艰难时期接任市委书记。为尽快摆脱发展被动局面，他上任后即组织大项目建设巡检并纠正虚假不实之风，带队赴长三角进行大规模招商引资，并狠抓重点项目落地夯实；春耕时节为解决水库承包商与农民水田用水纷争，他亲自到事发现场化解矛盾冲突；为保证市民充分就业，他一方面叫停引入大型超市项目，同时建造创业大棚，免收摊位租金扶持全民创业；在处理重大安全生产事故、抗洪抢险、疑似群体中毒等突发事件过程中，他临危不惧，坚守一线，勇于担当；为保一方平安，他亲自领导与黑恶势力斗争；他早上5点开始工作，坚持“五加二、白加黑”夜以继日地操劳；他在严峻的反腐败斗争面前自觉自律，铁面无私，一身清风正气……秦丰年是我党新时代“忠诚干净担当”的共产党员领导干部代表。

《考验》旨在诠释党的领导是中国特色社会主义最本质特征，是改革建设事业取得胜利的根本保证，也是一个城市兴衰的关键因素之一；人民群众是社会财富的创造者，是推动历史前进的真正动力；东北大地正走在全面振兴的路上，虽然竞争残酷困难重重，但是东北人前进的脚步从未停止。

《考验》根植于时代生活。岚集是个虚拟的东北老工业基地城市，小说中所有的人物和事件全属虚构，但又都是在现实生活中经常出现和发生的，会给人似曾相识和亲身见闻的感觉。其中对一些违法违纪党员干部的描写，均是基于公开案例的再创作，并无具体所指。

我作为一名具有四十六年党龄的中共党员，对党满怀朴素真切的感情。我深知党内还有一些腐败分子败坏党的声誉和形象，我坚信共产党人依靠对初心和使命的执着坚守，能够以彻底的自我革命精神解决自身存在的问题，团结带领中国人民实现中华民族伟大复兴的梦想。

谨以《考验》敬献中国共产党建党百年！

陈晓波

2021 年 4 月

第一章　临危受命

4 月 20 日，**星期日**

省宾馆大会议厅，正在召开省委七届三次全会。会议的主要任务是分析一季度全省改革发展形势，研究经济稳增长对策。

省委书记在讲话中严肃地指出，一季度全省财政收入、消费、外贸、投资和实体产业全面萎缩，主要经济指标下滑到全国末位。出现这种十分被动的局面，有诸多原因，而岚集市难辞其咎！

情况是这么个情况：岚集作为人口和地域排在省内前列的特大城市，一季度在十五个地级市经济发展综合考评中名次倒数第二，严重拖了全省后腿。省委很不满意，省委书记要求岚集市委必须增强危机意识和责任意识，必须深刻反思积极作为奋起直追，为全省经济走出低谷、稳中求进做出应有的贡献！

岚集市委书记刘建超年初就离职去党校学习了，这段时间由市委副书记、市长秦丰年主持全市工作。

秦丰年，年逾五十，身高一米八十多，典型的东北大汉。他看上去体格健壮，黑红的脸颊，五官刀刻般轮廓分明，闪亮的眸子透出刚强意志。他出生在岚集属下的鄂河市，“丰年”是个有鲜明时代印记的名字。他出生那年正是国家经济困难时期，东北大旱闹灾荒，种地的农民都填不饱肚子，父母就给他取名“丰年”，期盼多打粮食不再挨饿。秦丰年高中毕业赶上国家恢复高考，他考入省工业大学，毕业分配到岚集北方重型机械厂。随着北重机械被大型国企昊宇重工兼并，壮大为岚集北重集团，他也从分厂车间主任一步步干到集团总经理。五年前组织上调他到岚集任市委常委、常务副市长，三年前任岚集市委副书记、市长。

省委全会安排一项内容，让考核排名靠后绩效不佳的城市主官做表态发言，也没别的意思，就是上台红红脸、出出汗、亮亮相，用这种方式鞭策后进。

市委书记不在岗位，这一巴掌便狠狠打在秦丰年的脸上。

他第一个被点到名字，尴尬地走上主席台右侧发言席，耷拉着脑袋，用僵硬的语调念事先准备的发言稿，深刻检讨工作不足，主观努力不够，表示迎头赶上的决心。他平时说话嗓音洪亮，一张口就跟吵架似的，这会儿却压低调门儿，黄豆粒大的汗珠子顺着黑红色的脸颊往下淌，白衬衫前胸后背都溻[①]透了……

对自尊心极强的秦丰年来说，这十分钟表态发言何止是丢人现眼，简直是极其痛苦煎熬。

会后，秦丰年被叫到宾馆一间会客室，省委副书记赵喜亮约他谈话。他心里知道谈话内容。

赵书记开门见山，郑重地说：“丰年同志，省委决定任命你为岚集市市委书记。刘建超同志待党校学习结束后另行安排工作。明天省委组织部去你们那儿宣布省委的人事任免决定。同时，岚集市委副书记李静亭同志拟提名市长候选人予以公示。省委对你、对岚集市委班子寄予厚望啊！”

秦丰年说：“谢谢省委对我的信任和对岚集的关怀！”

① 溻（tā）：东北方言，浸透。

赵书记又说："岚集在全省地位举足轻重，历史上最好的时候，你们市经济总量占到全省40%多是吧，现在呢？仅占到全省的15%，实在说不过去，最低也该达到25%啊。你们人口占到全省四分之一，经济的贡献率最低也要达到这个限度。岚集市各项指标上不来，咱们省没办法翻身；你们要是能够大幅度跃升，全省也就会有新突破，所以丰年啊，你的任务很重！"

一般情况下，市长接任市委书记应该是惯例。对省委的决定，秦丰年没感到突然。他神色平淡，言语坚定自信地表示："请省委放心，俺们明天就召开市委工作会议，传达贯彻省委要求。我呢表个态，一定尽职尽责，倾力而为。如果到年底岚集还是这个熊样，我就主动请辞，给好人让地方！"

秦丰年从省宾馆出来已经5点多了。在宾馆院里碰到几位省直部门和兄弟市领导，都知晓他接任岚集市委书记，一致表示祝贺。多人留秦丰年吃了晚饭再回岚集，他一一谢绝。

从省城到岚集百余公里路程。东北高速车流量不像南方发达地区那么大，吴大军把时速固定到一百二十公里每小时，一路疾驰畅行无阻。

秦丰年坐在车上闭目沉思。当好几年市长了，他知道眼下岚集面临困境是由多种复杂原因造成的。过去当市长，前面有市委书记把关定夺，他只要干就是了。一个城市的领导体制架构中，市委书记是"一把手"。坚持党对地方工作的领导，必须发挥市委领导核心作用，而在市委集体领导中必须维护市委书记的权威。秦丰年知道怎样摆正自己位置，能够做到自觉服从、顾全大局，补台不拆台，到位不越位。可如今不一样了，从今天起，自己成了这座拥有四百多万人口城市的市委书记，担责无限，任重如山！

秦丰年摇下一半车窗让空气流通，然后点一支烟边吸边琢磨，很快在头脑中形成个会议思路。他拿出手机，给市委常委、秘书长周国庆打电话。

秦丰年指示："国庆啊，马上下通知，召开市委工作会议。你记下，明天上午 8 点半开会，会期两天半。会议内容是传达贯彻省委七届三次全会精神，总结一季度、研究部署二季度工作。参加人员：市委委员、候补委员，市人大副主任、政府副市长、政协副主席，市纪委常委，不是市委委员的县市区长，市直部门党组书记和重点企事业单位党委主要负责人。会议日程：第一天上午传达省委全会精神，省委组织部来宣读省委人事任免决定，参会人员扩大到市直副县级以上领导干部；下午和第二天全天，拉练式巡视检查重点项目建设，请各县市区做好迎检准备；第三天上午，各县市区和市直部分部门“一把手”述职，邀请部分人大代表和政协委员参与民主测评；最后我作会议总结。省委全会精神请纪委胡杨书记传达，有传达提纲。我的总结讲话，自己拉几条先讲着，会后再整理印发。告诉静亭书记，半小时后在小餐厅碰下头儿。”

周国庆说：“好的，我马上安排。”

秘书长是市委日常工作的总管，也是市委书记的重要助手。周国庆曾经在县区当过“一把手”，知道书记对秘书长的要求。如果算上秦丰年，他辅助三任市委书记了。

下高速进入市区还不到 6 点，天已经麻麻黑[①]了。

岚集是个山水相宜的城市。夜幕刚刚落下，街路华灯齐放，城市整体亮化工程显得生动璀璨，穿城而过的锦兰江流光溢彩，江中音乐喷泉伴随着欢快的乐曲水花飞舞。四周的山上也有景观亮化，岚集的夜晚景色很美。

市政府大楼坐落在滨江路边上，楼顶竖立着“富民强市、振兴岚集”八个大字，金光闪闪。车驶进政府大院，周国庆和几个人已等候在机关食堂门前。

周国庆笑着迎过来说：“秦书记回来了。”

秦丰年应了一声说：“啊，没宣布呢，不可以随便叫吧。”

① 麻麻黑：东北方言，天色初暗；微黑。

周国庆说："今儿下午东西两院儿[①]都传开了，这是水到渠成、板儿上钉钉的事儿。"

岚集市政府机关事务管理局[②]刘局长说，"已经把书记办公室收拾妥当了，新置了一套办公桌椅，是不是给您换一台新电脑？"

秦丰年边走边说："不用换新的，把我现在用的搬过去就行。有点儿饿了，肚子里空落的。静亭书记来没，一块儿垫补[③]口吧。"

市政府机关食堂有大、小两个餐厅。小餐厅供市长和秘书长用餐，饭菜和大餐厅差不多，主要是方便领导吃饭时谈工作。秦丰年每天三顿饭几乎都在食堂吃，每顿饭都是"工作餐"。

秦丰年和李静亭见面时握下手，两人相对笑了笑，心照不宣，眼神里全是信任。

秦丰年吃饭比较个性。因为饭量大，有位保健专家建议他通过多喝水减少饭量，防止吃多了发胖。他饭前先要咕咚咕咚地喝一大海碗茶水，再用大海碗把饭菜拌一起狼吞虎咽，中间喝个小瓶矿泉水，吃完饭再喝个小瓶矿泉水。十分钟结束用餐。然后边抽烟边说事儿。跟秦丰年一块儿吃饭没有人细嚼慢咽，全都火燎腚似的。

几个人边吃饭边商量明天的会议。

李静亭拿出手机给秦丰年看了一段小视频，小声说："你前几天布置的事儿已经办妥了，两院儿督查室到县市区暗访，收集到第一手资料[④]，电视台编辑个短片。你看看吧，今年项目建设情况不好。"

秦丰年说："嗯，我知道，是很不好！"

---

① 东西两院：市委办公楼在政府的东面，习惯称东院，政府是西院。

② 岚集市政府机关事务管理局：政府部门，负责市直机关后勤保障工作。下文简称"事管局"。

③ 垫补：东北话"吃"的意思。

④ 第一手资料：通常比喻最原始、未经改动的最真实的信息。

周国庆汇报说："市委办正分头通知，发明传电报同时打电话。明天市委组织部负责接待省委组织部领导。省委组织部常务副部长马利群和地方干部处孙处长来。如果他们在这儿吃晌饭，您最好陪一下。会上宣读完省委决定之后，您有个表态讲话，稿子在这儿。"

秦丰年告诉周国庆："这个会原则上不许请假，谁要请假必须写书面假条由静亭书记批准。会场后墙拉一条横幅，写上'树立危机意识，强化责任担当，加快实现岚集市全面振兴奋斗目标！'你们斟酌，字大点，看着醒目、提神。"

研究完工作已经9点多了。秦丰年回到市长办公室坐了一会儿。他在这间办公室待了三年多时间，要离开还真有点儿恋恋不舍。他对吴大军说："这几天开会你不用跟着我了，领几个人收拾东西准备往东院儿搬。主要是把那些文件处理好，该存档的存档，该销毁的销毁。把书全搬过去。"

吴大军是位军转干部，曾经在部队当副营长。现任职务是市政府办公室秘书科副科长，主要为秦丰年服务，集秘书、司机、警卫责任于一身。

秦丰年问吴大军："你想不想跟我到东院儿？"

吴大军说："领导信任我、需要我就跟您过去，听组织安排。"

秦丰年说："跟过去可以，但是不能立马提拔，你可要想好。跟着我没什么便宜可占，没黑没白的只有挨累，你可要想好。"

吴大军笑着说："在您身边工作吃苦挨累也是一种享受，跟着您呢每天都觉得有奔头、有意义。提不提拔我不在意，我天生不是当领导干部的材料。最担心的是工作不能让领导满意。"

秦丰年说："那就再跟我一段时间，你在我跟前儿是个好帮手。"

秦丰年换上运动鞋跑步回家。他坚持每天早晨或晚上跑步。从市政府到他居住的小区约五公里滨江路，他通常二十分钟跑到家。

这个时候滨江路上还有好多慢跑和遛弯儿的市民。

吴大军跟着秦丰年一起沿着江边跑，他要负责领导的安全。三年前的一天晚上，秦丰年在江边跑步时突然受到暴力袭击，右后背被攮了一刀，那是朝要害处下手，只是扎得不深。幸亏吴大军在身边儿，一人干倒了三个受雇行凶的壮汉。打那儿以后，每当秦丰年独自出行，吴大军更是寸步不离左右，必要时还得通知沿途执勤民警一同提高警惕，保护领导。

第二章　郑重承诺

4月21日，星期一

秦丰年起早转了几个早市，了解市场物价和管理情况。丰林湖这几天解冻开湖，早市上卖“开江鱼”的多起来。他认识一个鱼贩子，在他的鱼摊儿买条大鲤鱼。

那鱼贩子也认识秦丰年，大声嚷嚷道：“还是市长识货，这可是真正的丰林湖野生鲤子啊，身条细长，红鳍红尾金鳞，很少见了。别人我卖三十五元一斤，秦市长买我收你三十元一斤。”

秦丰年说：“那就谢谢啦。”他付了钱，让吴大军把鱼用塑料袋装好放到车后备厢里。

秦丰年回市委食堂吃早餐，又到机关浴池冲个热水澡，去理发室让老佟师傅整理一下头发。

老佟原来是国营理发店职工，二十多岁就调到市政府机关为领导理发，一晃快四十年了。如今他承租了机关浴池理发室。老佟是位传统的理发师傅，习惯用剪子剪头发，用老式的剃刀刮脸。秦丰年很享受让老佟刮脸：先将“手巾把”[1]焐到脸上热敷，用胡刷往脸上抹肥皂泡，“啪啪啪”地荡刀[2]，剃刀锋利得可凌空断发，然后“唰唰唰”地刮脸，非常舒服。老佟也就会理光头、平头和分头三种男发，分头又分中分和旁分。秦丰年是三七开的旁分，头发稀疏，需要吹风定型再喷点发胶。拾掇完照照镜子，立马显得容光焕发。

老佟说：“秦市长，我这个月初就过了六十周岁生日，该退休了，可是事管局说一时找不到合适的人来替我，你说咋整？”

秦丰年笑道：“都嫌这儿挣得少是吧。你要是愿意干，我和事管局说，把理发室继续租给你咋样？”

老佟乐呵呵地说：“那感情好，说实话我真舍不得这儿呢，挣不挣钱无所谓，你们几位市长的头型我熟啊，闭着眼都能给你弄利整[3]的。再说了，现在满岚集城也找不到几把刮脸刀了，都用电动剃须刀，谁给你刮脸啊。”

上午8点30分，市委工作会议在市直机关会议中心召开。这个会既是全市党员领导干部大会，也相当于一次扩大的市委全委会。与会者按要求着正装出席，千人规模的会场座无虚席，气氛庄重。

主席台上坐着三个人，中间是省委组织部常务副部长马利群，秦丰年和李静亭坐在他的两边。

李静亭主持会议。他简要讲了这次会议的任务、议程、重要性和要求，之后抬高声调说道：

“下面，我们用热烈的掌声，请省委组织部常务副部长马利群同志宣读省委决定并讲话。”

马部长站起来行个礼，然后坐下来，拿出讲话稿宣读：“同志们，省委决定，秦丰年同志任岚集市市委书记，刘建超同志不再担任岚集市委书记、常

① 手巾把：过去理发店用热水蒸过后供客敷面的热手巾。
② 荡刀：刮脸刀钝了，在荡刀布牛皮面上反复磨几下叫荡刀，即可恢复锋利。
③ 利整：东北方言，干净利索。

委、委员职务。这次人事调整，是省委根据工作需要，经通盘考虑、反复酝酿、慎重研究做出的决定。”

马部长对秦丰年给予很高评价，说他政治立场坚定，党性观念和大局意识强；思想解放，有组织领导和驾驭全局能力；作风务实，勇于担当，推动工作有力度、有韧劲；勤奋敬业，踏实肯干，团结同志，清正廉洁。秦丰年担任岚集市市长以来，认真贯彻落实省委、省政府和市委各项决策部署，大力推进改革，推进依法行政，优化营商环境，维护社会稳。

马部长话题一转说：“当前岚集市正处于全面振兴的关键时期，既面临困难也存在机遇，希望秦丰年同志团结带领市委一班人切实加强政治建设，坚定不移调结构、促转型、惠民生、保稳定，领导岚集高质量发展，在全省加快振兴中站排头、挑大梁！”

马部长讲话结束话音刚落，全场便报以热烈掌声，而且掌声持续了很长时间。

李静亭继续主持说：“下面请市委书记秦丰年同志讲话。”

秦丰年站起来给大家行礼后并没有坐下，他拿起话筒站在台上讲，嗓音响亮：“我拥护省委决定，服从省委的人事安排。省里对我市寄予厚望，我们要把思想和行动统一到省委、省政府的要求上来。岚集确实处在振兴的关键时期，我们召开这次工作会议，就是要认真贯彻省委七届三次全会精神，研究管用招法扭转被动局面。”

秦丰年表示：“我要坚持全心全意为人民服务的执政理念，不忘初心，牢记使命，把全市人民对美好生活的向往作为竭尽所能为之努力奋斗的目标。我已经和省委领导打了‘保票’，如果年底岚集在全省综合评测中进不了前三名，我就主动辞职。”

秦丰年讲话言简意赅，铿锵有力。全场再次响起热烈掌声，那掌声传递出一种众望所归的期盼。

岚集发展落后不光省领导着急，广大干部群众也着急。这个城市的发展状况是啥样，这个城市的主官怎么样，群众的眼睛是雪亮的，心里也跟明镜似的。这掌声是对秦丰年的信任和期待。

会议继续下个议程，由市纪委书记胡杨传达省委七届三次全会精神。

秦丰年同马部长离开主席台，进了会议中心休息室。二十年前，他俩曾是省委党校后备干部培训班同期学员，后来在工作中一直保持很好的关系。

秦丰年诚恳地说：“利群部长，下午回走呗，我陪你吃晌饭，有些话想跟你好好聊聊。”

马部长说：“今天不行，下午有个会要我主持，必须赶回去。丰年，今儿会场的气氛挺好，看来省委的决定符合岚集干部群众的期望。”

秦丰年脸上显出无可奈何的表情，说：“利群部长，岚集的情况你知道，现在是最难过的时候，要爬坡过坎儿，我这是受命于艰难之际，尽力而为吧。”

马部长说：“这几年你是施展不开，好在还打下一定的基础，也看透了一些人，这回你放开手脚干吧！”

秦丰年点点头说：“岚集有很好的自然资源和产业基础，有很好的干部队伍，还有四百多万勤劳的岚集人，没有理由发展不起来。给我几年时间，一定让岚集有新面貌，让岚集人的生活质量提升到新水平。至少得让我在岚集踏踏实实地再干三年，千万别一年半载的就考虑换人。我不在意提拔到副省级什么的，只想安心在岚集干点事儿，请省委给我一点儿时间。当然，如果到年底扭转不了局面主动辞职我也是认真的，说话算数！”

马部长说：“现在地方主官换得比较勤，很多人还是愿意当‘流水’官的，主官换得勤提拔也相对快，有你这种想法的似乎不多。”

秦丰年身上有种老国企干部的特质。岚集北重集团曾经是全省工业企业的一面旗帜，以其“管理严格、工作细致、务实重行、快速高效”的厂风而闻名。秦丰年这位北重集团高管出身的领导干部，继承了从严、务实、干事儿撒楞[1]的做派。他用管理企业的方式管理城市，用北重作风要求下属。他想干的事儿一定要干成，他所承诺的话丁是丁卯是卯，说到做到。

① 撒楞：东北话，表示快速、麻利、熟练的意思。

第三章　项目巡检

考古学家认定岚集为满族发祥地之一，历史上曾经是北方重镇。

清朝好几位皇上到过这旮旯儿：老罕王[①]努尔哈赤来打仗，灭了海西女真扈伦四部其中的两个部落，获得大片疆土；皇太极曾经来此围猎，据说捕获一只大麋鹿，制成鹿角椅，就是保存在沈阳故宫博物院里的那个稀世珍品；康熙皇帝东巡时在锦兰江上检阅过水师营；相传乾隆爷也来过岚集。岚集是北方的一座历史文化名城。

新中国成立后，岚集曾经有过一段辉煌的历史。计划经济时代，这里工业化率高达70%，而且很快进入重化工业阶段，产业包括能源、机械制造、化工、冶金、建筑材料等等，号称“门类齐全”，是国家基础原材料基地。那时候，岚集国有企业占比达90%以上，四十万产业大军几乎都是全民所有制[②]和大集体[③]职工。

那时的岚集威风八面，赫赫有名。

而如今，岚集是“起重机吊灯草——不值一提”了，也可以说“细麻绳

---

① 罕王：罕王与汗王是一个意思，都是少数民族的首领。
② 全民所有制（企业）：又称为国有企业，是指财产属于全民所有的商品生产和经营单位。
③ 大集体：是指县和县以上部门举办的城镇集体所有制企业、事业单位。

拎豆腐——提不起来”了。这座东北老工业基地城市如同一匹精疲力竭的老马，在狂奔中落在马群后头，经常被作为“东北现象”的典型由学者和记者说长道短。

岚集也在拼命追赶，全市上下把招商引资和项目建设作为摆脱困境的出路和希望。

4月21日，下午

市委工作会议开始对全市重点项目建设进行巡视检查。

东北四月是冬春交替的季节。经过寒冷而漫长的冬天，进入四月之后，气温开始回升，但乍暖还寒。早春的风袭人不犯水，吹开了锦兰江上的冰层却依然阴冷，所以常言讲要“春捂秋冻”，千万别过早脱了棉衣不慎伤风感冒。

东北的四月又“最是一年春好处”，不仅风细柳斜、万物复苏，也是各地招商引资项目建设集中开工的时节。四月初，岚集就举行了隆重的全市项目建设开工仪式，掀起新一年项目建设热潮。这次巡检要对各县市区项目建设进行检察评估并大力推进。多年来，四月巡检已经成为例行的推动工作落实举措。

市委办租了一辆五十六座大客，参加巡检的人——岚集市各级单位的一把手差不多都在这辆车上。另有一辆SUV在前面引路，一辆中客拉工作人员和媒体记者。

岚集市辖乌图、昌平、船坞、丰林四城区和永嘉、吉岗、长林、鄂河、抚桦五县市，还有个国家级高新技术产业开发区。各县市区都要准备两个投资亿元以上项目接受巡检。

巡检第一站到离岚集城约三十公里的永嘉县。

开始大客车上很安静，谁都不吱声。秦丰年让司机把车内音响打开，拿起话筒板着脸说："你们啥时候学的'一本正'[1]了？都挺能装是吧。谁讲个段子大伙听听。"

这一动员可好，车厢立刻活跃起来。

文旅局长刘和平笑着说："你不发话谁敢吱声啊，现在是市委书记了，俺们往后在你面前都得绷着点。"

秦丰年瞪他一眼，说："刘和平少扯，我堵你嘴了？就你那大嘴岔子能憋住才怪。"

刘和平原是市话剧团演员，习惯衣着整齐，发型讲究。他很会保养，快六十的人没有一丝白发。

刘和平接过话筒说："那我就先讲一个。首先声明，本段子纯属虚构，千万别对号瞎琢磨。说有只蝎勒虎子[2]掉进了鳄鱼池，让鳄鱼逮住了要吃它，这蝎勒虎子急中生智，抱住鳄鱼大喊：'你可是我亲爷爷呀！'鳄鱼一愣，立刻哭着说：'可怜的孙子啊，你咋瘦成这模样了！'"

车厢里有了笑声，大家都把目光集中到昌平区委书记宋虎身上。宋书记身材瘦小，外号"瘦虎子"。他知道刘和平是拿他开玩笑，一把从刘和平手里抢过话筒，接着讲了一个笑话，把黑头发的刘和平绕进去了，让他吃了个哑巴亏。秦丰年和满车人哄堂大笑。

刘和平正要还击，信访办唐晓明主任先站起来了，这人才四十出头，却是一头白发，看上去比刘和平还老。他从宋虎手里抢过话筒说：

"我讲个有趣儿的。说唐僧师徒四人去西天取经，走着走着唐僧觉得闷了，便拿徒儿寻开心，说八戒呀，你跑两步给为师看看呗。八戒有点儿蒙，说徒儿不懂，为啥要让我跑两步呢？唐僧说，为师从没吃过肥猪肉，还不能看看肥猪跑么。"

---

① 一本正：即一本正经，原指一部合乎道德规范的经典，后用以形容态度严肃，面容端庄，郑重其事，有时含讽刺意味。
② 蝎勒虎子：也称壁虎、四脚蛇。

段子没什么笑点，但大家也都笑，还有人起哄：“跑两步，跑两步。”市人大常委会副主任朱明利坐不住了。他人很胖，还姓朱，唐主任讲的段子有影射他的故意，大圆脸立刻涨得通红，喊道：“唐晓明你等着，我和你没完！”

秦丰年与大家一起说笑，他的亲和影响着一车人的情绪。

这些人平时面对下属都很注意自身形象，行为举止不走板儿。这是一帮高智商、高情商、特精明的人，说话充满智慧且不乏幽默感，难得有机会在一起轻松地开个玩笑。

秦丰年是个十分严厉、特别较真儿的人，眼里不容灰，重大原则问题不讲情面。但他也有十分宽容随和的一面儿，能与对撇子[①]的人袒露胸襟，喜欢热闹，特别爱打篮球，善于营造轻松愉快的氛围。

大客车开进永嘉经济开发区。

永嘉县离岚集市城区最近，能更多承接中心城市产业辐射，相比较其他县市有区位优势。每次巡检都能在永嘉县看到好项目。

在一个项目现场，县委书记许凤云作简要汇报。她像个专业导游，言语流利有节奏感，让人听清她讲话的层次。今年永嘉县有八个亿元以上项目，其中在建的五个，新开工三个。眼前看到的是“年产五千吨单晶硅拉棒、切片项目”，去年开始投资建设，现已进入机器安装调试阶段。总投资十亿元人民币，年底竣工投产，建成达产年销售收入十五亿，利税总额六个亿。

永嘉县另一个是新建的防火铝塑板项目，引进陕西一家企业投资。产品是一种环境友好型阻燃装饰材料，应用于各行各业。岚集市有铝材和聚氯乙烯等原材料，就地加工市场竞争力强。建成投产后可实现年产值二十亿元，利税三亿四千万元，安排五百多人就业。

巡检第二站是长林市。长林地处锦兰江上游、长白山区向松辽平原过渡的前缘，森林、矿产资源丰富。

---

① 对撇子：东北方言，意为合得来，脾气相投。

长林参加巡检的项目，一个是望云山生态旅游景区。望云山山势陡峭，临江而起，显得高大秀丽。山体为花岗岩构造，有“十峰八洞”景观。园区内的综合服务楼、特色种植观赏采摘园、满族传统民居体验区、野外拓展区已有雏形。另一个项目俗称“石头纸”，一种以石头为原料的新型纸。长林境内有高品质石灰石，是生产“石头纸”的好原料。这种纸生产过程不需要大量耗水，也不产生废气、废水及其他有害废弃物，具有可降解、可回收再利用、防水防潮、书写印刷性能好等特点，价格比同类产品高 20%，有良好市场前景。

第二天巡检，鄂河市的食用菌生产加工、抚桦市的乡村物流产业园、高新区的新能源汽车等项目，都给大家留下深刻印象。

项目建设巡检车马劳顿紧锣密鼓。所到之处，工地上塔吊林立，彩旗飘扬，无不呈现热火朝天、大干快上的生动场面；车间里机器轰鸣，生产线高速运转，一派繁忙景象。总体上看，全市重点项目建设成果斐然，形势还不错。

一路上秦丰年倒是平静。他只管看项目，听汇报，没有多问也不评价，没有表扬也不批评。

头天上午在大客车上讲段子的情景再没有出现，特别是后半程，巡检气氛压抑，给人感觉怪怪的。

过去的巡检几乎都是一路兴高采烈。各地方尽情发挥，充分展示项目建设成就，各县市区的主官们夸夸其谈，谁都不甘下风。巡检是实际考察县市区党政领导班子政绩的一个时机，也是给隔天述职测评展示一个好的印象。

而这次巡检没有那么多欢声笑语。虽然大面儿上看还不错，但是秦丰年脸色不好，一瞅他拉拉个黑脸，大家就笑不出来。

有时候秦丰年沉默不语比放开嗓门吼更吓人。

以往，这样例行的项目建设巡检，就是热热闹闹地走过场。谁都知道是咋回事，可谁又都装作不明白是咋回事。每年都这样，习惯了便以为是，以为真。

一天半时间，将各县市区推出的二十个投资亿元以上的大项目巡检一遍。市电视台的记者全程拍摄，并按领导要求，连夜赶制出一部项目巡检的短片儿，要在明天市委工作会议上播放。

第四章　记名投票

4 月 23 日，星期三

上午，市委工作会议在西林宾馆会议厅继续进行。议程有两项：各县市区委书记和市直相关部门[①]“一把手”述职并进行民主测评；最后由秦丰年作会议总结讲话。

参加会议的人员，增加了部分人大代表、政协委员和市民代表，请他们来主要是参与民主测评，给述职的领导干部打分。

过去领导干部述职一年进行一次，只在年终时算总账。秦丰年主持工作后把规则改了，变为每年四月、八月和十二月底各述职一次，让领导干部经常处于民主监督评测之下。到年终依然算总账，综合三次测评数据，对领导干部业绩做出实事求是的评价。

还有一点改变更为重要，就是根据测评结果实行“末位淘汰”。县市区和市直部门年终综合评测排名最后两位领导干部，将责令其辞职。也就是说，每年将有两位县市区“一把手”和两位市直部门主要负责人因政绩不佳而辞职。所以，这样的述职测评就不是简单的例行公事，变成一种领导干部能上能下、

① 相关部门：这里是指与经济工作有关联的部门。

优胜劣汰机制。

述职之前，播放了两个有关项目建设情况的视频。第一个是这两天项目建设巡检纪录片，十多分钟，剪辑得很好，二十个项目精彩纷呈，看了让人备受鼓舞。之后又播放了一个拍摄效果很差的短片儿，结果让大家瞠目结舌……

这个片儿拍摄内容大体上与这次巡检的地点、项目一样，拍摄时间为4月15日，也就是巡检一周之前。秦丰年指示市委和市政府督查室联合对各县市区上报的重点项目进行暗访。工作人员用手机拍摄项目现场，综合整理成这个短片。

两个短片一比较，暴露出惊人的差别。

主持会议的李静亭首先讲话，一针见血地指出问题所在。

李静亭说：“我来告诉大家，从这两个短片中看到了什么。在这次巡检的项目中，有五个新建项目一周前还没有动工迹象，巡检时看到塔吊耸立、大小车辆聚集的场面，是临时组织应付巡检的。有三个在建项目，一周前大门关闭，现场空无一人，巡检时看到的场面也是不真实的。有两个已投产项目，一周前还没有生产，巡检时看到运行的生产线和车间工人是临时安排的。据后续跟踪的同志反映，上面提到的这些项目，巡检的人前脚走，随后就演戏似的散场了。还有的项目汇报的数据与实际不符，投资额度没有超过亿元也拿来凑数。也就是说，我们看到的项目，有一半虚假不实！请相关县市区领导在述职时说说清楚！”

全场鸦雀无声。不知是谁的手机没有静音，央视《新闻联播》开头乐曲的铃声突然响起来，半天才停止……

秦丰年平静地注视着台下，接过李静亭的话茬儿平静地说：“各位述职的时候就别报豆腐账了，好吧，主要讲工作中的不足，讲差距在哪儿。我们这个会议要解决的问题之一，就是狠煞弄虚作假、自欺欺人的不实之风！”

述职顺序是先县市区后市直，每人发言不超过十分钟。

许凤云播音主持般的表述富有感染力。她是个强势的女干部，当永嘉县长的时候秦丰年就赏识她。永嘉县各项工作处于全市中上游水平，许凤云述职底气十足。

长林市委书记杨立春在台上讲话一贯风趣自如，这人能说也能干。长林连续多年在岚集市经济和社会发展各项指标考核中名列前茅，而且在全省十强县市中综合实力排名第二。长林每年都有新项目梯次开工、续建、投产。长林市的工作秦丰年不操心。

吉岗市委书记刘树东述职以检讨为主。他承认："吉岗推出的两个项目都是应付巡检的，其中一个项目投资只有一千万人民币，今年还没有投资亿元以上新项目。吉岗市招商引资已经到了黔驴技穷的地步，好不容易谈成一个投资八千万的中成药制剂项目，花钱做前期，地都征了，结果还是让省内另一个城市给撬走了。人家比咱们舍得'割肉'让利，恶性竞争啊！煮熟的鸭子就这么飞了。说到底还是我们工作没到位，功夫不到家。"

鄂河市委书记李常友坦白说："我们生猪屠宰及深加工项目，对外宣传已经建成投产，其实没有。主要是猪源不足，生猪收不上来，不具备连续生产的条件。本来配合这个项目组织农民养了几万头猪，但今年市场猪肉价格疯涨，而我们收购价格低，猪都让外地人来高价收走了。为应付巡检，现抓了几百头猪……更为严峻的问题是，鄂河市的项目储备为零，没有新项目接续。招商引资实在太难了，我说过，谁能来鄂河投资，让我管他叫爷都行！"

在巡检中弄虚作假的地方主官都做了深刻检讨。他们知道在秦丰年面前甭想蒙混过关，什么情况他都洞若观火。而整治虚假不实之风正是秦丰年新官上任烧的"第一把火"。

述职发言之后，工作人员分发民主测评票。测评票按"德、能、勤、绩"四个方面、十八个小项评议打分，满分为100分。

填好票之后采取记名的方式投票。

记名投票！让与会人员惊叹不已，这又是起啥幺蛾子[①]？过去这类测评都采取无记名投票的方式啊。

不知道从什么时候开始的，地方党委政府差不多所有会议需要投票事项，全都采取无记名的方式进行。

当然，无记名投票有无记名的好处：似乎可以放心表达自己的观点和选择而不用担心任何打击报复，对投票人是个保护。可是因为不记名，有人压根儿不把投票当回事儿，不负责地随意填写，如同儿戏；也有人借机整事儿，完全从个人好恶出发投“报复”票、“关系”票，反正也不知道是谁投的。

类似民主测评这种无记名投票，基本上就是走一个严肃的过场，很难反映真实情况，也无法根据测评数据做出准确公正评价。

记名投票情况就不一样了。每张票都要签个人名字，测评表上的信息都是公开的，你给每人打了多少分一目了然，你是敷衍了事还是认真负责一目了然，你是肯定赞赏还是否定放弃一目了然。

这种投票的方式大家还很不适应，有点儿无从下笔。每个参与测评投票的人都非常慎重地填写测评票，对每位述职的领导干部都认真思考，填写票就用了很长时间。计票也麻烦许多，也用了很长时间。

---

① 幺蛾子：方言，这里意为出新招，使新点子。

第五章　施政演说

秦丰年做市委工作会议总结讲话。

会场很安静，安静中隐匿着期待。

这次市委工作会议信息量足够大了，多个新闻不断地刺激人们敏感的神经：秦丰年履新、揭露项目建设弄虚作假、民主测评实行记名投票……最后还有秦丰年的这个总结讲话。

人们很想听听他的履职宣言。前天在会上那只是个一般性表态，今天才是他正式的施政演说。

秦丰年翻开自己的32K活页笔记本，上面有他昨晚熬了一宿，一字一句写的讲话提纲。他当市长时就形成习惯，一般讲话不念稿。除了在人代会上做政府工作报告、个人述职报告和对上的工作汇报之外，他在市政府各种会议上的讲话，都是自己在活页笔记本上拉提纲，按照提纲的思路临场发挥。

秦丰年语气平和地说："正式讲话之前，先跟大家解释两件事儿：一个是我今天讲话事先没印材料，因此请各位做笔记，没带笔和本儿的管工作人员要，这次给你准备了；另一个，刚才民主测评采取记名投票的方式，我的主意，各位常委都同意。以后凡是市委需要投票决定事情，按规定可以记名的都采取记名的方式，能公开的都对党组织、对社会公开。党员领导干部就应该坦坦荡荡、无私无畏、公开透明地表达自己的观点、意见和选择。下面，我作这次会议总结。

“同志们，这次市委工作会议就要结束了。会上，传达了省委七届三次全会精神，进行了重点项目巡检和干部述职测评……”

秦丰年对会议情况进行简要概括总结之后，讲了五个问题。

第一个是关于巡检项目弄虚作假的问题。秦丰年说：“这个问题很严重。相关同志做了自我批评，把事情说清楚、认识到错误的严重性，下不为例好吧。大家必须牢记，诚实是为官最基本的要求，我们干啥都得实事求是，一是一二是二。我今天不批评不处分任何人，还要向大家做检讨。这样的虚假现象过去有没有？早就有，我也知道有，可睁一只眼闭一只眼过去了。招商引资确实难，市里一年组织两次大项目巡检，每次都要看新东西，哪有那么多投资亿元的项目啊？没有咋整？上面催得紧，巡检要过得去，只好弄虚作假，这也是出于无奈吧。多数同志工作尽力了，我心里清楚。所以我向大家做检讨，‘大将无能累死三军’，全市项目建设运作得不好，我有直接责任。这里我再次重申，以后再发现谁摆样子造假象，说假话报假数糊弄人，坚决依纪处理！”

现场好多人松了口气。秦丰年没发脾气反而进行自我批评，让大家始料不及。

秦丰年接着讲第二个问题：关于加快发展与全面振兴。他说：“有些道理必须经常讲，牢记在心。比如，以经济建设为中心是兴国之要，发展仍是解决我国所有问题的关键。岚集市作为老工业基地城市，振兴的出路只有一条，那就是一定要比别人更好更快地发展。现在全国、全省各地都在谋划、推进高质量发展，城市间、区域间竞争越来越激烈。我们是滚石上山、爬坡超越，不进则退、慢进也是退。在发展上，必须牢牢抓住‘第一要务’，坚持讲‘硬道理’，每位同志都要进一步增强高质量发展的危机感和全面振兴的紧迫感、责任感。”

第三个问题是关于经济转型和产业升级。那么岚集到底应该咋发展呢?秦丰年说:“多年来我们一直在喊‘腾笼换鸟’,想抛弃重化工业去搞轻工业、房地产、金融、高科技,可成效不理想。有的地方产业笼子腾空了,可鸟儿没进来。对我市来说,最靠谱的办法是将现有产业做到‘精细化’。比如炼钢,只要精准控制炉温、杂质含量及合金材料比例,制成精品钢,售价至少提升四成,还有利于扭转国家精品钢材大都依赖进口的局面。比如机械制造,只要提高螺丝、螺母和轴承用滚珠质量,就能制造出精密机床替代进口。比如化工,把材料杂质含量控制在万分之一以内,就可生产出符合精细化工要求的原料。还有纺织业,只要线头少点儿,纤维密点儿,布匹品质就能提升一大截,从而占领高端服装面料市场。总之,让原有的东西哪怕都进一小步就是产业升级,就是创新。我们要把走‘精细化’产业提升之路作为岚集今后调整结构和招商引资的主攻方向。”

秦丰年讲的第四个问题是关于二季度重点工作。他强调:“首要任务还是招商引资和项目建设。后天就组织一支比较大的团队去长三角招商。各县市区,市发改委、经合局、商务局等部门要协同努力,争取这次招商有大的斩获。”

市委书记是党的地方执政者,对于一个城市很重要。人们愿意相信,岚集因为有了秦丰年这位市委书记,一定会有新作为、新发展、新气象。

上午市委工作会议结束,下午秦丰年回东院主持召开市委第三十六次常委会。会上研究通过了《岚集市党政代表团赴长三角学习考察方案》《关于进一步改善岚集营商环境的意见》等文件。这些文件由相关部门起草,事先报送各位常委审阅修改,然后在常委会上讨论通过,成为市委决策。

所有议题都研究完了,会议要结束时,秦丰年问周国庆:“咱们市委办这边儿谁篮球打得好?”

周国庆想了想说:“静亭书记是位高手,绝对能打主力,我呢实在没人也能凑个数。市委办有几个年轻的不错，加上您，组织个球队不比政府办那边弱。”

秦丰年说：“李静亭就别指望了。你张罗人，明儿晌午就干一场，听说纪委挺厉害是吧，就跟他们磕[1]。胡书记敢不敢较量？”

胡杨笑道：“打篮球没问题，没听说过‘东风吹、战鼓擂，纪委打球服过谁？’不过我得和俺们队员说好喽，手下留情别赢太多，一定给书记面子。”

秦丰年马上回应道：“老胡你先别吹牛，输赢明天咱们球场见。”

周国庆说：“找个室内球场吧。”

秦丰年一摆手：“不用，就在院儿里球场打，让机关工委把球场收拾收拾，买副新篮网换上。”

开完常委会，秦丰年来到市委1号楼他的办公室。

1号楼共四层，四楼是常委会议室、休息室和设备控制机房；三楼是书记、副书记、秘书长办公区。书记办公室在最东边，依次为秘书长办公室、常委秘书室、小会议（会客）室和副书记办公室。一、二楼是市委办的办公区。

秦丰年的办公室装饰得非常简朴：进门处放一套简易沙发用于会客，能坐五六个人；里面是很普通的办公桌、靠背椅和两组书柜；桌面上有电脑显示屏、两部座机电话、文件盒和小支架党旗国旗；对面墙上挂幅字画，隶书体“忠诚干净担当”，是岚集市书法家协会一位副会长送给他的；棚顶上是两组日光灯管，墙角有台立式空调；墙壁新刮的大白，沙发是新购置的，屋里稍微有点儿装修的气味，窗台上摆着几盆绿萝。

吴大军正和市委办工作人员往书柜上摆放书籍，吴大军说：“领导，宋姨来电话让你今晚回去吃饭，说是你家老太太的意思。”

秦丰年说：“嗯，告诉你宋姨，我回去吃饭，8点左右到家。”

---

① 磕：东北方言，干、打的意思。

第六章　慈母之忧

秦丰年家住昌平区江湾花园8号楼。这是他在北重集团当老总时买的房子。江湾花园小区建在锦兰江边，绿化得很好而且容积率不怎么高，居住环境比较舒适。8号楼是座带观光电梯的小高层，他家住在五楼。

秦丰年的母亲喜欢江边湿润的空气和园中的树木花草，秦丰年就依着母亲一直住在这里。

秦丰年的母亲姓董，名淑敏，一辈子从事教育工作，退休前是岚集市一所重点中学校长。秦丰年的父亲也是个老师，七岁那年他刚上小学的时候，父亲和母亲都在鄂河一中教书，遇到了“文化大革命”，父亲在动乱中不幸意外身亡。后来秦母没有再嫁，她从鄂河县城搬到岚集市，一个人把儿子拉扯大。秦丰年结婚前母亲家就是他的家，结婚后他家也是母亲的家。

秦母已过古稀之年，身板儿硬朗，耳不聋眼不花，能上市场买菜，自己做饭干家务活。儿子当企业老总、做一市之长，她从来没有“母以子贵”的优越感，就是一个喜欢跳广场舞的老大妈。家里曾试着请过两回家政服务，还找过一回钟点工，可是没干几天都让老太太给撵走了。她说雇用别人来做家务感觉不习惯。还有一点她更在意，固执地认为雇佣人做家务就是认为她没啥用了，这让老太太很生气。

秦丰年平时早出晚归，很少在家里吃饭。秦母自个儿或是和儿媳宋春梅两个人时，尽是粗茶淡饭。只有秦丰年回家吃饭，一家三口才多做几个菜改善伙食。不是老太太吃不起，而是她吃得清淡讲究。秦丰年不然，特别愿意吃香的喝辣的。

今儿春梅做了四菜一汤：鸡刨豆腐、红烧肉、摊黄菜、炒青椒土豆片和虾仁萝卜丝汤，都是秦丰年爱吃的家常菜。

饭前，秦丰年照常先“咕咚咕咚”喝一大碗茶水。

秦母拿来一瓶 56 度“坂山烧锅酒”，说：“今儿个喝点白的。”

秦丰年笑道：“老娘知道我想酒喝了。”

秦母说：“当市委书记了，给你夸夸官。前儿个电视报道开干部大会，你讲话前和完话之后全场鼓了半天掌，我就问春梅，你说丰年是不是人缘儿还行？”

春梅在一旁说：“哎呀妈呀，当市委书记责任更大，更累、更不好干了！”

秦母倒了两杯酒，举起酒杯和儿子碰一下，语重心长地说：“丰年啊，娘这两天睡不着觉呢，老是想有两件事儿得跟你唠唠……你别嫌老娘磨叨。我先喝一杯。”

娘儿俩喝了口酒，秦丰年说：“老娘有啥尽管说，我仔细听着。”

秦母看着秦丰年说：“这第一件事儿，为官要干净！不管你当市长还是书记，一定不贪不占不敛。咱家不差钱儿，你在北重集团时挣过年薪，我有退休金，春梅现在比你挣得多，我孙子浩然从小到大学习好，没上过补习班没花过择校费，考上清华还拿奖学金，所以咱家不缺钱。只要你不贪钱敛财，做事儿腰杆儿才硬，说话才有人听。”

秦丰年点头说：“老娘说的是，我一定记住！”

秦母接着说：“这第二件事儿，要有防人之心。你到市里工作五六年了，脾气暴没少得罪人是吧，特别是挡人家官道断人家财路，那可都是大仇大恨。所以千万要小心，不能光有前眼没有后眼，没事摸摸你后背上那块疤，那年要不是吴大军，你还有今天……”

老太太有点儿激动，说话略带哽咽，自个儿喝了口酒。

秦丰年连忙劝说：“老娘放心，我会谨慎做事，注意提防，儿子是福相，好人好命，啥事儿都顺当。”

秦丰年给老娘酒杯里添满酒说：“这杯酒敬老娘。我平时瞎忙没时间陪您，还让您老牵肠挂肚的，是儿不孝。以后我多回家吃饭，其实我爱吃老娘做的饭菜。我干了这杯！”

秦母说：“跟你磨叨磨叨就感觉轻松许多。我知道这些话都是多余，可是憋在肚子里不吐不快，说出来心里头就敞亮了！”

吃完饭，秦丰年坐在客厅沙发上看电视。春梅端来一盆热水让他泡脚。

秦丰年和宋春梅结婚二十多年，相濡以沫没红过脸儿。当年秦丰年大学毕业分配到北方重型机械厂当技术员，他师傅宋志成的女儿宋春梅也刚好大学毕业分配到北重职工医院。经师傅介绍撮合，两人开始谈对象，然后结婚，有了儿子秦浩然，忙忙碌碌、恩恩爱爱地走到今天。在宋春梅眼里，秦丰年不仅是自己的丈夫，也是她崇敬的男人。她已经习惯了做这个“职业革命者”的妻子，典型的贤内助。她很为自己的男人骄傲。

春梅对秦丰年说：“浩然要毕业离校了，你该抽空和他聊聊找工作的事儿。”

秦丰年说：“嗯，浩然给我打过电话，说他要应聘到昊宇重工科创中心当工程师，六月中旬面试。我看浩然没问题，这小子起点比我高。”

春梅笑着说：“那当然了，你只是省工大普通本科生，咱儿子是清华大学硕博连读，差老远了，哈哈！还有，咱们该去看看小晓了，昨天他妈妈给我打电话说，小晓想宋妈和秦爸了，那孩子主要是想你。”

秦丰年说：“好好好，周末一定去看他。”

第七章　走访纪委

4 月 24 日，星期四

东院儿有个水泥地面儿的篮球场。闲置一冬天没人打篮球，两个篮球架子孤零零地立在那儿，篮圈上挂着破烂的网，机关干部私家车停放在场地上。

市委书记张罗打篮球，机关党工委书记古中杰乐了。

古书记是市委机关老人儿，多年来一直做党务工作，抓机关建设。他自己也搞不清楚现在东院儿的干部怎么了，没有精气神儿，组织个文体活动老费劲儿了。过去机关讲求“团结、紧张、严肃、活泼”，那八个字不仅是毛泽东为中国人民抗日军事政治大学题写的校训，也是各级党政机关追求的完美境界。可是现在呢，机关死气沉沉的，缺少精气神儿。

古中杰领着机关党工委干部一顿忙活，清理球场上停放的汽车、画场地线、换篮网、找裁判。还特意跟各部门打招呼，中午没事儿都出来看球给捧捧场。

市委办凑齐了十人球队。一说打篮球不少人都说自己可以，争着要上场，周国庆最后选定十个人。秦丰年忙三火四地吃口饭，换上运动服到球场热身，也和其他队员熟悉熟悉。

东北四月春寒料峭，天儿还有点儿冷。球员们全穿着长袖运动服，外面套个背心儿，市委办是红背心，纪委是黄背心。秦丰年穿 10 号球衣，人们习惯地认为穿 10 号球衣的人投篮很准。

球场四周围了好多人。各部门头头脑脑的都来看球，或是出于好奇，也是对领导尊重吧。传说秦丰年篮球打得如何好，二十多岁时在北重篮球队打过替补，防守凶狠、进攻有篮儿，大家伙儿要见识见识。还有个看点：纪委球队在东院儿可是独占鳌头，无人能敌，看他们今天能不能赢有秦丰年的市委办球队。

秦丰年和球队一起做准备活动，跑篮儿、传接球、定点投篮。他很快看清楚每个人的能力，确定了首发阵容：市委副秘书长、办公室主任李仲打大前锋，周国庆打小前锋；市委办赵国军打中锋，孙革打组织后卫，这两人在岚集市少年体校篮球班训练过，半专业水平。自己打得分后卫。

那边纪委球队看上去很齐整，上场队员都一米八以上，年轻力壮，训练有素，他们曾在市直机关篮球赛中多次拿冠军。胡杨书记是老球皮子，现在打不动了，当场外指导。

一声哨响比赛开始。第一节前半段双方都谨慎，偏重防守，开场三四分钟没进球，光看着双方来回呼呼跑。秦丰年以一记三分球打破僵局。投三分球是他的特长，状态好的时候，能保持 20% 左右命中率。这个进球引起场外齐声叫好。

第二节进入正常攻防节奏。秦丰年又显示了另一个强项：连续三次突破上篮得手。别看他身体略微发胖，但依靠强壮的体魄和灵活的身手，很容易突破得分。这又引来喝彩。比分渐渐拉开，半场结束，34 ∶ 24，市委办领先 10 分。

秦丰年边擦汗边走到胡杨跟前说：“胡书记，咱们可是说好的不打假球。”

胡杨说：“秦书记呀，一点儿没掺假，真打不过你们。”

嘴说是不掺假，胡杨还是提醒部下：书记投篮时候别真的封盖，抬手比画一下就行；突破也别硬拦着，注意保护好领导，千万别摔倒了，这水泥地摔一下可要命了。

秦丰年一直在场上拼抢、防守、远投、突破、助攻，无所不能，在他的带领下，最终市委办球队赢了纪委球队 8 分。秦丰年打满全场让围观的人折服，别说球打得好赖，他那种满场飞的拼劲儿就非常有感染力。

打完篮球，秦丰年换了身衣服去市纪委走访。打球是一种相互认识的方式，走访才是正题。

在纪委常委会议室，秦丰年与纪委中层以上干部见面。刚过市委这边来，按常规要到各部门走走，串个门儿，认认人儿。

秦丰年先开个玩笑说："头一家就想到纪委，听说你们球队挺厉害，便先切磋切磋球技，一不小心还赢了，不好意思啊胡书记！"

胡杨不服气，说："呵呵，头一回打球，俺们必须让着书记，下次就不客气了。"

秦丰年笑道："我知道，今儿场地不好，你们都躲着我不争不抢的。下回找个馆儿咱们再比一场，真玩儿的。打篮球好啊，锻炼身体，活跃机关生活。和你们打球，我看到纪委有很强的团队意识、凝聚力和集体荣誉感。你们投进一个球，场边的人都呜嗷地鼓掌，呐喊加油。也看出来你们不大服气，是吧？我喜欢不服输的性格，打比赛就是要赢得胜利，这是一种正确的处事态度。"

胡杨说："俺们还得好好练，一冬天没活动了，体力也跟不上，等俺们好好练练哪天再战。丰年书记来纪委视察指导工作，给俺们讲讲吧，大家都愿意听你讲话。"

秦丰年说："纪委工作十分重要。你们谁知道，我国最早的'纪检委'产生在哪个朝代？"

有人回答："秦代。"

秦丰年说:“不错，始于秦代。秦灭六国统一中国后，设立御史大夫掌监察。汉代叫御史台，明清为都察院。名称不尽相同，但职能基本一样，都是对各级官吏及执法部门的言行进行监督，享有皇上赐给的最高生杀权。如今的纪检监察机关，肩负着维护党的章程和其他党内法规，检查党的路线、方针、政策和决议执行情况，协助党委加强党风廉政建设和组织协调反腐败工作的繁重任务，你们很辛苦的。”

胡杨说:“职责所在，无所谓辛苦。”

秦丰年又讲:“反腐败斗争永远在路上。持之以恒正风肃纪，就我们岚集来讲，一要强化廉政教育，防微杜渐，让党员干部知敬畏、存戒惧、守底线。二要着力整治眼目前儿的腐败，真抓真惩，利用我们的防控体系及早发现主动出手，不要等上级来巡视指出问题再去被动处理。纪委从年初开始做了部署，在全市打一场反腐败攻坚战役。咱们要定期召开正风肃纪警示教育大会，及时向全市通报案件查处情况。三是靠制度加强对党员领导干部日常管理监督。四是打铁必须自身硬，这句话既说给我自己，也说给今天在座的各位。”

秦丰年停顿了片刻，不紧不慢地说:“我在这儿告诉大家，我那儿就有举报信，指名道姓反映个别纪检干部徇私枉法，利用特殊地位谋取私利。同志们啊，执纪违纪、执法犯法是多么可怕的事情！你们是反腐败斗争的最后一道堤坝，这道坝要是垮了，后果不堪设想。”

纪检干部们都屏住呼吸听秦丰年讲话，他们知道市委书记讲的事情不是空穴来风，反腐败的职能部门出现腐败，那真是很可怕、很严重的问题。

秦丰年接着说:“昨天晚上，我老娘跟我‘约谈’，叮嘱我要当个干净官儿，我心里很不是滋味。过去母亲送儿子当兵上战场，担心的是儿子的性命。如今儿子从政也让母亲担忧，她忧的是领导干部腐败，这也是人民群众普遍的担忧。大家打开电视看看，到书店去看看，涉及所谓‘官场’的影视作品、长篇小说几乎全是反腐败的事儿。所以我讲党员领导干部要做新时代职业革命者，对吧，做纯粹的布尔什维克，坚决杜绝腐败发生！”

在场的纪检干部被秦丰年的情绪所感染，为他的讲话鼓掌。

在现实复杂的社会生活中，党风廉政建设和反腐败斗争形势严峻。严肃纪律、严惩腐败，需要很好落实党委的主体责任和纪委的监督责任，而市委书记的态度、决心和自身廉洁至关重要。

秦丰年讲完话，胡杨代表纪委表态，他说：“丰年书记过市委这边来，第一家走访就到纪委，说明对纪委工作高度重视。请丰年书记放心，市纪委班子和全体干部，一定恪尽职守，在岚集强化不敢腐的震慑，扎牢不能腐的笼子，增强不想腐的自觉，而且我们要进一步加强自身建设，通过不懈努力换来岚集风清气正的政治生态和干事创业的良好环境。”

4 月 26 日，星期六

秦丰年去江北人民医院看望一个叫小晓的患白血病的男孩儿。

小晓七岁，刚上小学一年级。小晓的爸爸妈妈是扬州高邮人，十年前离开三垛镇农村老家，来岚集在江北的浴池当搓澡工。都说“扬州搓背，天下一绝”，两口子靠搓澡挣钱在岚集买了商品房，落了户口，还把儿子送进江北最好的乌图区第一小学校。不幸的是，小晓得了急性淋巴细胞性白血病，住进医院。

江北人民医院就是原来的北重集团职工医院，国有企业剥离办社会职能时划给了乌图区。宋春梅现在是这个医院的肿瘤科主任。

春节过后的一天，宋春梅查房，见到入院不久的小晓一个人默默地坐在床上。孩子张着黑亮的眼睛看着查房大夫和护士，眼角挂着泪珠。他昨天第一次化疗，幼小的身心承受了一般人难以承受的痛苦。小晓表现得很坚强，没有大声哭泣。但事后央求妈妈，说什么也不做化疗了！小晓一星期化疗一次，两次为一个疗程。

小晓身边放着书包，护士说：“孩子要写作业，可是手连拿笔的力气都没有，急得直哭。”

宋春梅问护士：“怎么是小晓自己啊，他爸爸妈妈呢？”

小晓马上说：“爸爸妈妈去上班了，我自个儿可以的，有事情按铃儿，护士阿姨就会来。”

宋春梅说：“小晓真乖，小晓现在住院呢，可以不做作业，等病好了再做好吗？”

小晓轻轻抽泣起来，很委屈地说：“我做不了作业了……主任阿姨，你说了算是不是，别给我化疗行吗？别给我治病了，治病要花很多很多钱，我家没有那么多钱……还有，我特别害怕化疗。阿姨，别给我化疗了，我要是死了，就把眼睛捐献给需要的人，我的眼睛很好看是吧？我都想好了，但是不敢跟妈妈说……”

宋春梅把小晓抱在怀里，含着眼泪说：“小晓，你会好起来的，阿姨保证，一定治好你的病，让你回学校去读书，去和小朋友们一起做游戏，一起快乐地长大。”

宋春梅把小晓的事儿跟秦丰年讲了，这个强硬的东北汉子竟然红了眼圈。他说：“咱们资助小晓治病，就当是自己的孩子病了。”

秦丰年这是第三次到医院看望小晓。小晓管宋春梅叫宋妈，管秦丰年叫秦爸。小晓喜欢解放军，秦丰年就给他买各种玩具兵器。

小晓已经过四期化疗，血象指标有好的变化。小晓的情况得到区民政部门和社会慈善机构关注，加上秦丰年的资助，医疗费用有了保障。医院制定了周密的治疗方案，在化疗的同时间插靶向治疗。

秦丰年在医院陪小晓玩了半个小时，亲手给他装配一支玩具枪。他和孩子在一块时能够显露出慈父般的爱与耐心。

秦丰年问小晓：“告诉秦爸，你怎么会想到要捐献自己的眼睛呢？”

小晓说：“我在电视上看到的，有好多志愿者都要把自己的眼睛捐给失明的人。”

秦丰年拉着小晓的小手，告诉他：“以后不要说让爸爸妈妈和大家伤心的话，你一定能好起来的，你会长成一个英俊的大男孩儿，将来成为像‘战狼’一样勇敢的战士！”

小晓说：“我一点儿都不想死，就是特别害怕化疗。”

秦丰年说：“小晓加油！相信宋妈，相信医院大夫和护士阿姨，他们会治好你的病。秦爸出差去上海，要给小晓带啥礼物呢？”

小晓说：“我想要一支神奇的枪，能打败白血病魔的枪！”

第八章　飞往南京

4 月 27 日，星期日

经过几十年改革开放，伴随经济全球化潮流，中国沿海城市成为承接国际产业转移和外商投资的前沿，在那里形成了很多“两头在外”“大进大出”的制造业生产基地，中国也因此被称作“世界工厂”。而类似岚集这样的东北内陆老工业基地城市，则主要寻找沿海沿边地区产业扩散的机遇和余富资金，因此“珠三角”“长三角”和“京津冀”成为其招商引资主攻区域。

岚集市组成四十多人的党政代表团赴“长三角”考察学习，实质是展开一次大规模招商活动。

秦丰年亲自挂帅当团长，副团长是市委常委、常务副市长杨智忠，成员包括十个县市区主要领导、市直相关部门负责人和几个重点企业老总。秦丰年当市长期间，要求各县市区政府都要选派有能力的后备干部常驻“长三角”定点招商、挂职招商，这些干部为此次集中招商做了充分准备。

都说“新官上任三把火”，那么这场“蓄谋已久”的大招商，算是秦丰年当市委书记之后烧的第二把火。

12 点多，秦丰年和杨智忠、吴大军到了兴隆国际机场。其他代表团成员已在候机大厅集合，他们乘坐的 N 航班机下午 1 点起飞。兴隆国际机场位于省城与岚集市之间，为两市一千多万人口服务。

这次招商要去的首个城市是南京。计划到南京后先参观考察两个大型现代化商住区，当晚在南京鸿城集团总部召开招商推介会，邀请金陵百余位知名企业家进行商务洽谈和项目对接，现场签约两个大项目。其中一项是鸿城集团在岚集投资三十亿建景观智能商住区。鸿城集团董事长钱鸿城和秦丰年是好朋友，在南京的招商活动主要由鸿城集团协助张罗。

12点30分，服务员提示说可以安检、登机了。这时机场吕书记急匆匆地进来，说先别急着登机，由于航空管制，飞机不能按时起飞。

秦丰年问："那什么时候登机啊？"

吕书记摇头说："说不准，也有延误几小时的情况。"

秦丰年有点急了，说："南京那边活动排得紧凑，今晚又去那么多企业家，我们要是不能按时到场，不仅见面洽谈项目对接泡汤了，岚集的信誉也完了。"

12点55分，机场广播通知："飞往南京的N航班机的乘客，13点45分登机……我们对飞机延误给您带来的不便深表歉意！"

秦丰年让吴大军赶紧通知钱鸿城，参观智能商住区就不下车入户观看了，一走一过看个大其概就得了，挤出半小时。晚上招商推介会再往后推迟半小时，这样就把乘机耽误的时候补回来，千万别让客人干等着。

还好，14点飞机轰鸣着飞向蓝天。秦丰年长长地舒了口气。

国内航班经济舱前后座位间不宽敞，秦丰年大个子伸不开腿，每次乘坐飞机都得预订第一排或者是紧急出口旁边的座位，空间稍微大一点儿。

杨智忠挨着秦丰年坐，有点自责地说："都怨我没安排明白。出门坐飞机应该打出些空余时间，出现点啥情况也容空儿[①]，省得着急上火。"

秦丰年说："这事儿怨不着你，纯属意外。老杨啊，我琢磨哈，市财政增加一块招商引资专项资金，在年初预算安排五百万基础上再增加三百万，保障

① 容空儿：东北话，时间宽裕的意思。

招商引资工作需要。还有啊，市财政出钱，根据招商引资的投资额度，按一定比例给予事关结构调整和未来发展后劲儿的重大项目贷款贴息补助。咱们财政状况不咋好这我知道，但是勒紧腰带也要拿出一笔钱，这是咱们对投资者的一种姿态。”

杨智忠说：“书记说的是，钱要花在关键处，即便贷款扶持重大项目也值得，拿一只鸡换一头牛，划算。”

秦丰年说：“那你就跟财政局研究一下，提出几条实打实的扶持政策，提交市政府常务会讨论。事先要跟静亭同志汇报，听听他的意见……”说着说着脑袋一歪，依在座椅上睡着了。

飞机降落在南京禄口机场，钱鸿城亲自带一辆大巴来迎接。

南京是一座充满魅力、充满活力、充满潜力的现代化城市。既是“六朝古都”、“十朝都会”，又是华东交通、通讯枢纽和国家重要综合性产业基地，为泛长三角地区承东启西的门户。

岚集党政代表团在南京考察了鸿城集团两个景观智能商住地标性楼盘。钱鸿城在车上详细讲解景观智能商住区集“共享、多元、智能、艺术”为一体的设计构思，介绍鸿城引领时代商住新潮流的成功经验和楼盘典范，让人眼界大开。

秦丰年对钱鸿城说：“商住小区景观化，形成文化艺术特色好理解，智能化是个什么情况？”

钱鸿城说：“所谓智能化就是将多元化的信息服务集成，从而整体改善商住区管理手段，提高物业服务水平，提供更好的安全保证。具体来说要形成计算机网络、家居智能布线、有线电视、可视对讲、视频安防监控、出入门禁、电子巡更、车辆出入管理、小区物业管理等十三个系统，实现小区管理智能化。”

秦丰年对岚集代表团人员说：“看到了吧，咱们的商住区建设和人家的差距有多大。景观化、智能化是商住区建设的方向，往后咱们岚集市开发建设新的商住区都要朝这个方向努力，达不到标准要求的坚决不批，坚决不建！”

晚5点，在鸿城总部的宴会厅里，召开岚集市招商推介酒会。

秦丰年首先上台致辞，详细介绍岚集的自然状况、资源优势、产业基础和营商环境，诚恳邀请南京企业家到岚集投资兴业。

之后，南京市企业家与岚集市代表团成员进行广泛而务实的洽谈。有十几个项目事先已经做了大量工作，这次由企业与地方主要领导见面，差不多就是一拍即合了。

宴会厅所有电视屏幕反复播放岚集市风光宣传片，气氛热烈。正式签约两个项目把酒会推向了高潮。除鸿城景观智能商住区外，另一个是中凯新源集团的碳纤维复合新材料项目，投资十亿八千万亿元，项目落在岚集高新区。

秦丰年端着酒杯和前来参加招商推介酒会的南京企业家逐个握手问候，亲切交谈，诚心诚意地邀请他们到岚集作客。吴大军跟在他旁边挨个人分发名片。这次出来招商秦丰年印了五百张名片。这有点儿不合常理，一般情况下，市委书记个人信息是保密的，秦丰年却像个推销员一样散发自己的名片。

酒会用的三种酒都是岚集地产酒。白酒是岚集产的“坂山烧锅酒”，曾经是清朝打牲乌拉上贡的宫廷御酒；红酒是一款名叫“兰吉”的阿根廷品牌酒，红酒制造商是地地道道的岚集人，打算回老家建酒庄；啤酒也是岚集的地产品牌。

有几个县区领导溜边儿，端着酒杯说着什么。秦丰年走过去低声训斥：“你们是客啊，来看热闹是吧！赶紧去找企业家谈啊，和人家交朋友！这么好的机会都不把握，领你们来干啥呀？”

酒会开得隆重热烈而且富有成效，一批新的合资合作项目在酒会上达成意向。

第九章　常州星云

4 月 28 日，星期一

一次招商如同一场战役，既有总体战，也有攻坚战。南京的招商推介会首战告捷，然后代表团便化整为零分头行动：秦丰年带一路人去常州、苏州和上海，杨智忠带一伙人去杭州和温州，还有人去无锡、宁波开辟战场。

钱鸿城派一辆商务车给秦丰年使用，吴大军开车，一路导航。

从南京到常州走沪宁高速，大约两小时路程。在车上，秦丰年同岚集高新区管委会主任邹国栋商讨与常州星云科技合作的问题。

常州星云科技有限公司是一家人工智能制造企业，其主导产品智能消防机器人刚刚投放市场。星云科技有意与高新区合作，在岚集建分厂，做东北地区生产基地。

邹国栋说：“咱们市江东机械厂有研制工业机器人的能力，还有两所院校有智能机械研发队伍。如果把星云科技的智能机器人引进来，可带动智能制造业发展。岚集缺少这样的高科技企业。”

秦丰年说：“项目挺好，合作门槛儿也高啊。”

邹国栋说：“可不是咋地，他们提出咱们必须先购买五十台消防机器人及专用运输车等辅助设备，大约出资五千万左右。一方面打开当地市场，更重要的是看政府有没有诚意。智能机器人产业刚起步，需要政府支持，星云科技很在意这个。”

秦丰年呵呵一声，说：“企业在意的是占领市场和多赚钱。不过咱们也确实需要这样的企业和产品，得好好跟他们揉扯[①]。”

星云科技老总叫陈志强，原是一名矿山救援设备专家，他带领团队利用十年时间研制智能消防机器人，获得二十多项国家专利，产品量产还不到两年，但发展势头迅猛，全国好多城市都争着让星云去办厂，给出许多优惠条件和扶持政策。

在星云科技厂区，陈志强陪同秦丰年观看智能消防机器人实战演练。只见两个消防员对着手里的遥控装置呼叫，用语音指挥四个消防机器人进入“火场”。消防机器人外形像个小坦克，履带传动，能爬四十五度坡上楼梯。机器人拖着一条水管快速行驶，喷水枪扬程高达四十多米。它有自我降温保护装置，可最大限度靠近火源，在浓烟和有毒环境中施救。

陈志强脸上带着得意的笑容。这样的演练他操持了无数遍，但是每次看还是激动不已。他说，有了这些智能消防机器人，再不用消防战士冒着生命危险去赴汤蹈火。

双方进入实质性谈判。

陈志强强调：“我们产品很抢手呢，订单排到了年底。来找我们合作的城市也好多。我们坚持合作的先决条件，就是要购买一定数量的产品，这是个原则。”

邹国栋说：“这是笔数额较大的政府采购，我作为高新区管委会主任说了不算。这回秦书记来谈，相信会有好结果。”

秦丰年边听陈总介绍边在活页笔记本上记着写着，他接过邹国栋的话头说：“很高兴认识陈总，你把智能消防机器人做得这么好，令人佩服！岚集愿

① 揉扯：东北方言，意思是反复地揉搓，摆弄。

意与星云科技合作，我也愿意交你这样的朋友。我讲三个想法，你看中不中。

“第一，我买你二十台消防机器人。为什么要买二十台？根据岚集的实际需要。我拿其中十台装备市消防支队，另外十台给五个城区消防大队各备两台。平时分散使用，遇到大火集中使用。至于你说的五十台这个数，我可以帮你做工作，比如让各县市和友邻城市也购买你的机器人，动员大企业也买，结果肯定不止五十台，我可以打保票。

“第二，我建议你在岚集建立星云科技的东北区总部。着眼长远战略布局，别光建组装厂，还要建研发和营销中心。你现在去岚集投资建厂，我有现成的标准厂房可免租金给你用两年，两年后可续租，也可找块地新建，给你政策优惠。我再给你一个建议，在岚集以生产智能消防机器人为主，同时还可以开发智能管廊巡检机器人、化工安全生产巡检机器人等等，我们市还有很好的研发团队与你合作开发新产品，开拓更宽阔市场。

“第三，今年你在岚集市的销售走你集团总部的账，从明年开始，在岚集生产销售产品，营销统计和税收留给当地。”

陈志强站起来和秦丰年紧紧握手，激动地说：“秦书记真是爽快，讲得实在透彻，就按您的意思办，听您的，听您的！我这个人吧，搞技术的出身，缺乏企业经营的战略眼光，您这番话让我心里敞亮！过了五一我就去岚集签合同。良禽择木而栖，东北我就投奔您去了！”

秦丰年说：“岚集欢迎你！智能机械制造肯定是未来的一个新兴产业，咱们一同抓住机遇，抢占制高点。具体事项高新区邹主任留下和您详谈，抓紧落实。我呢还要去苏州，就不和您多聊了，但愿咱们合作成功，合作愉快！”

陈志强非要留秦丰年在常州住一宿，至少要吃顿饭喝顿酒。秦丰年说：“酒一定得喝，但要等到项目投产机器人下线的时候。”

离开星云科技总部，秦丰年随便找个街边小店吃口饭，然后上沪宁高速赶往苏州。

第十章　七里山塘

4月28日，下午

3点钟左右，秦丰年到达苏州，住进山塘客栈。

苏州可是一座有两千五百多年历史的古城。春秋时期称为“吴市”，闻名各诸侯国，汉代富甲一方成为东南大都会，隋朝大运河开凿促进繁荣，明清更是鼎盛之时。

山塘街是苏州的地标，唐朝大诗人白居易所建，长约七里，故称“七里山塘”。白居易不仅是个大诗人，官儿也当得相当好。在杭州做刺史时修建白堤，在苏州做刺史时开凿了山塘河，河道在古城内蜿蜒穿行。山塘河的开凿和山塘街的修建，便利了灌溉和交通，把这一带变成繁华市井。苏州百姓感激白居易，把山塘街称之为“白公堤”，还修建了白公祠作纪念。

秦丰年欣赏白居易，既喜欢他的诗，也佩服他为官业绩。

每到苏州，秦丰年都住山塘客栈。客栈在古戏台及游船码头边上，虽位于闹市但是闹中取静，里面的小院子特别精致，典型的苏州园林。而且房价远低于公出规定的住宿标准，经济实惠。

按秦丰年的身份，出差到苏州住宿标准为每宿不超过三百元，其他人员一百五十元为限。住宿的账秦丰年走到哪算到哪，他讲话不就是睡个觉吗，在哪儿不对付一宿。省巡视组查政府各部门报销公出住宿费的票据，没有一张超过每宿三百元。一问才明白，大家都知道秦丰年公出住宿的标准，没人好意思超过他。包括市级领导在内，只有原市委书记刘建超除外。

秦丰年住山塘客栈，更主要的是因为这儿离苏州云水集团总部近，他到苏州定要看望云水集团董事长柳世杰。他俩同龄，都属牛。两头牛在不同领域辛勤耕耘，志同道合。

当晚，柳世杰在山塘街老阊门菜馆订了桌，尽地主之谊宴请秦丰年。一来接风，二来祝贺履新。点了几道苏帮菜：松鼠鳜鱼、响油鳝丝、荠菜蘑菇，还有葱油拌面。柳世杰带来两瓶“三白酒”。

参加宴请的还有云水集团年轻的副总经理周东琪，岚集市经合局长孙雪峰和岚集抚桦市委书记于国祥。

秦丰年和柳世杰的友情建立在五年前。秦丰年刚到岚集当常务副市长，柳世杰来东北考察项目，秦丰年把他带到抚桦市，建议他开发长白山矿泉水。抚桦市属长白山天然矿泉水原产地，人口密度小，森林覆盖率达70%。原始森林涵养净化了丰富的降水，缓慢渗入地下，经过火山岩、玄武岩溶滤矿化和运移，源源不断地生成矿泉水，通过涌泉的形式出露地表，具备大规模、可持续生成矿泉水的地质和水循环条件。

柳世杰听秦丰年的，在抚桦市投资开发生产矿泉水。其“云水”牌天然矿泉水很快获得高品位矿泉水市场份额，甚至可与法国伏维克、欧洲阿尔卑斯山矿泉水和俄罗斯北高加索山矿泉水相媲美，年产量超过二百四十万吨，成为云水集团支柱产业之一。

云水集团与岚集抚桦市的合作范围不断扩大。去年云水与抚桦市宝山实业合作新上长白山野果汁项目。但听说合作出了问题，项目按下了“暂停键”，而且惹怒了柳世杰。秦丰年给他打过两次电话询问，柳世杰只说，你去问于德彪！秦丰年给宝山实业董事长于德彪打电话，始终无法接通，后来干脆停机销号，玩起了人间蒸发。这次来苏州，秦丰年想当面把事情弄明白。

秦丰年和柳世杰酒逢知己，柳世杰兴致勃勃地说起“三白酒”的来历：“明朝的时候，苏州酿制的‘三白酒’是最有名的。其中‘钱氏三白’与‘顾氏三白’誉满京城，是作为贡品供奉朝廷的。苏州人从古至今一直用‘三白酒’敬宾待友的，丰年，你说这酒怎么样？”

秦丰年赞叹道：“绝对是好酒，喝得舒坦，越喝越甘甜。可是世杰，你和于德彪到底是咋回事，长白山野果汁项目为啥停了？”

柳世杰摆摆手说：“别提那个猪头三，扫了大家的兴头！”

秦丰年问周东琪：“东琪你说，到底咋回事？”

周东琪看了一眼柳世杰，扭头对秦丰年说：“是这样秦书记，去年八月份确定上野果汁之后，云水总部马上打过去五千万，用于购置安装新设备。可到了年底，发现项目进展缓慢，而账面上五千万全支出去了：其中两千万用于野果汁项目，另外那三千万，于德彪挪用两千万去干自己的游乐场，还有一千万……”

柳世杰接过话头气愤地说：“于德彪竟然拿去境外赌博！我知道这小子好赌的，也劝过他，可是他鬼戳戳的，败家猪头三，赤脚地皮光啊。我不会跟他合作了，要和他清账的！可找不到他人。”

秦丰年听明白了，说：“世杰你别生气，这事儿你早该跟我说。”

柳世杰说：“我不想让你跟着闹心的。”

秦丰年问于国祥：“你们抚桦市可知道这些情况？”

于国祥说：“知道得不多。于德彪跟老书记刘建超直接说话，从来没把抚桦的官儿放眼里。”

秦丰年指示于国祥：“马上让公安经侦采取措施，冻结宝山实业的账户和资产，尽快找到于德彪。云水每年给你们市缴纳两个多亿的税，这样的公司他也敢坑敢骗，胆得有多肥！”

柳世杰拍一下桌子："他自以为有靠山的，胆大包天胡作非为！"

秦丰年安慰道："世杰你别生气，我呢知道晚了，工作不力，愿自罚三杯，给你赔不是！"

秦丰年说着把三杯酒合倒在一个碗里，一扬脖儿干了。接着又在碗里倒了三杯酒，端起来说："再喝三杯敬你，还请你来岚集干点事儿。"

柳世杰也举起酒杯说："我想好了，去岚集建个药厂可以吧。不瞒你说，云水在国外有医药研究所，经过十多年的投入研发，有多种化学药品复方制剂在国外上市。你们如果有现成的药厂啊是最好了，稍加改造就能生产的。这两种药在国内需求量也相当大的，每年实现几十个亿销售额没问题的。"

秦丰年说："好！好！好！雪峰，咱们市有药厂停着呢是吧？"

孙雪峰说："是的丰年书记，关东药厂，是通过 GMP[①] 认证的。"

柳世杰说："我让东琪过去看看，具体和你们商量。"

秦丰年说："岚集这边由雪峰局长负责。"

孙雪峰和周东琪相互交换联系方式。

秦丰年提议，为云水制药落户岚集干一杯，全桌的人举杯共饮。

回到山塘客栈已经是夜里 10 点 30 分了，秦丰年往家里打电话，跟老妈和妻子报平安，然后冲个热水澡，洗漱完上床休息。他再次指示于国祥，马上安排抚桦市公安局采取措施，必须尽快找到于德彪，协助云水集团与其清算。

这一天奔波，从南京到常州再到苏州，真是很累。

安静的客栈里能听到不远处古戏台传来悠扬的昆曲……那曲子他似曾听过，应该是《牡丹亭》"醉扶归"：

你道翠生生出落的裙衫儿茜，艳晶晶花簪八宝钿……不提防沉鱼落雁鸟惊喧，则怕的羞花闭月花愁颤……

---

① GMP——Good Manufacturing Practice，在药品生产行业是指《药品生质量管理规范》。

听到昆曲，秦丰年想到了文化。明天要去上海商讨一个事关岚集文化建设的项目。他是搞工业出身，对经济工作能说出一二三来，而对于文化建设，确实研究得不多、不深、不透。在他的意识里，以往更重视硬实力，一直把文化建设当成软任务，不应该的，这是个很大的失误。

秦丰年习惯每天睡觉前思考明天要做的事情。明天要做几件事情，想好了就自然睡着了。有时候想不明白，或者想到一些烦心事儿，就有可能得熬个通宵。

今儿个呢，事儿办得顺利，秦丰年心情不错，想着想着就进入了梦乡。

第十一章　坂山故事

4 月 29 日，星期二

春意盎然的苏州气温在20摄氏度左右，晨风轻柔，感觉很舒适。清晨，秦丰年和吴大军沿着山塘街跑步。

山塘街店肆林立、会馆齐聚，既有老字号采芝斋、五芳斋、乾生元等名店，也有吴韵茶庄、桃花坞木刻年画、紫檀木雕、石雕、刺绣等特色商铺。这里曾生出了《玉蜻蜓》《三笑》《白蛇传》等好多脍炙人口的故事，这些故事被编成戏剧、电影广泛流传。

看到这些，秦丰年感到心里隐隐作痛。

岚集也是个有久远历史的老城，但是却没有留下一条古老街巷。在推进城市化与现代化进程中，岚集忽视了对古城遗址的保护。不仅岚集，东北的城市几乎都是这个样子，旧城改造拆得相当彻底，很少有珍惜历史文化遗存的意识。现在明白过来想要保护为时已晚，老城遗址影子都没了。

秦丰年一行到了上海。

岚集市政府驻沪办事处位于静安区延安中路一栋九层楼上。这里也是岚集北重集团驻沪办，两个单位合租五楼一层，租金由岚集重工承担。

下午，秦丰年在办事处主持讨论上海大地集团开发建设岚集“小坂山满族民俗文化园”的具体方案。岚集市委政策研究室主任林强和丰林区委书记刘殿斌特地赶来参加。

小坂山坐落在岚集城西丰林区，刘殿斌作为合作方代表参与研究讨论，而秦丰年让林强来参与又有一层意思。

去年夏天某日，林强给秦丰年打了一个电话，要和他聊聊小坂山的事儿，说话语音急切，挺激动的样子。秦丰年定了个时间把他约到自己办公室。

林强这个人有点儿见解，善于研究岚集的问题，材料也写得不错，受到几任市委书记赏识。他直接问：“秦市长，听说有人惦记开发城西小坂山，要在上面建山林别墅？”

秦丰年说：“嗯，不错，有个港商通过刘建超书记的关系来岚集，要投资开发小坂山，专门请意大利人设计的山林别墅群，开发意见书已经交到市政府了，还没上会研究。”

林强口气坚定地说：“我反对在小坂山建豪华住宅，不管是谁答应的，如果非要在小坂山开发商业地产，建别墅群，我就去上访告状！”

林强详细说明小坂山为什么不宜修建现代的豪华别墅群，秦丰年听着有道理，又征求其他专家的意见，都认为林强说得对，于是就放弃了与港商合作，准备引进上海大地集团满族民俗文化园项目。因为此事，他与刘建超出现意见分歧，刘建超支持建山林别墅的方案，秦丰年坚持与大地集团合作，结果两个方案都搁浅了。年初以来，秦丰年主政后，大地集团与丰林区又把项目捡起来，进行了几次衔接商谈，初步形成开发建设方案。

今天深入讨论，秦丰年让林强来参加。

大地集团设计团队对小坂山满族民俗文化园总体规划和建设方案做大概说明之后，秦丰年让林强讲讲小坂山的故事，给设计人员一些启发。

林强介绍说:“岚集是我国满族发祥地之一，而小坂山则是其代表性的历史遗存。首先，小坂山上有一处非常珍贵的辽东海西女真部落遗址，那里曾是一座临江而建的古山城，凝聚着明代女真人智慧，留存着女真族文化。其次，小坂山上有个黄旗屯儿，历史上是规模很大的满族聚集地，因居民大都为那拉氏、伊尔根觉罗氏、安达拉氏等正黄旗人，所以称作黄旗屯儿。目前，这个村落还保留着部分满族老旧宅院和传统习俗，有两个家族的萨满传承人，被称为萨满文化活化石。第三，清王朝时期，黄旗屯的兵丁经常应征去天南地北打仗，而且个个英勇善战。每有兵丁牺牲，族人就在山顶上立一根彩绘图腾柱，叫‘魂柱’，又称‘英雄柱’，象征英雄永在，庇佑八荒。多时有上百个图腾柱，形成一片图腾柱林，很是壮观。后来年久失修，木质的图腾柱逐渐腐朽消失。因此，小坂山开发建设应尊重它的前世今生，以满族民俗文化为主题。岚集市文化是多元的丰富的，但有一种文化带有根源性，那应该是满族文化。从这个角度来讲，小坂山满族民俗文化园对于岚集的文化建设就显得格外重要。”

秦丰年感叹说:“岚集不是没有文化积淀，只是缺少标志性的历史文化遗存，没有留下成片完整的古建筑群，更没有发掘那些名声显赫的历史人物。所以现在特别需要一些精心打造，重新拾起我们的文化自觉，找回文化自信。”

大地集团的设计方案中，包括了复建女真族部落古山城遗址，重新规划建设黄旗屯儿满族传统民宅建筑群，还要恢复满族萨满图腾神柱林和建设大型满族民俗博物馆等等。

方案讨论了四个多小时，深入到详规细节。

第十二章　营商意识

4 月 30 日，星期三

上午，秦丰年在办事处分别会见了三位在岚集投资兴业的上海籍企业家。这三位企业老总他都认识，但以前在岚集并不常见面。他们三位都是奔刘建超来的，人家有事儿直接去找刘书记。

有一种现象让秦丰年感到悲哀，但是又没有办法消除，万般无奈。大凡在东北有一定投资规模的企业家，都习惯找个地方党政领导作“保人”，官儿越大心里越有底。他们坚信东北这地方奉行“府中有人好经商”的规则，如果有市委书记当靠山那便是最保险的了。

问题是刘建超现已离开岚集，这三位上海老总又想和秦书记拉近关系。有请客的也有送礼的，但是秦丰年不吃请客送礼那一套，关系整得有些尴尬。从前他们和刘建超关系密切，和秦丰年来往不多，假如刘建超下一步能得到提拔重用，他们没有必要另辟蹊径，保持和刘建超的关系就可以了，但是多种迹象表明刘建超要够呛，这棵大树靠不住了，所以才来接近秦丰年。他们现在都对这个新书记打怵，更担心站错了队往后不受待见。

秦丰年明白这三位老总的心思，借这次招商到上海的机会分别找他们聊聊，把话说开，把事儿说透，让他们放心在岚集发展。他坦言，“只要你在岚集守法经营、照章纳税，那么你发财，我发展，你就是岚集的贵人，也是我秦丰年的朋友。”

推心置腹几句话就打消了这三位老总的顾虑。

下午，秦丰年召开驻沪招商干部座谈会，和十几名常驻上海的年轻后备干部深入交流。这些年轻干部都想抓住这个和市委书记直接对话的机会，争着向秦丰年汇报自己的招商成绩和心得体会。

大家都发言之后，秦丰年问道：“谁说说，为什么要派你们到长三角来？”

驻沪干部都愣了：“咋问这个呢？俺们来招商引资啊。”

秦丰年又问：“还有呢？”

有人说学习发达地区先进经验，有人说促进解放思想，还有的说要加强同行间业务联系……

秦丰年拿出自己的活页笔记本，边翻边说道：“招商引资是你们驻在的主要任务，这没错。你们成长进步、提拔使用要以招商成果作为重要考量，这是硬指标，所以要你们要努力作为，显示自己的能力和招商成果。同时，还有一点也要认识清楚，那就是通过实践来培养‘营商意识’。”

秦丰年说：“咱们看看‘珠三角’‘长三角’的那些发达城市，上海、苏州、宁波、温州、厦门、泉州等等，人家都有悠久的从事商贸活动的历史。西汉时期苏州已经是‘江东大都会’，商贾云集，明代郑和就是从那儿出发七下西洋；唐代时宁波、温州都是有名的贸易港，温州‘其货纤靡，其人善贾’全国名闻，‘宁波帮’企业家是我国近代新兴民族资产阶级重要部分；福建泉州在宋元年间便是盛极一时的东方大港，有过‘涨潮声中万国商’的景象；上海更不用说了，曾经是远东金融中心，亚洲最繁华的城市没有之一。重商传统使这些地方的人具有发达商业头脑，蕴藏着浓厚的重商、亲商氛围和经商欲望。而这恰恰是发展市场经济所必需的。”

秦丰年很尖锐地指出:“我们岚集与这些沿海发达城市之间存在着明显的地域文化差异。人家是属于‘海洋文化’,海洋之于商业犹如母亲孕育儿女。海洋给商业发展注入流动因子,从事商贸智慧必须和勇气结合。航海人冒着生命危险去获利,必须勇敢而机智。因此黑格尔做出了海岸地区——商业和航海共生的文化推论。”

秦丰年进一步分析:“我们岚集却是个很少商业传统的城市。作为满族发祥地之一,旗人专心骑射不齿于商。岚集曾是清朝打牲乌拉衙门的管辖地,打牲乌拉是朝廷为采捕皇室贡品建立的生产性机构,实质是封建社会特有形态的官办垄断经济,对资源全面封禁并严格限制民间交易。”

秦丰年说:“与海岸文化形成鲜明对比的是,我们的先人创造了封闭的、充满山林气息的文化。比如‘二亩地,一头牛,老婆孩子热炕头’,听说过吧?这种封建小农思想极大地限定了其追求发展的深度、广度和力度。新中国成立后呢,农村走上人民公社道路,城里实行高度集中的计划经济体制,岚集人在‘国有’和‘公有’的氛围中又养成了‘等靠要’的思维定式。都说岚集人打仗胆儿大,做买卖胆儿小;喝酒敞亮,经商窝囊。所以我想,必须通过各种方式向干部群众灌输重商、亲商、经商的理念,多灌输投资盈利、科技进步、劳动致富的观念。”

秦丰年最后说:“新时代我们党面临‘四大考验’,其中之一是市场经济的考验。缺少市场经济意识,不懂得经商,没有创业冲动和创新欲望,这可能是‘东北现象’深层原因之一。所以,你们年轻干部要多掌握些营商知识,包括基本的财务会计知识、经济学常识、行业知识、商业分析模型等等。让自己尽可能多地在市场经济环境中学习锻炼,去积累营商的感觉和判断。市委市政府对你们寄予很大的希望,因为你们肩负着岚集的未来。”

秦丰年让这些在长三角驻扎的年轻干部明白了招商实践的深层意义所在。其实,他心中真正焦虑的是计划经济的阴影挥之不去,岚集在观念和经济运行机制上落后于时代。

杨智忠从温州赶到上海与秦丰年汇合。吃晚饭的时候，他向秦丰年汇报去杭州和温州招商的情况，也是满载而归。秦丰年同杨智忠、孙雪峰在饭桌上商量下一步招商引资工作。

秦丰年说："这样大张旗鼓地招商活动是最后一次，以后不能这么搞了。"

杨智忠笑道："咋的，吃不消了？"

秦丰年摇了摇头说："这样招商太笨了，是没有办法的办法。你觉得书记市长带队出去招商是件好事吗？我看不是！改革开放初期，各方面条件都不具备，很多地方党委和政府直接替代招商引资的主体出去招商，既当'裁判员'又当'运动员'。现在发达城市的党委和政府都明确了自己在招商引资中的定位，实现了角色和职能的转变。咱们也不能老是用这笨功夫。"

杨智忠表示赞同，说："地方党委和政府直接介入招商引资确实存在弊端，不符合市场经济规律和原则。"

秦丰年对杨智忠说："必须重视招商引资工作，这个必须坚持，但是领导方式和工作方法要改变。我的想法：一是成立市招商引资工作领导小组，老杨你当组长，领导小组办公室放在经合局。经合局作为招商引资的专业机构一定要兵强马壮，从其他部门压缩编制充实经合局，由经合局负责全市招商引资工作的安排部署、指导协调和督导落实。二是发挥各类商会和行业协会的作用，通过他们调动和激发投资主体的积极性，使招商引资更符合岚集实际，切实拉动经济增长模式转型和产业结构优化升级。三是努力培育一批专业的招商引资中介机构，让这些专业机构做好项目的筛选和确立、实施管理，提高招商引资项目建设的成功率，实现效益最大化。市委市政府把主要精力用在培育产业优势、营造投资环境、维护市场秩序、营销地方形象和提高为招商主体服务水平上。"

杨智忠接下来说:“好，雪峰局长，你们就按这个思路抓紧起草一个进一步做好招商引资项目建设工作的实施意见，用市委、市政府名义下发个文件。经合局的职能现在更清晰了，我的意见是多设几个专业招商科室，专门从事招商工作。”

秦丰年说:“成立五个招商分局，人手不够让组织部从后备干部中选派来挂职招商。”

吴大军跑了几个大商场，终于买到一款很酷的磁力百变拼装儿童玩具枪，能够组合成手枪、步枪、机枪等好多种枪型，采用电子仿真音控设计，扣动扳机就会发出对应枪型的声音效果。玩具枪买了两只，一只给小晓，一只给自己儿子。

秦丰年没有忘记给小晓买玩具枪。他一直把小晓的病放在心上，和春梅通电话总要打听小晓的情况。

他特别关爱生病的孩子，想到那些不幸的孩子就有种“同病相怜”的痛感。听老娘讲，他刚出生时遇到过大难。那时候医疗条件差，也没那么多讲究，普通人家生孩子都是在自己家里，找附近的“接生婆”来接生。秦丰年出生时“脐带缠脖”憋得浑身青紫，已经没了生命体征。接生婆无奈地说，这孩子完了，没救了。可是在一旁帮忙的大姨没放弃，她拎起婴儿的两条小腿，朝后背“啪啪啪”一顿神拍，终于“哇”的一声把他拍活了。接生婆断定，这孩子大难不死必有后福！老娘告诉秦丰年，没有你大姨就没你这条命。秦丰年一直管大姨叫大娘。

当晚，结束了“长三角”紧锣密鼓的招商之旅，秦丰年乘坐N航班机返回岚集。

第十三章　日出而作

5 月 1 日，星期四，国际劳动节

“一生之计在于勤，一日之计在于寅[①]”。秦丰年自从担任岚集市长那天起，坚持每周三次“早检”。

秦丰年的“早检”就是利用早上时间工作。4 点半起床 5 点上岗。所以说秦丰年的作息时间就不止是“五加二”“白加黑”和“夜总会”[②]，还包括他的“早检”。

“早检”主要查看城市建设和管理细节。几年来，他“早检”转遍了城区大街小巷、宅院楼群，不仅把整个岚集城装在了心里，也解决了不少实际问题。

根据工作需要，政府办也帮助吴大军在江湾花园里租了房子。不论春夏秋冬，每次去“早检”，4 点 50 分，他准时到 8 号楼下，或者开车或者跑步跟着秦丰年在市里转悠。秦丰年到哪儿“早检”，吴大军要提前通知该城区领导和相关部门负责人都过来，有啥事儿现场办公，即刻处理。所以有的城区领导就说“天不怕地不怕，就怕吴大军来电话”。

---

① 寅：寅时，凌晨 3 点到 5 点。

② “五加二”“白加黑”“夜总会”：形容一种没有休息忘我的工作状态。

今天是“五一”劳动节，秦丰年要去昌平区看望节日在岗工作的环卫工人。

城市的市容如人的脸面。这几年岚集市政府加大对城市环卫事业投入。春季天气转暖之后，人们在清晨就会看到大型洗扫、洒水车辆联动作业，对主要街路进行清洗。到了冬季，路面清雪也全部机械化作业，大大减轻了环卫工人的劳动强度，提高了工作效率。

但是环卫工人工作仍然艰苦，他们每天起早贪黑当“马路天使”，做“城市美容师”，节假日也要出工劳作。大型洗扫、洒水车是对主次干道进行洗扫冲刷，而人行道、非机动车道上的垃圾、尘土和污渍还要人工保洁。

秦丰年在朝阳街同昌平区委书记宋虎、区长黎智勇、市城管局长周晓光等会合。他和路边几位身穿反光背心，往车上装垃圾的工人聊起来。环卫工人都认识他，知道他是秦市长。

秦丰年问：“你们劳保待遇都兑现没？”

环卫工人回话说：“工作服、帽子、手套、口罩、手巾、肥皂什么的都按时发，劳保用品没差过。”

秦丰年又问：“那早餐券都用没？早餐点儿服务咋样？”

从年初开始，市政府给环卫工人每天补贴十元钱早餐费，并指定经营服务好的饭店、小吃部为环卫工人早餐点。因为怕工人舍不得花钱才发早餐券，凭券到早餐点用餐。十元钱补贴不多，但足够工人吃一顿早餐，算是一份关爱吧。

环卫工人说：“早餐券按月发，好用。早餐点儿老热情了，有热水喝，服务没得说。特别是创业大棚里的‘老张头包子铺’，在他家吃早餐说啥不要钱，都不好意思去了。”

秦丰年说：“你们每天都很辛苦，过节也捞不着歇着。‘五一’是劳动者的节日，我代表市委市政府向你们表示慰问！”

环卫工人都笑了，说：“俺们就是干这活儿的，市长不用客气。”

秦丰年走进朝阳街“创业大棚”。为扶持市民创业就业，岚集市建设了十座钢架结构的大市场，也叫“创业大棚”，每个大棚有几百个摊位，由街道社区负责推荐创业就业人员承租摊位搞多种经营，政府给免两年租金。这样既可以把那些蹲马路牙子的小商小贩集中到室内来，也为一批人创业提供条件，还方便周边群众购买生活用品，受到市民欢迎。

秦丰年是“老张头包子铺”的常客。包子铺老板叫张广友，比秦丰年大几岁，原岚集食品厂下岗职工。秦丰年要了四个素馅儿包子，一碗苞米楂子粥，一小盘蒜茄子。吴大军是四个肉馅儿包子，一碗小米粥。其他人也都跟着吃包子喝粥，一共七十多块钱的花销。周晓光和宋虎抢着付款，撕巴了半天，黎区长把账结了。

张广友倒了一大碗茶水，秦丰年咕咚咕咚全喝了，然后吃包子，一口一个。

张广友说：“领导可是有日子没来大棚了。”

秦丰年说：“嗯，可不是咋地，这段时间总出门儿。”

张广友问：“看电视说你当市委书记了，那刘书记干啥去了，犯事儿了？”

秦丰年笑道：“张老哥你想多了，俺们都是正常工作调动。最近猪肉涨价，你这肉包子咋不涨价啊？群众对猪肉涨价都咋说的？”

张广友说：“我可不好意思涨价，少挣点儿呗。老百姓不咋关心猪肉价格，你肉价涨飞了，我不吃不就结了。主要是现在小本生意不好做，没多少人来大棚买东西，都去大超市。”

秦丰年：“是啊，有些摊位还空着呢。我说张老哥，环卫工人反映在你这儿吃包子不要钱，整的人家都不好意思来了。”

张广友摇摇头说：“根本不是像他们说的那么回事。有工人舍不得花早餐券，找我来兑换现金。我给兑现了，还让他们在这儿热乎地吃一口，不收他钱。”

秦丰年竖起大拇指说：“张老哥啊，好心人必有好报！”

秦丰年对宋虎、黎智勇和周晓光说：“大棚外面还有人在马路牙子上卖东西，要好好做做工作，让他们都进大棚里来做买卖，别让摊位空着好吧。”

上午 8 点 30 分，秦丰年约李静亭到他办公室，两个人算是正式交接工作。李静亭任前公示结束，作为岚集市副市长、代市长人选，下一步要履行市人大常委会任命程序。

李静亭比秦丰年小五岁。原是省委组织部经济干部处处长，五年前任岚集市委常委、组织部部长，两年前任市委副书记。李静亭是个理智而性格外向的人，处事是非分明、刚直不阿。以往市委班子决策出现分歧，他明确赞同秦丰年的意见。这次李静亭提为代理市长，有秦丰年极力举荐的因素。

秦丰年说：“静亭啊，到那边你可要挨累了。我属牛你属马，咱们俩就给岚集‘当牛作马’吧。”

李静亭说：“丰年书记，政府那头工作你打下好底儿，我照样子继续干就是了。”

秦丰年想了想，叮嘱道：“当前，一方面要招商引资抓增量，只有增量上去了，财政才有收入，调整才有空间，各项指标数字才好看。必须举全市之力、利用一切资源引进项目。这次出去又有些投资合作意向，要抓紧跟踪落实。同时要抓存量，提升现有企业的经营水平，实现转型升级。”

李静亭点点头：“嗯，你放心，我一定组织好抓落实。”

秦丰年说：“有两件事需要跟你交代。一个是尽快把市直机关单位去年的绩效奖发了吧，机关干部职工都盼着呢。钱早都筹好了，本想四月份发下去，后来我考虑还是等你上任之后再发吧，让大家领你新市长的情。”

李静亭说：“你这是帮我‘打场子’，静亭心里明白。”

秦丰年又说："还有个事儿，就是引进常州星云科技智能消防机器人项目，人家提出要咱们采购消防机器人，我答应买二十台，需要两千万，你运作一下。这个项目对调整产业结构有积极意义。再说那东西很好，救火管用。"

李静亭说："好，我去办。有个事儿你得听我的。以后'早检'我接着来吧，你就别再起大早了。"

秦丰年爽快地说："行啊，你去'早检'，我去跑步，顺便上早市买菜。"

第十四章　巡视谈话

5 月 2 日，星期五

市人大常委会召开会议，表决通过人事任免决定。会议接受秦丰年因工作变动辞去岚集市人民政府市长职务的请求。根据市人大常委会主任会议提名，任命李静亭为岚集市人民政府副市长，代理岚集市人民政府市长职务。

下午一上班，秦丰年就和市委组织部部长侯云峰、秘书长周国庆送李静亭到市政府就任。

到了市政府常务会议室，李静亭与各位副市长及市政府组成人员见面。寒暄几句之后，秦丰年起身说：“静亭同志大家都熟悉，你们呢详细唠唠，我得去西林宾馆同省巡视组谈话，不奉陪了。”

西林宾馆建在城西一片茂密的树林里。岚集城市里面树木稀少，这片小树林着实难得。这儿曾是旧中国东北军阀赵正龙的私人官邸，1949 年岚集解放后改造成市政府招待所，后扩建变为三星级宾馆，多位国家领导人在这儿住过，被称为岚集的“国宾馆”。

省委第二巡视组进驻岚集有一个半月了，就在西林宾馆与几百名干部群众谈话。巡视组组长叫钱署仁，省住建厅巡视员。副市级以上领导由他负责谈话。

谈话在宾馆一间普通客房里面进行。房间里放张长条桌，钱署仁和一名巡视组工作人员坐一边。钱署仁边问话边做记录，工作人员用电脑打字记录谈话内容。

秦丰年坐在长桌另一边。桌面儿上有谈话提纲，谈话内容包括“领导工作中最突出的问题是什么？”“是否存在权钱交易、以权谋私、贪污贿赂、腐化堕落、违反廉洁规定等问题？”“落实‘三重一大’决策制度方面存在哪些突出问题”等等。

钱署仁同秦丰年简要说了几句关于这次巡视的情况。他原是省住建厅纪检专员，有纪检监察干部的职业特点，话语谨慎。从他的言谈中，秦丰年能感觉到巡视组发现不少问题线索。

秦丰年按照谈话提纲，谈了个人的缺点和不足，表示自己对岚集市目前发展造成的被动局面负有领导责任。自己驾驭发展能力不强，改革创新魄力不够，没有当好岚集的主官。清正廉洁方面，自己不存在权钱交易，没有以权谋私、贪污贿赂、腐化堕落、违反廉洁规定的问题。

秦丰年说：“我在一些方面自律不够。比如在公共场合吸烟，有时候实在憋得难受就鼓捣一棵，也不分场合；接待客人有时候喝酒，超标准加两个菜，虽然是自己掏钱买酒加菜，严格说也不应该；有时批评人不讲究方式方法，说话又硬又狠，不顾及被批评人的感受。还有个事儿，我是个挺重感情的人，在学校、企业交了好多朋友，过年过节的时候，他们来串门带点礼物，我定的上限是两瓶酒或两条烟，价值不超过五百元，送钱一律不收。走的时候，我也给他们拿点年货什么的还礼。这种人情往来没有什么利益瓜葛，但严格来讲毕竟还是收了人家的东西。”

钱署仁说：“正常的人际关系与搞‘情感投资’、以权谋私、收礼敛财是有区别的，关键是把握好度。秦书记，有反映你与原市委书记刘建超不和睦，是什么情况？”

秦丰年想了想说：“嗯，工作上有分歧，有时决策时意见不一致。但我从来不搞背地里钩心斗角，也不掺杂个人恩怨和利益纷争。”

钱署仁追问：“什么问题上有分歧？”

秦丰年说：“在一些重大决策上。比如涉及国有资产处置与国企改制。具体说吧，有家外资控股公司想收购岚集市水务集团，获得全市自来水供应和污水处理经营权。据说刘建超同志和那家公司许了愿，答应把水务集团卖给他们，价钱都讲好了。”

钱署仁问：“国家有水务领域放开投资政策，不少城市水务企业也改制了，你为什么不同意人家收购呢？”

秦丰年解释说：“不错，这些年法国的威立雅、苏伊士，英国泰晤士水务，德国柏林水务等国际著名企业都进入了中国城市水务市场，在一些地方控制了水生意。我不同意把岚集市水务资源卖掉有三个原因：一是我市水务事业健康发展，水价稳定，水质良好，污水处理适应城市发展需要，这样好的国有资产为什么要卖掉？这样好的企业为什么要改制？二是并非所有卖给外企的城市水务都成功，某市三个亿卖掉自来水公司部分股份，过了几年，又花十个亿买回来，政府亏大了。第三，用水安全事关百姓切身利益，政府必须牢牢抓在手里，要对水务安全负全责。所以在研究这件事情的时候我坚决不同意卖掉水务集团。详细情况可查阅市委常委会议记录。”

钱署仁又指出：“有反映说你对外来投资者有亲有疏，合心思的就扶持，不合意的就排斥。”

秦丰年口气坚定地说：“这种说辞我不承认。还是举例跟你讲吧，有个港商，想投资开发城西小坂山，在山上修建高档住宅山林别墅。刘书记也答应人家说可以开发。但是经过专家论证，认为小坂山有女真族古城遗址，是清朝旗人聚集村落，开发应突出满族历史文化特色。所以我坚持与上海大地集团共同开发小坂山满族民俗文化园项目。还有‘万家悦福’超市，要投资几个亿在我市布点连锁店，这个动议在我的坚持下市委常委会没有通过。刘书记也很不满意。”

钱署仁问：“你为啥不同意著名的‘万家悦福’超市进岚集啊？”

秦丰年说：“一方面我市大型综合超市够多了，够用了。另一方面也是为了给那些开小超市、便利店的业主留些生存空间。我给你一个数据，岚集市1997年和2004年两次大规模国有企业改制，有二十多万职工下岗，大部分人只拿到有限的补偿回家了，这些人大都没有别的本事和更多资金创业，就会做点儿小买卖、经营个小店铺。多建一个大超市，会挤垮一批小铺小店，如果你当市长，你会咋办？”

钱署仁接着问：“你与不少老板啦大款啦是朋友，关系密切，他们有没有给过你好处？”

秦丰年坦然地回答：“有啊，不少人给我送钱。我问他，你给我多少？他告诉我数目。我说好好好，知道数就行了，钱我决不会收。只要你在岚集守法合规经营，把该缴的税都缴足了，就是秦丰年的朋友，我无条件地帮你。”

钱署仁不解地问：“不收钱为啥要问数目？”

秦丰年笑道：“掂掂他的实力，也称称我的分量。”

钱署仁说：“呵呵，这个有点儿意思。”

谈话结束后，秦丰年和钱署仁又聊了半天题外话。他对省委巡视组在岚集的工作礼节性地表示感谢，询问工作中和生活上有没有不周的地方。钱署仁对西林宾馆接待服务表示满意。

第十五章　绿透岚城

从卫星云图上看岚集是一片绿色大地。将近三万平方公里辖区内，森林覆盖率达到 55%，大致相当于瑞典、巴西等生态良好国家水平。这完全得益于国家实施“东北天然林保护工程”，岚集自然生态恢复得越来越好。

然而岚集的城市绿化却是一块短板，城区绿化覆盖率还不到 20%，大大低于全国 40% 左右的平均水平。城中树木稀少，几乎看不到多少大树、老树和树林。

岚集城四面环山，城市沿锦兰江拓展。千百年前，原始社会的先民在江边砍伐出一块平地，用石头和原木垒城墙，筑城门，建成街路和房屋。岚集建城四百多年了，如今城区面积扩展到三千五百平方公里，成为人口超过四百万的特大城市。

按说在岚集城市发展进程中，从未间断过城市绿化建设。主干道两旁栽树、修绿化带，锦兰江两边堤岸也植护堤树。问题是没几年工夫就变样，不是调换树种，就是把绿化带毁了加宽道路。早年开发的居民住宅小区很少有绿化空间，新建的游园、广场，也大都是硬覆盖或种植草坪灌木，统计上也算增加绿地面积。

城市绿化根据主要领导的喜好不断变化，岚集市的主官又频繁更换，城市绿化方案经常改变。常言道“十年树木”，可在任主官很少考虑十年那么远的事儿，所以城市绿化率一直不上去。

三年前，有件事儿对秦丰年触动很大，让他下大决心抓城市绿化。事情与政研室主任林强有关。

春末夏初，五月扬花。一天早晨，秦丰年正在船坞区某建筑工地进行施工安全作业“早检”，忽然接到林强打来电话。

林强说：“秦市长你好，我是市委研究室林强。向你反映个情况，事儿急。”

秦丰年说：“林主任啊，啥事儿你说。”

林强说：“我在江边遛弯儿，看见有人要砍伐一棵大柳树。几十个市民护着树不让砍，发生了争执。你方便的话最好过来看看，那是一棵很大的树。”

秦丰年说：“告诉我具体位置，我这就过去。”

吴大军开车拉着秦丰年到了江边，看到了那棵柳树。

那棵树是四十年前栽的，一人搂不过来那么粗。柳树寿命一般在三十年左右，那茬栽的树基本上都枯死了，而这棵树依然挺拔参天，郁郁葱葱。市民们管它叫“柳树精”，粗大的躯干上缠了好多红布条祈佑安康。

现在江堤上大都是十年前栽的垂柳。岚集人喜欢垂柳，春天柔美悠扬，夏天繁茂如绦，秋天坚守着绿色，冬天也有昂扬的风骨。

那棵老柳树在江边的柳树中显得特别高大。柳树边围着很多人，有人认出了秦丰年，喊道：“秦市长来了，让他给断断这事儿！”

秦丰年在人群里找到林强，问：“啥情况？”

林强说：“伐树的人是市政公用局园林绿化处派来的。他们认为此树已经枯老，每年这个季节还生柳絮，风吹柳絮满城飞，既影响市容卫生，也危害市民健康，所以，根据群众要求把它砍了。”

秦丰年问："这么一棵大树砍掉不白瞎了，谁让砍的？"

伐树工人说，"俺们是奉命行事，市园林绿化处领导下的令。昨天来就没砍成，这帮人死活不让，今儿领导又让俺们来砍。"

秦丰年说："现在就跟叫你砍树的人说，秦丰年不让砍！"

伐树工人马上给园林绿化处李处长打电话，说了几句，把电话递给秦丰年。

李处长十分谦恭地说："秦市长啊，不好意思，不好意思！您这么爱惜大树让我们感到愧疚，深感愧疚！就按您的指示办，那树不伐了，不伐了。"

秦丰年冷冷地说："你不用给我戴高帽子，我也没啥指示，只想请你记住，园林绿化处的责任是保护大树！"

李处长无奈地说："我们知道，我们知道！这也是接到群众投诉，局领导知道这事儿，是局领导……让砍的。"

秦丰年大声说："你用不着推卸责任，好在树让市民给保护了，如果真砍了，我让你吃不了兜着！"

微风吹过柳枝摇曳，那棵老柳树挺立在江边躲过一劫。

林强告诉秦丰年："这事有起因的。市公用事业局有位姓宋的副局长，住在对过临江小区里。宋局长爱人在市中级人民法院当审判庭长，有过敏性鼻炎的老毛病，每年这个季节就犯病。宋局长爱人多次去找园林处理论，非说是这棵树的柳絮引起她过敏，老打喷嚏流鼻涕，让李处长派人来把树给伐了。"

秦丰年说："肯定是宋局长默许了的，不像话！"

林强接着问一句："秦市长，你没觉得咱们岚集城里没有几棵大树，绿荫很稀少吗？"

秦丰年不由一愣，说："嗯，我们的城市绿化率不高，这确实是个问题。那你说，为啥这城市绿化整不明白？"

林强回答得很干脆："就是因为领导者没有长远打算。城市绿化是个周期长的系统工程，需要几代人努力才能见效。”

秦丰年又问：“你说应该咋整？”

林强说：“起码要做好三件事：一要有科学规划，以建设生态园林城市为目标，科学设计，分步推进，要做出具体实施方案；二是要有地方立法，制定城市绿化条例，逐步做到城市绿化建设法治化，以后无论谁来岚集主政，都按照既定目标一干到底；三是加大投入，组织全民绿化运动，大干几年，打下生态园林城市基础。”

秦丰年对林强说：“那就由你们研究室牵头，抓紧形成一个方案，给相关部门下任务，多管齐下，各负其责，今年就把全民绿化运动开展起来……不过人好组织，上哪儿去整树啊？”

林强说：“我推荐个老同志，能给你带来意想不到的惊喜。”

秦丰年问：“谁呀，我认识不？”

林强说；“这人叫王秋硕，原市林业局老局长，已经退休十多年了。这人可不得了，他对咱们岚集市植树造林、城市绿化有大功劳。”

秦丰年说：“这个王秋硕。我要见见他。”

林强说：“他平时住在永嘉林场，当义务护林员，这人可好了。”

于是，秦丰年专程到永嘉县林场探望王秋硕，向他讨教城市绿化问题。同来的还有市农林水利局局长李相林。

永嘉林场为岚集市农林水利局直属事业单位，有三十二名职工。林场在永嘉县城西面的山里。王秋硕常年住在林场护林值班宿舍，和林场职工一起看山护林。

秦丰年来到王秋硕的住处。吴大军买了两袋儿应季水果，算是见面礼。李相林带来一顶新蚊帐，宿舍里原来那个破得不能用了，夏天山里蚊子厉害，没有蚊帐没法睡觉。

王秋硕是个健壮的老人。他身穿一套林场工作服，头发花白，鼻梁上架一副高度近视眼镜，饱经风霜的脸神采奕奕。老人紧紧握住秦丰年的手，使劲儿摇了半天，激动地说：“我讲过，如果有一天岚集市长来永嘉林场看树，那岚集的绿化就有好戏唱了。”

老人竟热泪盈眶。他摘下眼镜擦了擦眼角，又说：“我一直盼望着这一天。”

秦丰年说：“老局长您辛苦了，这把年纪还来守护林子。”

王秋硕说：“秦市长，我可不是只守护林子，而是要将这些大树搬到岚集城里啊！我大学学的是城市园林，毕业后一直在林业系统工作，1985 年调到市局。我看到岚集城绿化很差，炎热的夏天没有绿荫，单调的冬季没有绿色，便研究适合在岚集生长的树种。后来当副局长，有一点儿话语权，就提议把永嘉林场作为岚集市城区绿化树木基地，并有计划地栽树苗子。再后来当了六年局长，逐年扩大绿化林面积。到我退休的时候，已连续十五年总共栽植了五十多万棵绿化树。如今又过去十多年，最大的树已有二十七年树龄，十多米高，大碗口粗。走，领你去看看那些大树。”

他们沿着林中的小路漫步。那条崎岖小路被护林人踩得溜光，护林人每天兵分三路巡林两回，预防林火，制止盗伐树木、挖沙取土、放牧打柴等毁坏林地的行为。

这一带丘陵地表层土壤平均厚度九十厘米，适合大型树木生长。林木栽植得整齐规范，每棵树横竖间隔两米，为移植留下足够的挖掘空间。

林地中间山梁上，有座四十米高的钢架结构瞭望塔楼。顺着楼梯爬到顶层，永嘉林场三千亩绿化林木尽收眼底。

王秋硕介绍说：“城市绿化树木按实用价值分为三类：一类是‘行道树’，列植道路系统两侧，构成城市绿化的骨架。‘行道树’要树干通直，分枝点高，树冠齐整，寿命较长，对风害烟尘及水旱灾害抗性较强。你看那边都是行道树：栾树、油松、银中杨，蒙古栎。”

秦丰年说："如同巴黎香榭丽舍大街的梧桐、澳大利亚格拉夫顿的蓝花楹、台湾台南的木棉花是吧，用这些树绿化主干道。"

王秋硕说："你说得没错。第二类是'绿荫树'，庭院、公园、广场、居民住宅区等成荫的树木，树冠宽大，枝叶茂密，树姿挺秀，还要考虑冬季常青。适合岚集的有白皮松、华山松、榆树、刺槐等。你看那边几个山包全是绿荫树。"

秦丰年问："这两类树木可移植的有多少？"

王秋硕回答道："够规格的四十多万棵，如果每年移植四万棵进城，连续干十年没有问题。"

秦丰年兴奋地说："那咱们搞一个'绿荫建设'行动计划，先干五年再说！李局长，你们抓紧起草加快绿化岚集'行动方案'，提交市政府常务会议讨论，今年就开始行动。"

李相林答应道："我们抓紧整。"

王秋硕接着又说："第三类包括隐蔽、绿篱、垂直绿化的树，这些树的作用是隐蔽遮挡、间隔防护、装饰园景，有篱木类、蔓木类、藤本植物、攀缘植物等等。我们林场也栽植一些。永嘉林场能为大树进城提供丰富树源，而且边移植边栽培，形成可持续的良性循环。"

秦丰年被眼前这位老林业局局长感动了。这位高度近视的老人不停指着远山述说，秦丰年知道，其实他根本看不到远处是什么，那些树木都长在他的心里。

多么负责多么好的老同志，还有那三十二个林场职工，他们为岚集培育了这么多绿化树，默默地做出了不起的贡献！

秦丰年拉住王秋硕的手说道："老局长，市政府聘请你做城市绿化建设顾问，您老还得为绿化岚集城出把力！"

王秋硕笑道："义不容辞，义不容辞！"

5 月 4 日，星期日，中国青年节

如今已是秦丰年指挥“绿荫建设”行动第三个年头了。

“绿荫建设”行动确定每年 5 月 4 日和十月第一个周日为岚集市“全民义务植树日”，春季五月上旬和秋季十月上旬，集中力量各完成两万棵大树移植进城任务。同时，在挖掘大树的地方回填土栽植同等数量的幼树。

秦丰年建议岚集团市委，五四青年节这天组织全市团员青年义务植树，而且这要成为岚集青年的一个传统。

全市团员青年义务植树公益活动启动仪式在人民广场举行。广场上临时搭建一个舞台，舞台鲜红的背景幕布上印着“让青春与绿荫一起成长”，突显活动主题。台下站着千余名大学生和各界青年。

秦丰年、李静亭等市领导都来参加启动仪式，体现对青年人与城市绿化的重视。

秦丰年手拿话筒作即席动员讲话：“共青团员、青年朋友、各位同志们，今天，我市启动团员青年义务植树公益活动，用广大青年为城市绿化做贡献纪念‘五四’这个有意义的节日。今后，每年五四青年节就是岚集青年的植树节。”

秦丰年讲：“大家往四周看看，空旷的人民广场周围没有树，没有绿色。再往远处看，街路的两旁，也没有绿树成荫。为迅速改变岚集城市绿化率低的局面，三年前，我市开始实施‘绿荫建设’行动计划，立誓加快建设生态园林城市的步伐。广大团员青年成为‘绿荫建设’的生力军。经过两年努力，已经有八万棵大树为城市增添了郁郁葱葱的新绿和盎然生机。大树是城市生态之母。人类离不开空气，而新鲜的空气是靠树木等绿色植物提供的。”

秦丰年列出一组数据：一棵橡树科的阔叶大树在光合作用下，一昼夜能产生四万三千二百克氧气；一棵中等大的桦树，一昼夜能吸附四千克尘埃，一个夏天可蒸发两千升水。一棵树如此，成千上万棵树连片形成森林作用就更大了。

秦丰年说:“我们用五年时间让二十万棵大树进城，然后再干五年，岚集将成为拥有五十万棵大树的森林城市。这是个壮举，无论对现实生态环境改善还是长远可持续发展，都具有重大意义。‘前人栽树、后人乘凉’。大树移植进城，利益久远，惠泽百姓，功德无量。希望广大团员青年树立建设岚集的使命感和责任感，积极投身这场城市绿化运动，将岚集融入绿色之中，让青春和绿荫一起成长！”

秦丰年宣布:“岚集市团员青年义务植树公益活动开始！”

伴随着《歌唱祖国》音乐响起，一排电子彩烟腾空而起，把启动仪式推向高潮。

秦丰年随后参加人民广场周边的大树移植劳动。

面积近五万平方米的人民广场是岚集市民游憩、健身、集会的地方。这里是今年春季绿化的重点之一。设计在广场四面移植一千棵白皮松、五百棵榆树和五百棵刺槐，还要栽植女贞、小腊、大叶黄杨等绿篱和月季、榆叶梅、麻叶绣球等花篱。

大树都是从永嘉林场运来的。林场那边有十台挖树机，每天能挖一千二百棵带“土球”的大树，昼夜不停地用卡车运到城里，分送“林荫道路工程”“公园和广场林荫景观工程”“庭院小区绿化工程”和“厂区校园绿化工程”现场。大树根部的“土球”直径一米，植树现场需用小型挖掘机及人工挖好直径一米二以上的树坑，用吊车把大树吊到树坑里，再上人用锹填土，把树木埋实。最后，洒水车过来浇透水，一棵大树就移植完了。

秦丰年和青年们栽植了三十多棵大树，干得热火朝天。他在人群中看到了王秋硕，走过去和他握手。

王秋硕是大树移植工程的技术总监。每棵移植的大树都得经过他亲自验收，以确保大树的成活率。

秦丰年问：“老局长，你看咱们大树移植效果咋样？”

王秋硕说：“挺好的。前年成活率是 90%，去年达到 95%，越来越有经验。个别地方成活率低是土壤污染问题，需要用大量的客土来移植大树。”

秦丰年说：“今年再移植四万棵大树，咱们的城市绿化覆盖率能提高到 25%，而国内最好的城市，比如江西新余、广东珠海等都在 50% 以上，差距还很大啊！”

王秋硕满怀信心地说：“北方有漫长的冬季，绿植环境不如南方城市，但是只要持之以恒干下去，岚集一定能够成为生态园林城，或者叫作森林中的城市。到了那一天，岚集绿透了，我也可以安心回家去养老了。”

秦丰年说：“老局长，您是咱们城市绿化的功臣，岚集不会忘记您的贡献！”

第十六章　古寺晨钟

一

5 月 6 日，星期二

秦丰年一大早跑步去城东登青龙山。掐指一算，他有小半年没来这座山了。

岚集四面青山，一江绕城。南有赤燕山，北有龟背山，东为青龙山，西是小坂山，经典的“前朱雀、后玄武、左青龙、右白虎”布局。懂风水的人都说岚集是一方福地。

青龙山弥漫着一层轻薄晨雾，如幔帐罩着满山新绿。虽然主峰海拔只有三百多米高，但林木茂盛，山势陡峭，从山脚到山顶的木栈道曲折蜿蜒，是岚集人晨练的好去处。

秦丰年登青龙山毫不费力，轻松自如一气儿登上山顶。可一路所见到碍眼的情况让他气不打一处来。

他边走边和市民聊，好多人对青龙山脏乱差的环境表示强烈不满。十几个青年志愿者每人拎着一大袋垃圾下山，秦丰年表扬他们几句。志愿者说，居然看到有人随地大小便，山上的公厕停用，游客憋不住只好自讨方便。

有两个负责打扫园区卫生的人，正在一块空地点火焚烧垃圾，被秦丰年制止。他质问道：“你们竟敢在林子里烧垃圾，不知道护林防火？”

工作人员不以为然地说："没事儿，现在青山绿树新草，你就是放火点都点不着。"

秦丰年吼道："那也不许烧！"

到了山顶，秦丰年接通青龙山管委会主任孙贵福的手机。实在是压抑不住火气，开口就训斥道："孙贵福，你怎么回事？把青龙山整成这样儿！"

孙贵福显然有点儿不知所措，解释说："秦书记呀，我……我最近身体不好，糖尿病犯了，一直住院。"

秦丰年说："青龙山搞成这个熊样，跟你身体欠佳没有半毛钱关系！你看看山上的卫生，啊！遍地垃圾、狗屎、瓜子皮、烟屁股[①]，山上唯一的厕所不能用，啊！木栈道好几个地方都糟烂了，指示标牌破烂不堪。群众都在发泄不满你知道不？就刚才，有人指着我的鼻子问，你们当官儿的还干不干点正事儿，连个公园都管不明白！"

孙贵福说："秦书记，现在青龙山的基础设施需要维修，可管委会没钱啊，市里拨的钱只够发职工工资……"

秦丰年吼道："有钱谁不能干，那我用你这个主任干吗！我给你一个星期时间，下周我还来青龙山，如果这些问题不解决，你立马抬屁股走人！"

秦丰年挂断手机，气得直摇脑袋。

吴大军笑道："领导，您不是不'早检'了吗，咋又管。"

秦丰年表情无奈："那你说，这些事儿我能视而不见？我这已经很给孙主任面子了，要搁以前……"

青龙山顶有座青瓦红墙的慈恩寺，庙不大但历史悠久，香火很旺。

寺庙钟楼上有座清朝乾隆年间铸造的大钟称"平安钟"。每日卯时[②]，准确说早上6点整，平安钟伴随着冉冉升起的朝阳敲响，"铛……铛……铛……"

① 烟屁股：东北人管抽剩下的香烟头叫"烟屁股"。
② 卯时，早5点到7点。

敲六下。

深沉洪亮的钟声在岚集城上空悠悠回荡，既为人们报时，也祈福岚集新的一天安顺吉祥。

山不在高有仙则名，庙不在大有神则灵。慈恩寺里倒是有位高僧，法号静修，入寺四十余年专心司钟。

秦丰年原来理解“做一天和尚撞一天钟”的意思是，撞钟极其容易，既不动脑又不费力，暗喻办事敷衍，得过且过，无能无用之人亦可为之。但是自从见过静修禅师并与他交谈几次之后，他彻底改变了对那句老话的认识。

静修禅师祖籍山东济宁，俗姓成，名怀谷，十六岁出家，十八岁依敖东古城正觉寺唯空法师受具足戒，三十八岁来到慈恩寺至今。他一生苦心修行，精通经文，功底深厚。静修禅师更是敬钟如佛，每天都用入定的禅心和礼拜之意来敲钟，让古钟发出高贵响亮、深沉博大的声音以震示众生。

秦丰年深切感触也略有所悟，心想千万不可小看司钟，自己要用做一天和尚撞一天钟的境界来当好岚集的地方主官儿。他不信神也不拜佛，但对佛教与神仙很尊重，见到僧人也会主动施礼。

提起静修禅师，人们会聊起他与那座古钟的神奇故事。传说他有种超自然本领，能在古钟之下传递阴阳两界之间的讯息，类似古代满族人信奉的萨满①。很多人来慈恩寺求他预测流年运势、姻缘财富、考学升迁，他一概不见，给多少钱都不见。谈经论道可以，绝不有偿算命。

面对众人所求，静修禅师只说一句：“听我鸣钟！”

好多岚集市民起早到青龙山来，既是为了晨练，也是为了聆听慈恩寺的晨钟。只要钟声一响，好多人都会停下脚步，双手合十，在心里面默默地祈祷。钟声震撼、净化着人们的心灵。

---

① 萨满：音译，该词源自北美印第安语 shamman，含有智者、晓彻、探究等意，后逐渐演变为氏族中萨满之神的代理人和化身。满族信奉的萨满可与神灵直接对话。

吴大军看了一下手表，又抬头看慈恩寺钟楼，满脸不解地嘀咕一句：“什么情况？怪事儿，都6点多了，平安钟怎么没动静呢，今儿真是怪事儿？”

秦丰年也打开手机看时间，6点05分。

慈恩寺静悄悄的，寺庙门前的香炉青烟缭绕。山上几乎所有人都感到不解，相互询问钟为啥没有敲响呢，这是从来没有过的事情啊，可上新闻头条。

吴大军问一句：“咋回事儿，没敲钟？”

秦丰年说：“呵呵，难道静修禅师睡过头了？走，进去瞧瞧，跟老禅师打个招呼。”

第十七章　橙色事件[1]

秦丰年和吴大军正要迈进慈恩寺大门……突然，城北方向传来一连串剧烈的爆炸声，如惊雷滚动般轰鸣。站在青龙山上望去，只见一团巨大的橙色烟团在锦兰江北岸腾空而起。

秦丰年惊呼大事不好！根据方位他确定是北重集团化工厂苯胺车间发生爆炸，对吴大军喊道，“赶快下山！”

北重集团方向响起急促刺耳的消防车警报声。

秦丰年熟悉北重化工厂，知道苯胺车间爆炸的后果有多严重！一时惊恐得脸色煞白。

苯胺车间的生产原料、中间品、产品及副产物都有易燃易爆的危险及毒性。更可怕的是，化工厂内原料储备库有十个大型储罐，分别装着纯苯、硝基苯、氮气和苯胺等原料、成品。如果引起储备库储罐爆炸，不仅北重集团厂区、住宅区毁于一旦，整个江北乌图区将成为火海，那将是一场巨大的可怕灾难！

---

① 橙色事件：突发事件预警级别由高到低划分为特别重大（Ⅰ级）、重大（Ⅱ级）、较大（Ⅲ级）、一般（Ⅳ级）四个级别，并依次采用红色、橙色、黄色、蓝色来表示。重大事件也称为橙色事件。

乌图区几十万市民危在旦夕！

6点30分，秦丰年到达爆炸现场。李静亭、周国庆、市委宣传部部长邹大伟、分管工业和安监工作副市长刘伟、公安局局长毕树仁、乌图区委书记贺大雷、北重集团党委书记、董事长乔宏宇等都在第一时间赶到。

这些领导者都集中到化工厂门卫室里。厂区被浓烟笼罩，门卫室门窗玻璃都没了，室内全是烟尘。

秦丰年面色苍白，两眼充满血丝。他把大家召集到一起，紧急商议应对这场突发事故。

毕树仁先汇报说："爆炸发生在苯胺车间。现在二十多辆消防车和厂区内的消防设施正全力施救。车间里四名值班人员失联；厂区外道路上一辆轿车被冲击波掀翻，两人受伤，司机伤势严重；厂区及周围有数十名职工和群众受伤。五百米半径内的房屋玻璃全部破碎，不少受伤群众是被碎玻璃扎伤的。"

乔宏宇说："现已经切断车间所有物料管线。火势得到控制，正全力保护储备库的储罐……"

乔总说话声音有些颤，手臂不停地发抖。

秦丰年平静地跟大家说："这个时候定要冷静，不能慌乱，集中力量解决关键问题。毕树仁，你指挥消防车全力保护储备库，用水车洒水给储罐降温，保住储备库是重中之重！同时，出动全部警力在火场周围五百米处拉警戒线，严禁所有人包括记者进入事故现场，都必须远离，越远越好！老乔啊，这周围都是北重的厂子和职工住宅，你马上组织人员全都撤离到安全地带，防止发生更大的意外！大家都把安全帽戴上，多加小心！"

毕树仁和乔宏宇马上去指挥救火和转移疏散群众。

秦丰年又指示："周国庆，你负责对上传报信息，及时向省委、省政府和省公安厅报告情况。邹部长，你负责舆情，很快会有各方媒体记者到来，要把握好宣传舆论。刘伟，具体负责事故原因调查、伤亡人员统计和事故损失评估。你作为市政府新闻发言人对外发布相关信息。现在，我和刘伟在这里守着，其他同志马上撤离到安全区域！马上撤出去！”

秦丰年和刘伟穿过硝烟弥漫的爆炸现场，去看储备库，吴大军和几个公安干警紧跟在后面。

爆炸产生的强大冲击波并没有对大型储罐造成破坏，关键在于爆炸后燃烧产生的巨大热量对储罐形成危险。储罐中的物质大都易燃易爆。这时储备库处于极度危险之中，乌图区处于极度危险之中，几十万市民处于极度危险之中……

几十辆消防车轮番对着十个大储罐疯狂地喷水，所有警车、消防车发出恐怖的警报，警灯在水汽与烟雾中急促闪烁。

老天似乎有眼，今日竟然无风！火势没有借风力蔓延扩散，浓烟与雾气直升向天空。

火势逐渐减弱，储备库安然无恙，秦丰年悬在嗓子眼儿的心也缓缓放下。他忽然眼前一黑，两腿发软，一屁股坐在泥水中。

吴大军赶紧过去拉他，急问：“怎么了领导？您脸色不好。”

秦丰年轻声说：“不要动不要动，让我稳当稳当，是低糖，过一会儿就好，没事儿。”

秦丰年坐在泥水里，出了一身虚汗，半天才站起来。

上午 9 点，省长和省公安、环保、安监等部门负责人赶到岚集。在西林宾馆小会议室，省长听秦丰年汇报。

秦丰年满身泥水，蓬头垢面地向省长汇报说：“截至目前，已确认五人死亡，两人伤势严重在抢救，五十八名职工和群众受轻伤。事故级别确定为橙色，是一起重大安全生产事故。从现场情况看，苯胺车间硝基苯精馏塔先起火爆炸，引发其他装置连续爆炸。好在厂区内有十七个消火栓、五个固定水炮等消防设施，又有几十辆消防车及时投入施救，现在起火点大都扑灭，只留一股小火让泄苯充分燃烧，避免空气污染。最关键的是储备库没出问题，那十个大型储罐每个都有自动喷淋冷却系统，加上消防车强力喷水降温起了作用。储备库没出事儿是不幸中的万幸！”

省长说：“这件事非同小可，一定要把损失和影响控制在最低程度。省里相关部门要积极协助岚集市政府和北重集团做好事故后期工作。省里将组成调查组查明事故原因，调查组下午就来岚集开展工作，丰年你们要很好配合。”

秦丰年表示：“我们一定配合搞好事故调查，帮助北重集团处理好善后。更要吸取教训，狠抓安全生产。”

随后，秦丰年、李静亭陪同省长再次来到事故现场察看，并去医院看望受伤群众。

上午11点，市政府召开新闻发布会。副市长刘伟向几十位记者通报情况。各路记者千方百计想进入爆炸现场，都被公安干警拦在警戒线外，有人在新闻发布会上表达不满。

刘伟跟大家说明：“因为现场太危险，所以采取了严厉的警戒措施，请各位记者朋友谅解。如果给各位带来不便，我向大家道歉。”

有记者问：“那么多有毒原料和成品泄露，还有橙色的气团，会不会污染空气？”

刘伟解释说：“主要是硝基苯精馏塔起火爆炸，据我所知，硝基苯爆炸燃烧产生二氧化碳、水和氮气，不会造成重大空气污染。”

当天下午，由省环保、公安、安监、纪检监察等部门共同组成的调查组共20人来到岚集，启动事故调查。

昊宇重工总经理肖德刚也从北京带工作组赶来。

秦丰年与肖德刚是相识多年、感情很深的工业战线老战友。肖德刚见面就不住地道歉，说：“丰年啊，刚当书记就给你烧了一把火，添乱了。”

秦丰年摆下手说：“啥叫添乱啊？不过当时真把我给吓傻了！几十年没遇到过这样严重情况。庆幸的是化工厂储备库没出问题，现在想起来我还后怕，那十个储罐，整个江北命悬一线啊！”

傍晚时分，北重化工厂上空烟消云散，露出满天星。消防车开始撤离，厂区周边解除警戒，恢复平静。

晚 7 点 30 分，市政府召开第二次新闻发布会。刘伟宣布：“北重化工厂‘5.6’爆炸施救工作告一段落，进入事故调查阶段。北重集团化工厂厂长、负责生产和设备管理的副厂长、苯胺车间主任等企业负责人责令停职，接受事故调查。从今天下午开始，省政府事故调查组已经开始工作。”

又有记者提出爆炸对空气污染的问题。

刘伟说：“请教了有关专家，他们一致认为这次爆炸不会对空气造成严重污染……”

秦丰年抽空给星云科技陈志强打电话：“陈总你好，这么晚还打扰你。……啊，你知道了是吧，很惊险。当时我就想到你了，这要有智能消防机器人可管用了。我想让你们赶快拉几台机器人到岚集来，咱们争取在爆炸厂区开个防火防爆现场会，让你的智能消防机器人当场示范演练。我负责做省里工作，开个全省规模的现场会，具体我让李静亭市长和你联系好吧。”

陈志强立即答应道：“好的秦书记，我马上安排装车，先拉四台明天就去岚集！您一定要注意安全，保重身体，咱们岚集见！”

第十八章　雪上加霜

5 月 7 日，星期三

北重化工厂发生爆炸事故第二天，人们还惊恐未平的时候，又出现新的险情，再次把岚集推到风口浪尖之上。

从昨晚开始，不断有本市及外地群众给市长电话室和媒体热线打电话，反映锦兰江水面上形成一条长达数公里的橙色污染带，正缓缓地流向下游，怀疑与化工厂爆炸有关。

秦丰年得知消息又倒吸一口凉气，眼前浮现出那团飘上天空的橙色烟雾。心中暗想，怎么又是橙色？他知道这条橙色污染带肯定与昨天的爆炸事故有关。

乔宏宇打来电话把情况说明白了：原来是化工厂的雨排系统把污染物排放到江里。当人们拿鼻子嗅空气、担心空气污染的时候，污染物却从地下管线流入锦兰江。

北重化工厂有两套排水系统：生产排水进入北重专有污水管道流到污水处理厂，经过净化处理后再循环到生产供水系统；而室外排雨水和雪水的雨排设施，通过管道直接把水排到锦兰江。昨天灭火和保护储罐喷洒了大量清水，这些水和爆炸泄露到地面的有害物混合在一起，流入雨排管道……

秦丰年再次赶到北重集团。城管部门已经封住了江边雨排管道出口。初步估计，约百吨左右有毒污水排入江中。

秦丰年指示周国庆拟文加急向省里上报突发事件信息，让市环保局即刻派人去污染江面分段取样化验，做出江水污染情况详细分析，评估污染程度。然后他直接给省长打电话。

秦丰年说："告诉省长一个坏消息，北重化工厂发生爆炸事故，泄漏出来的物料与消防用水混合物通过雨排管道流入锦兰江，约百吨左右带有苯类物质的污水顺流而下。苯类物质毒性较高，江水污染会给沿江居民用水造成影响。"

省长要求："采取一切措施解决锦兰江水污染问题！"

秦丰年说："我们已经出动几十辆车拉着吸附物赶往锦兰江下游，在适当地段拦江投放吸附材料，形成几道防线吸附污染物。但最终还得靠江水自身稀释净化。目前是枯水期，建议省里协调加大锦兰江上游丰林电站放流量，加快江水稀释净化，争取让江水在我们省内达到正常指标。同时建议通知下游沿江各地，特别是邻省的村镇城市做好应对江水污染的必要准备……"

环保部门截取污染江水检测结果出来了：苯、苯胺、硝基苯、二甲苯等主要污染物指标均超过国家规定标准，属重大污染事件。

5 月 10 日，星期六

化工厂发生爆炸事故第四天，锦兰江污染成为新闻热点炒得沸沸扬扬。特别是锦兰江下游邻省的同安江市，报道其深受污染之害成为舆论关注的焦点。

——该市两个自来水厂都从锦兰江取水，同安江市政府提前发出公告，在锦兰江污染水面流经的两天内水厂停止生产，全市停止供水。虽然污染江水经过还需要几天时间，但消息一出导致人心惶惶，各大商场、超市饮用水抢购一空。

——岚集是个重工业城市，北重集团及钢铁、水泥、特种合金、造纸等企业都建立在锦兰江边，有专家借题发挥提出建议，立即关停岚集市所有重化工业企业，以保障锦兰江流域水质安全。

秦丰年同肖德刚商量，购买五百吨桶装饮用水，组成岚集市与昊宇重工联合慰问团，让李静亭带队去同安江市慰问。五十多辆运水车浩浩荡荡开往同安江市。

送走慰问团，副市长刘伟表情严肃地找到秦丰年，十分沮丧地说：“丰年书记，省调查组刚找我谈话。”

秦丰年说：“嗯，都唠啥了？”

刘伟说：“主要问我为什么隐瞒锦兰江污染真相。认为我在新闻发布会上没有说明真实情况，造成目前的被动。”

刘伟是秦丰年认可的一员干将。他是清华大学毕业的博士，一直在省工信厅工作。后来从处长岗位提拔到岚集市当副市长，是省管理的后备干部。

秦丰年问：“隐瞒真相，什么意思？”

刘伟说：“我记得当时会场有人问，‘爆炸会不会造成空气污染’，我回答‘不会造成重大污染’。他们断章取义，掐头去尾拼接画面。播出的视频变了样，问我‘爆炸会不会造成环境污染’，把‘空气’换成了‘环境’，而我回答‘不会造成重大污染’。就这句话，认为我隐瞒锦兰江污染实情。”

秦丰年急了，说：“我去和调查组解释，开新闻发布会的时候，还没有锦兰江污染的信息。”

刘伟说：“这正是问题的重点所在。我们没有采取防控措施，疏忽了雨排管道会把现场的有毒物质排泄到江里，这确实是工作失职。锦兰江污染定为重大责任事故，岚集需要有人担责。我明天就提出辞去副市长职务。”

秦丰年说：“不行！要担责也是我去。”

刘伟笑了笑说："丰年书记，说心里话，我压根儿就不想当这个副市长。我不能跟您比，当不了'职业革命者'，我的理想是干实业。如果您认可我，就帮我借坡下驴吧，从此与官场仕途做个了断。可是您秦丰年无论如何不能出问题，有您这样的书记，是岚集的幸运。"

秦丰年心里不是滋味，鼻子有点儿发酸，说："刘伟，你好好想想再作决定，好吗？"

5月11日，星期日

省委书记赶来岚集视察。上午，在西林宾馆会见昊宇重工总经理肖德刚和三位副总，秦丰年和李静亭陪同。

省委书记首先对昊宇重工表示慰问，说自己一直在北京开会，昨天才回来。

肖德刚和三位副总已经在北重集团待五天了，集体商定北重当前事故处置和未来发展问题。

肖德刚满怀感激地说："十分感谢省委省政府对昊宇重工的关怀与支持，也非常感谢岚集市委、市政府和我们站在一起同舟共济，患难与共。"

省市领导和昊宇重工老总们一同讨论爆炸事故后面临的新情况，表明各自的看法和工作建议。

秦丰年说："书记啊，同安江市之所以抓住此事做文章，这里有复杂的历史原因。"

岚集市的工业基础主要是新中国"一五"和"二五"时期打下的。那时候环保意识还比较淡漠。苏联"老大哥"帮助援建的大型化工厂，还有造纸厂、钢铁厂等都建在锦兰江边，只因为取水排水都方便，那个年代江水污染确实严重。后来岚集市沿江企业不断治理改造，特别是改革开放后，环保意识越来越强，投入也越来越大，目前排入江里的水都达到了排放标准，但锦兰江下游城市仍然耿耿于怀。

秦丰年说："这次他们抓到了把柄，借此大造舆论。如果真把岚集的沿江工企业一锅端了，他们如心所愿达到目的，同时还可以借机把北重集团的炼油、乙烯等项目争到他们那里去，一枪两眼儿，可谓用心良苦。"

李静亭说："昨天我带慰问团去送水慰问，同安江市就一个政府秘书长出面接待，态度冷漠像见了仇人似的。"

省委书记说："将心比心，想想如果我们是同安江市，锦兰江污染了会是啥滋味。对锦兰江的治理和保护咱们责无旁贷。"

肖德刚说："书记放心，我们初步研究，总部给北重集团拨一笔钱，更换老旧装置，更换厂区和职工生活区的上下水管线，改造北重工区的大街小巷，让北重焕然一新。从今往后不会排入锦兰江一滴污水。"

省委书记说："这样好啊，更新了装置，保护了环境，也解决了对北重职工的生活欠账。"

秦丰年说："还有个事儿向书记汇报。我们副市长刘伟今天正式递交了辞职书，主动承担锦兰江重大污染事故领导责任。我的意思是，请组织上处分我，我来承担责任。"

省委书记说："我们都有责任，记住这个深刻教训吧。刘伟是个很不错的同志，他引咎辞职……辞就辞了吧，确实可惜！"

肖德刚说："因为我们企业出事故，连累了刘市长，实在过意不去。我也向省市领导表个态，要加大北重集团对地方发展的支持力度。初步考虑：一是把化工厂的苯胺项目送给地方做，这东西国际市场销路好，利润高。二是帮助岚集上两个精细化工项目，北重集团拉长产业链条，加强同地方企业的协作配套。三是把昊宇重工大数据中心挪到岚集，把岚集作为昊宇重工北方生产基地和研发、数据中心，也为岚集市经济转型升级做作一点儿贡献。"

简单几句话，让秦丰年和李静亭十分感动和欣喜。这几个项目摆在岚集，将对全市产业结构调整产生重大影响。

省委书记说："昊宇重工加大对北重集团的投入，加快北重与岚集地方经济的配套融合，这正是省委、省政府所希望的，省里会考虑给予一定的政策扶持，促进央企与地方经济的合作。"

秦丰年高兴地说："只要昊宇重工加大投入，北重集团不断扩张，那岚集就是一个新型工业基地！"

塞翁失马，焉知非福！现实中经常发生这种失之东隅、收之桑榆的情况，坏事变成了好事。

第十九章　危中寻机

5月13日，**星期二**

时隔一周，秦丰年再登青龙山。

孙贵福和管委会工作人员老早就在山门前迎候。秦丰年和他们打个招呼便健步上山，孙贵福在后面跟了一会儿，累得满头大汗也撵不上，索性不跟了。

青龙山环境卫生有了很大变化，一路看来比一周前好许多。

秦丰年对干部对工作要求严厉，但也通情达理。他知道青龙山管委会经费不足，孙贵福又没有办法开辟财源，就建议李静亭从市财政拨50万专款，用于青龙山公园基础设施维修。有钱事情就好办了，短短几天时间，公园内的环境就有了明显改善：损坏的木栈道修好了，路标和各类宣传指示牌焕然一新，公共厕所也能用了。再问那些晨练的市民，都说这样还差不多。

在慈恩寺门前香炉旁，秦丰年习惯性地点了支烟。吴大军提醒他说："领导，山上禁止吸烟。"

秦丰年把烟掐灭了，说："忍着吧，不抽了！"

正好到了6点整，山上众人共同聆听平安钟敲响，"咣……咣……咣……"声震四方。

孙贵福大汗淋漓地上山顶，脸色蜡黄。他走到秦丰年跟前，气喘吁吁地说："秦书记呀，您这体格真是不得了，我自愧不如！"

秦丰年说："老孙啊，活儿干得还可以。咱得给人们营造一个心情愉悦的公园是吧。别让群众整天说难听话。"

孙贵福点头道："那是那是，谢谢领导给拨付专款，不然我是真没法子啊。"

秦丰年说："那点儿钱只能解燃眉之急，长久之计得想办法搞创收。比如经营广告啊，出租网点啊，开发利用青龙山资源增加收入，实现公园正常维修经费自给自足，是吧。老孙，我问你，6 号那天平安钟没响是咋回事？"

孙贵福说："我问过，那天静修禅师突然发病，口吐鲜血晕倒在古钟之下，所以误了敲钟，说来也是奇巧，正赶上那天江北发生爆炸。"

秦丰年若有所思："是啊，还真有点儿奇巧。"

下山的路上，秦丰年对孙贵福说："老孙啊，当好青龙山的管家人是要吃辛苦的，每天至少要上上下下跑两趟是吧。你虽然想把工作做好，但是体弱多病，又不大擅长经营。所以我建议你推荐个接班人，再想想自己到什么岗位适合，给组织部写个报告好吧。"

孙贵福说："秦书记啊，不瞒你说，我早有这个想法呢，可自己工作没干好，咋好意思跟组织上提要求啊，感谢书记关照！"

5 月 15 日，星期四

全省安全生产现场会在北重集团化工厂召开。会议由省安监厅主办，岚集市政府和北重集团承办。全省十五个地级市、五十多个县市区分管安监工作领导和几十位重点企业负责人参加会议。

会场布置得很特别：在化工厂院里搭建一个看台，与会人员坐在看台上开会，然后观看智能消防机器人演练。

会议由省安监局局长主持。首先通报北重化工厂“5.6”爆炸重大事故原因、施救过程和事故处理情况；然后岚集市代市长李静亭发言，讲锦兰江污染的沉痛教训；北重集团乔宏宇发言，重点讲安全生产整改措施；最后主管安监工作的副省长讲话。

会议请常州星云科技和岚集市消防支队共同进行智能消防机器人救火演练。星云科技老总陈志强身着消防服作实战讲解。

发生爆炸的苯胺车间，模拟几个地方着火，浓烟滚滚。消防车鸣笛疾驰而来，一辆厢式运输车打开后门，自动伸出跳板，开出来四台智能消防机器人。

消防员迅速把水管接到机器人水枪接头上，一名消防员用语音发布命令：“1号水龙、2号水龙，前进！”两台机器人拖着水管冲进火场；命令：“水枪喷射！”强大的水流立刻喷向火源。另一名消防员发布命令：“3号水龙、4号水龙，前进！”另外两台机器人快速奔向储备库，扬起高高的水柱喷向储罐。

智能消防机器人灵活、迅速，执行指令准确、高效，令人赞叹。

陈志强讲解道：“智能消防机器人能够最大限度接近火源，它不怕烟熏火燎，不怕有毒有害气体，一台机器人喷水量是三名消防员喷水量之和。”

这时秦丰年也没闲着，他在给身边各市州领导“吃小灶”[①]。

秦丰年说：“咱们都得树立以人为本的观念是吧。世间最宝贵的无过于人的生命。过去甭管多大的火，消防员都要往火海里冲，因此牺牲了好多年轻生命。如果用智能消防机器人去救火，就可以最大限度避免救火人员伤亡。我们市一次就买了几十台。”

有个市委书记说：“岚集真有钱，服了！”

另一个跟着起哄：“那是啊，瘦死的骆驼也比马大。”

秦丰年说：“以人为本啊，为了保护百姓生命财产安全，没钱贷款我也得

① “吃小灶”：意思是帮助说好话、做广告。

置办。”

智能消防机器人演练非常成功，加上秦丰年帮助撮合，当场就预订了五十多台，北重集团一家买下十台。

开完现场会，秦丰年又到西林宾馆参加星云科技智能消防机器人落地岚集签约仪式。

秦丰年和李静亭作为见证嘉宾站在台上。邹国栋和陈志强在合作协议上签字。岚集工业大学与常州星云科技签署了联合开发智能机器人战略协议。

同时，岚集高新区对外宣布建立人工智能机械产业园区，作为“区中特区”给予优惠政策，吸引国内外人工智能企业和研究单位进区研发生产。

5 月 20 日，星期二

市委、市政府召开重点项目建设调度会。这个会场面有变化，发言的人更务实了，有啥说啥，不忽悠，充分展示了“长三角”招商的成果。秦丰年很满意，心里说，功夫不负有心人啊！

听取各县区和市直相关部门汇报后，秦丰年就推进项目落地夯实提出要求。

秦丰年强调：“首先，咱们要抓住北重集团战略扩张和年度检修的机遇，与其加强合作，提升地方化工产业发展水平。当年组织上调我到岚集工作，有个重要预期就是推进北重集团与地方深度合作，重新确立岚集工业基地城市的优势。如今，昊宇重工表示要加大与我们合作力度，咱们一定主动迎接积极配合。市里成立专门一个‘化工产业项目推进组’，负责同北重集团合作事宜及项目落实，我自告奋勇当这个推进组组长。近期，要抓好四件事儿。

“第一件，赶紧把苯胺项目接过来。苯胺这东西在国际市场上是抢手货，而且还能热销一段时间。我们要抓紧建新厂，早出成品早获益。我和万鑫集团董事长徐艳杰打了招呼，她有资金有经验，同意干。厂址选在乌图化工园区预留地，那地方远离城市，基础设施够用。北重集团答应帮我们建厂，采用目前世界上最先进的设备和工艺，更加环保和安全。新厂争取年底前建成、试车、投产。

“第二件事，抓紧对接确定两个精细化工项目。北重已列出几个项目让我们选择。请发改委、工信局和乌图区一同与北重衔接，尽快选好项目。就在北重集团厂区附近新建一个精细化工园区，专门承接北重化工配套项目，然后再对外招商延长产业链条，最终建成一个新型的化工产业密集区，把我市的化工产业做大做强。

“第三件事，高新区拿出最好的地块，给昊宇重工建大数据中心，咱们提供最大的优惠，最好的服务。数字经济是个新概念，也是未来发展的新领域，这件事高新区抓紧落实。

“还有第四件事，咱们全力以赴帮助北重进行设备大修和基础设施更新改造。发生这次事故，昊宇重工吸取教训，计划出资八十多亿对北重集团所有超期服役的设备、管线及职工生活区基础设施进行改造，加上正常设备大修，也有十几个亿的预算。我们要全力帮助北重完成这些基本建设任务。保守计算，今年仅北重集团这一块，可以新增二百个亿产值。”

关于“长三角”招商引资的项目，由李静亭负责调度，推进落实。

李静亭对重大项目建设确定了推进目标：“南京鸿城景观智能商住区和碳纤维复合材料项目月底前开工，年底前一期楼盘进户入住；苏州云水集团长白山野果汁项目月底前复工，争取四季度投产；云水制药项目启动药厂改造，组织专班跑省进京把批号办下来；上海大地集团小坂山满族民俗文化园六月初破土动工；常州星云科技智能消防机器人，今年至少生产一千台，实现十个亿的销售……”

李静亭又着重强调优化营商环境的问题，要求全市所有投资亿元以上的项目都成立专项服务组，实行全程“贴身”服务。

秦丰年接过话头说：“要在全市响亮地喊出来，谁敢砸岚集营商环境的牌子就砸谁的饭碗。必须如同保护眼睛一样去保护营商环境，保护投资者的利益。”

会议还下发了市委市政府两办《关于推进全市重大项目建设的意见》。其中列了一张表，三十五名市级领导每人至少负责“包保”一个大项目，主要是加强领导力量，帮助解决项目建设中遇到的困难和问题，保证这些重点项目如期建成达产达效。

第二十章　水源纷争

重点项目调度会结束后，秦丰年把永嘉县委书记许凤云叫过来，询问农村备耕情况。

秦丰年对许凤云说：“我接到福临镇农民上访信，反映月亮湾水库承包人怕渔业损失，不让提闸放水，导致下游几万亩水田无法育秧泡田。这农时不等人啊，得抓紧妥善解决。”

许凤云说：“秦书记，我也正要跟您汇报这事儿。月亮湾水库去年蓄水不足，今年又赶上春旱，已接近最低库容。承包水库的月光山水公司怕影响水产养殖不让放水。昨天就有不少农民在水库聚集，差点和月光山水公司员工打起来。农民也找县政府了，我们与水库多次协调都没成，水库表示他们也拿承包人没办法。现在一些农民情绪焦躁，点火就着的架势。”

秦丰年说：“这件事情里头说道挺多，不能简单处理。昨天我和李相林商量了半天，打算去月亮湾水库解决这事儿，你们县里和福临镇配合一下好吧……”

许凤云按照秦丰年的指示回去做工作。

永嘉县月亮湾水库是座有四十多年库龄的中型水库，五千万方库容。当年福临镇人民公社组织上万劳力搞了三年大会战才建成的。如今水库把水产养殖和旅游经营包给月光山水公司，水库管委会只管灌溉、防汛和水库堤坝、设施维护。

按规定水库管委会有权提闸放水，但是月光山水公司董事长邱中田是省水利厅计划处邱处长的亲侄儿。月亮湾水库已经老化，每年都要向省厅申请上百万元维修资金，邱处长一直予以关照。因此水库不能得罪这个邱中田，人家不同意放水，水库就没提闸。

秦丰年让吴大军找市气象局，要未来十天岚集地区气象云图和天气预报。

5 月 21 日，**星期三**

大清早，月亮湾水库灌区十六村数百村民向水库聚集，每人扛把铁锹，群情激愤。

人们集中到水库大堤上把闸口机房围了起来。有组织地高喊“还我水库！”“开闸放水！”“我们要种田，我们要吃饭！”。

月光山水公司几十名员工神色紧张地守着闸口机房，手里拎着铁锹镐把。双方怒目对峙，激烈争吵，火药味十足。

秦丰年接到月亮湾水库发生群体性事件紧急报告，立即指示市公安局启动应急预案，让毕树仁带领市局特警大队火速赶赴现场，防控事态恶化。

秦丰年同李相林也紧急前往。00001 号车在通往月亮湾水库的乡路上疾驰，扬起一溜烟尘。

东北农事规律是“不种五月地，不插六月秧”。往年这个时候，月亮湾水库灌区主渠道已是沟满壕平，稻田大都泡在水里。可是今年乡路两旁水田里都还干着，水渠里杂草丛生不见流水。如果泡不上田误了农时就要影响一年收成，农民的焦虑可想而知。

月亮湾水库大堤上拉起警戒隔离带，全副武装的公安特警已经把对峙双方隔开。永嘉县委书记许凤云、福临镇党委书记吕文海等都在场安抚情绪激动的农民。这些人还算克制，只是推推搡搡吵吵嚷嚷，喊哑了嗓子并没人动手操家伙。

村民们要求水库立刻放水，不然就强行打开机房拉电闸。

在水库管委会办公室，市县乡村四级领导、水利部门负责人、水库管委会、水库承包方和村民代表坐在一起，协调解决水源纷争。

秦丰年眉头紧锁，面色冷峻地说："这都酿成群体性事件了，说说这事儿咋整？"

水库管委会主任郑晓斌说："秦书记，那我就先把情况报告一下。各位领导都看见了，现在水库里只有一千万方左右的库底子，接近死水位啦，如果再放水，大坝基础就会受到影响。所以，不只是因为水产养殖，从保护水库坝基安全来讲，现在不能放水啊。这事儿我们请示了市局。"

秦丰年问："李局长，月亮湾水库归市局管，你们啥意见？"

李相林说："局里组织专家开了几次论证会，分析水库的各项数据并到现场实地察看，专家认为，还是不放水为好。"

秦丰年面带不悦，说："我就知道，问题出在下面，根子在上面。我先问你，修月亮湾水库为的是啥？是灌溉！对吧？灌溉下游几万亩水田。我再问你，四十多年前是啥情况你知道不？生活艰苦条件极其落后，这水库是福临镇上万民工，用铁锹、镐头、架子车，马拉肩挑修成的。许书记，你把当年修水库的照片拿出来给大家看看，都受受教育。"

许凤云和吕文海拿出一打儿记录当年修水库的老照片给大家看。其中有几张开追悼会的黑白照片，许凤云说："当年修水库会战中一共牺牲了五个社员。"

秦丰年指着照片说："看看这些照片，就是让大家别忘记初心，这水库是福临镇农民用汗水甚至生命换来的，没有理由不为福临镇农民的水田灌溉！再说水库蓄水，你们讲只有一千万方，我看不止。至少有一千五百万方。规定正常年景不能低于死水位，可今年春旱，不属于‘正常年景’，对吧？水田灌溉是‘紧要用水’，所以即便到了死库容也要放水救急，对吧？所以，现在就给我提闸放水，放一千万方。留五百万方水，堤坝垮不了，鱼也死不了。郑晓斌，你是专家，你说行不行？”

郑晓斌挠挠脑袋，说：“行还是不行……我不好讲。”

秦丰年很生气的样子，大声说道：“不好讲你就闭嘴！月光山水的邱总有什么意见？”

郑晓斌说：“邱总出差了，这会儿没在水库。”

秦丰年又问李相林：“李局长，你说能不能放水？这水库你说了算，对吧！”

李相林连忙说：“放，必须放水！”

秦丰年追问：“放多少？”

李相林：“就按书记说的，放一千万方。”

秦丰年又说：“我就是要在解决矛盾和问题中考察干部，看你有没有担当，是不是维护群众利益。李局长，你们局领导班子必须好好反省，认真查找思想认识和工作作风上存在的差距。”

李相林说：“郑晓斌，你还愣着干啥，赶紧去提闸放水啊！”

秦丰年提高嗓门说道：“如果因为没水泡田耽误农时造成减产减收，我就拿你水库主任试问，还要严肃追究市局领导责任！散会！”

在秦丰年的怒吼声中，纷争解决了。

水库闸门缓缓提升起来。清澈的渠水奔腾着流向田野，村民们在水渠上欢呼雀跃。

秦丰年把李相林留在水库，让他带领局领导班子就地召开民主生活会，深刻检讨贯彻党的群众路线方面存在的原则、立场问题。

下午，李相林打电话告诉秦丰年，说书记设计的这出“苦肉计”还算见效。水库承包人邱中田知道市局和水库领导都挨了批评，知道市委书记态度坚决，就表示月光山水公司支持水库开闸放水，即便养鱼受损失他也认了。邱中田一再表示，要继续帮助水库争取专项维护资金。

秦丰年说：“你告诉邱总，他的水产养殖不会有损失，也告诉郑晓斌，水库也不会出问题，我能掐会算，保证没事儿。”

三天后，月亮湾水库一千万方水放得差不多的时候，“久旱逢甘霖”，岚集地区下了一场透雨，旱情解除，水库安好。

吴大军这时恍然大悟，明白了领导为啥管气象局要气象云图和天气预报。秦丰年知道会有这场及时雨，所以才敢强硬要求水库放一千万方水，而水库断不会因干枯而毁了坝基。

第二十一章　万鑫苯胺

5 月 26 日，星期一

周国庆给秦丰年送来本周工作日程表：周一上午，主持召开化工产业项目推进组协调会；中午与组织部打篮球，下午到组织部走访座谈。周二到周四，用三天时间去社区和农村进行基层党建工作调研，行程由组织部安排。周五召开一个专题研讨会，参加人员和研讨内容与组织部商定。周日，“六一”儿童节走访幼教和小学。

1 号楼三楼会议室，秦丰年主持化工项目推进组第一次协调会。

参加人员有周国庆、市发改委主任于胜利、乌图区贺大雷、万鑫集团徐艳杰、北重集团乔宏宇，还有市土地、工商、环保、税务、城乡建委等部门负责人。具体研究苯胺厂项目建设相关事宜。

秦丰年主持会议，他说：“人都到齐了，咱们开会。北重化工厂发生爆炸事故之后，昊宇重工决定把苯胺让给地方来做，好家伙炸了锅了，不少人剜门子盗洞托人说情，都来抢这个项目。我和静亭市长认真考虑，决定让万鑫集团接过来，这个项目名称就叫万鑫苯胺。让万鑫上这个项目是基于几个方面考虑：首先，徐艳杰董事长这个人靠谱儿[①]，作为一个成功的女企业家，她做事细致稳妥，让人放心；其次，万鑫集团有实力，他们靠房地产赚了钱再投资制造业，是条正路；还有一条就是我市民营经济缺少领军人物，别说在全国百强民企中没名，就是在省内，咱们最大的民企也是排在20位之后。所以要重点扶持万鑫做大做强。徐董事长有没有信心？”

徐艳杰回答说：“我当然有信心，秦书记您亲自抓的事儿就没有做不成的。再说还有北重集团鼎力相助，我非常有信心。”

乔宏宇表态说：“相助没问题，我们都安排了，从原苯胺车间抽出来四十多人，车间主任、班组长、技术员，一整套人马去帮助万鑫建厂、试车，直到正式投产。苯胺车间有些设备还可以用，待资产评估作价后你们可以直接拆移过来，能节省一块儿费用，降低建设成本。”

秦丰年说：“谢谢乔总了，有北重作后盾，这事儿妥妥的[②]。”

乔宏宇又说：“我们还保证主要原料供应，还提供部分销售渠道，帮你们和大客户牵线搭桥。”

徐艳杰有点儿激动，说：“我这真是遇到贵人了！”

秦丰年对徐艳杰说：“你也别把事情看简单了，要遵循市场规则，有风险意识，做好迎接各种困难的准备。”

秦丰年对万鑫苯胺项目建设做了部署，他说：“前些天，乌图区和万鑫集团已经开始了项目前期工作。下一步，由发改委牵头，抓紧编制项目计划书。从今天开始，万鑫苯胺项目进入审批流程。涉事审批部门都要主动介入，提供审批事项文本，帮助完备审批要件儿，在遵循程序前提下压缩审批时间。到会各部门要一起努力，争取用最短时间高质量完成万鑫苯胺项目建设任务。同时，万鑫集团着手装置设备和工程建设招标，组织员工招聘和培训。按设计规

① 靠谱儿：北方方言中表示可靠，值得相信和托付。
② 妥妥的：东北方言，意思是稳稳的。

模大约需要三百人，建议你们从社会上招二百六十人，留下四十个名额从北重化工厂退休的班组长和技术骨干中招聘，那些老师傅都是难得的工匠。”

乔宏宇说：“北重化工厂退休的中层干部和技工可吃香了，基本上都让南方高薪聘走了。南方有的地方遍地建小化工，聚集成大产业。可我们这边小化工一直搞不起来。”

秦丰年又问贺大雷建厂用地的情况。

贺大雷汇报说：“秦书记，厂址已经选好，哪天您去看看，在乌图化工园区里，‘七通一平’储备用地。听说要在园区内建苯胺厂，也出现一些负面反应。园区附近有个远达村，一些村民到区里上访，说苯胺厂离他们村很近，害怕再出现爆炸事故他们很危险。厂区离远达村有六里多地，远远超过规定的安全距离。”

秦丰年拿出一份内部信息简报，说：“我这儿也收到信息，有人在网络微博上发文章反对上苯胺项目，扬言‘岚集市委市政府不顾人民群众安危，执意建设重大危险源项目，生产剧毒化学品’。还指名道姓地说‘市委书记秦丰年极力吹捧苯胺项目，因为他个人占有万鑫苯胺股份，要跟着分红’。我们必须坚持正面引导，做好群众思想工作，排除一切干扰，保证万鑫苯胺项目顺利推进。”

发改委、土地、工商、环保等部门负责人结合各自工作提出意见或建议，都表示主动作为积极参与，保证万鑫苯胺顺利开工建设。

会后市委办形成一份会议纪要，分送相关领导和部门。秦丰年在纪要上面签批：

“各涉事部门单位抓紧落实。另外，所有重大项目都要细化包保责任，各部门协力合作、高效推进。”

第二十二章　关键在人

5月26日，下午

午休时市委办和组织部打了一场篮球。这是秦丰年来东院儿后打的第五场球赛。

相比较之前的纪检委、政法委、党校和总工会，组织部是比较弱的对手。虽然上场人员斗志顽强，但无奈体力不支，投篮不准。同样是输球，组织部输得有点儿难堪，比分是20 ∶ 58。

侯云峰部长开始上场打了几分钟。他比秦丰年小几岁，身体虚胖，不怎么会打篮球，但是秦丰年上场了，他咋好意思不上呢。可只跑三个来回儿就累得顶不住。第二节又上场照量[①]几下，运球时腿一软摔个跟头，左胳膊肘卡[②]秃噜[③]皮了，血染球场。

秦丰年说："算了老侯，赶紧下去吧。"

侯云峰一瘸一拐地离开球场。一边倒的球赛变成市委办球队投篮表演。

秦丰年依旧打满全场，竟然投中了八个三分球。对抗性不强，没咋出汗，

① 照量：东北方言，较量、比试。
② 卡：东北方言，跌，摔。
③ 秃噜：东北方言，蹭破，磕破，一般指受伤。

感觉不过瘾。

打完球，秦丰年到组织部走访，和全体干部见面。

侯云峰胳膊上缠着绷带，表情不大自然，说："秦书记您也忒能跑了，我们一帮小年轻的都撵不上啊！"

秦丰年说："你肯定跑不过，我坚持跑步二十多年，只要有时间，每天早上或晚上都跑个把小时[①]。'跑'是人的本能。几百万年前，人类祖先生活在山洞里、丛林中、草原上，他们必须奔跑。只有快跑才能躲避野兽攻击，只有跑得更快才能追捕到猎物。不跑就活不下去，跑得慢性命难保，这是生存法则。现在讲生命在于运动，跑是人类最原始的运动，能防止骨骼、肌肉退化。能跑说明你体力充沛。我建议大家积极锻炼身体，不止跑步，篮球、乒乓球、羽毛球、太极拳、健美操等等，都行，通过运动保持良好体魄。"

侯云峰赞叹："书记说得好，是要加强锻炼，身体是革命的本钱嘛，没有好身体，也无法胜任高强度工作。"

秦丰年又说："坚持跑步及各种锻炼不仅提高人的生理机能，还能增强自信心，培养诸如顽强、坚毅、不屈不挠、持之以恒等优秀品质，怡情悦性，磨砺心智。你们在考核干部时，不妨侧面了解一下他的运动爱好，以便更全面地认识一个人。"

侯云峰说："书记说得有道理，我们在实际工作中一定注意这个问题。书记初次来组织部走访，我先把部里情况做个简要介绍，然后请书记做指示。我部现有编制人员六十九人，部领导除我之外，还有三个副部长，两个调研员和三个助调。部内设十个处室。在市委的正确领导下，我们紧紧围绕岚集实际，认真贯彻执行党的组织路线，加强党的思想建设、作风建设和组织建设，不断改善党的领导，提高党组织的战斗力……"

侯云峰汇报时，秦丰年不时插话，在活页笔记本上记录。同时，拉了个

① 个把小时：一小时左右。

提纲，概括了四句话。

汇报完了，侯云峰请秦丰年讲话。

秦丰年说："我今天是来调研走访，顺便和大家做个交流，想到哪说到哪，深了浅了大家别介意。我讲四句话。

"第一句话是'组织部门责任重大'。正确的政治路线确定之后，干部就是决定的因素。而干部队伍的培养选拔考核任用，组织部是重要的因素。你们的工作事关全市党员干部队伍的素质，而高素质的党员干部队伍又是确保岚集高质量发展的关键。同志们掂量掂量，我们承担着多大的责任！

"第二句话是'要履职尽责把好入口关'。无论是发展党员还是选拔干部，党委组织部门都是'入口'。我们看到，现实生活中有些党员干部不像样子，变成'老虎'或'苍蝇'被打翻一片。每当报道这些人被审查处理的时候，人们就不禁要问，这样的人是怎么混入党内的？是怎么选拔进干部队伍身居要职的？又是怎么管理教育的？请同志们注意，我讲组织部门要'把好入口'而不是'把住入口'。你们不一定能'把住'，因为最终决定干部提拔任用的不是你们。把好关，就是一定要把人看准，坚持高素质干部标准，实事求是地写考核材料，提出正确意见和建议。

"第三句话是'在改革、发展、稳定工作一线选拔人才、考察干部'。要选拔那些能解决难题，敢打硬仗、能成大事，'忠诚干净担当'的人担任领导职务。前几天，我跟侯部长要了一本市管后备干部花名册，仔细翻看。市直部门现有二百多名后备干部，其中有几十名在关键岗位任处长超过十年、列入后备名单超过十年、年龄在四十五岁左右的中年干部。他们高学历、有经验，也有业绩，符合提拔任职的条件。但受职数、论资排辈等原因所限得不到提拔任用。我们要想办法为他们创造机会，从他们中间选用一批人，形成一个积极的导向，鼓励那些优秀中层干部积极上进。

"第四句话是'进一步加强组织部自身建设'。……"

见面会后秦丰年来到侯云峰的办公室，关上门，两个人坐下来边吸烟边聊。

侯云峰说：“建超书记党校学习结束了，听说眼下没有合适位置，暂时安排做省政府副秘书长。”

秦丰年说：“我也听说了，昨天给他打了个电话，准备哪天去省里看看他。”

侯云峰问：“他没和你提人的事儿？”

秦丰年反问：“什么人的事儿？没提，只寒暄几句，我和他简要说说岚集现在的情况，请他回来看看。”

侯云峰告诉秦丰年：“建超书记可是跟我说了，也有意思让我转告你吧。两个人，一个是金融办副主任许晓芸，副县级好多年了，一直反映不错，拟提拔正县级实职；一个是丰林区副区长李中原，拟提拔正县级，原来考虑任市委专职副秘书长。建超书记的意思，有机会的话考虑一下这两个干部，别人他就不管了。”

秦丰年非常严肃地对侯云峰讲：“建超书记可以推荐干部。但无论是谁提名推荐的人，你们必须严格程序认真考核，够标准符合条件的提交常委会研究。我不愿意听，但还是听到太多有关干部任用方面的问题，包括买官卖官，纸里终究包不住火啊！咱们明儿早去丰林区调研是吧？”

侯云峰说：“嗯嗯，去丰林区德胜街道机械社区。”

秦丰年问：“胳膊没事吧？你也真是够笨的。体力不行就别上场呗，这点儿亏吃的。”

第二十三章　深入基层

5月27日，星期二

丰林区在岚集城南部。德胜街机械社区过去属于近郊，离中心城区较远，而随着城市扩张，现在这里已成为城市边缘，也称作城乡接合部。

秦丰年到了机械社区办事处，侯云峰及组织部几位同志、刘殿斌和副区长李中原在那里迎候。

德胜街道党委书记叫于惠，是个性格开朗的年轻女干部，她边走边介绍说："机械社区，顾名思义，这里原来是个机械制造产业集中区。二十年前，这儿有岚集重型机械厂、市一机械和丰林化工机械厂三个大型国有企业，上万名国企职工。还有二十多个中小型机械加工企业。

秦丰年插话道："那时候德胜街机械社区可是全市最好的地方，不仅企业牛，职工大都是'铁饭碗儿'，那一大片六十多栋七层暖气楼，特别让人羡慕。后来，三大机械厂两个改制一个破产，多数职工买断工龄自谋出路。这里又成为全市最困难的社区。治安不好，环境脏乱，物业没人管，居民聚集上访是家常便饭。"

于惠说："这个社区有十五个居民组，三千九百四十八户，户籍人口一万二千五百七十七人。其中低保户一百五十户，三百八十七人。区内企事业单位十五家，门店一百一十八个。社区党委下设十二个党支部，四百六十名党员，其中四百零八名是居民党员。近两年，我们在社区组织开展党的群众路线教育实践活动，切实发挥居民党员的模范带头作用。主要是秦书记您常说的管好‘三本账’，做到‘三确保’。一是管好低保账，确保贫困居民过温饱生活；二是管好就业账，确保零就业家庭动态‘清零’；三是管好稳定账，确保化解矛盾不出社区。现在看，机械社区这三件事管得越来越好了。”

秦丰年问于惠：“社区有因为困难上不起学的孩子吗？”

于惠回答说：“没有。去年我们德胜街道有三百多名学生高考被录取，二百六十名学生上了职校技校，我们为其中五十个困难家庭孩子申请政府助学金，或者找到一对一的资助，保证他们完成学业。”

秦丰年对于惠印象很好。她先当主任后任书记，在德胜街道工作十多年了，对十二个社区的基本情况了如指掌。全市有六十八个街道和上千个居民社区，一大批于惠这样的街道社区干部在主持基层党组织和行政组织工作。这是党的领导的基础，基础不牢地动山摇，基础坚固才能江山永驻。

秦丰年问站在一旁的副区长李中原：“李区长，这个社区供水、供热、供煤气情况怎么样？”

李中原说：“供水和煤气没问题，供热也可以，就是部分管线老化，大体过得去。”

秦丰年一皱眉，问道：“啥叫‘也可以’？你知道去年冬天居民投诉供热问题最多的是哪儿吗，就是这个机械小区！你还说‘大体过得去’，过得去吗？”

李中原表情不大自然，红着脸说：“嗯嗯，我知道书记来看过两次，供热公司说不敢加压，一加压管线就爆。去年就这么对付过来了，区里打算今年进行改造。”

秦丰年问：“管线老化到什么程度？怎么实施改造？”

李中原看了一眼刘殿斌，说："这个……区里还没研究。"

秦丰年又问："那你作为主管城建的副区长，对小区基础设施改造有什么想法和工作建议，你说给我听听。"

李中原说话有点儿结巴了："我吧……主要是领着干活，领导决定干啥工程，我就组织……大干快上。"

秦丰年心里话，你也就是个包工头的材料。

侯云峰接过话茬儿说："机械社区工作挺好的，能把一个老旧社区管理到这个程度，街道和社区党组织发挥了重要作用。刚才丰年书记提到的基础设施改造问题要高度重视，提上议程。不光是供热管线是吧，还有上水下水管路、供电线路等都老化了，要统筹考虑，一并解决好。"

刘殿斌马上表态："请书记和部长放心，我们今年一定把供热管线改造问题解决了，保证居民温暖过冬，不再给市委市政府添乱。"

5月28日，星期三

秦丰年按照市委组织部的安排，去社区和农村进行基层党建调研，两天走了五个社区，四个村屯。

秦丰年发现，所到之处都是按照统一要求做了充分准备。比如基层党建活动室，桌上簿册摆放齐全，墙上挂满了党的基础知识、党组织一览表、党员发展公示栏、党员责任区示范岗，还有《党员民主评议制度》《党组织议事决策制度》《党员学习制度》《"三会一课"制度》等等，统称"七簿八册九上墙"。

这"七八九"的场面让秦丰年看着感觉不得劲儿。他跟侯云峰商量说："明天换个方式行不，咱们别事先通知，随机选择一个村儿直接过去，看看真实情况。"

侯云峰说："也行，告诉组织部通知取消明天原定的调研安排。"

5 月 29，**星期四**

侯云峰上班后就在1号楼门前等秦丰年出来，两人见面后小声商量了半天，临时决定去长林市。

长林是距离岚集城最远的县级市。到长林之后，秦丰年又和侯云峰合计，商定去离县城最远的常山镇。到了常山镇，现把镇委书记翻出来，打听到离镇上最远的是靠山屯儿。秦丰年最终确定就去靠山屯儿调研。

侯云峰让镇里通知长林市委书记杨立春速来，又告诉靠山屯中午安排去农户家吃派饭。

到靠山屯儿已是大晌午了。车停在村部前，秦丰年下车同靠山屯儿党支部书记兼村民委员会主任刘贵龙握手见面。

刘贵龙说："欢迎领导来俺屯儿视察，大老远地从岚集赶到这儿，都饿了吧，要不先吃晌饭？"

秦丰年说："不忙吃饭。这儿是不是有个烈士陵园，安葬一位叫董淑英的抗联英雄？"

刘贵龙说："嗯呢，东山烈士陵园，埋葬着当年在大黑山惨案中被杀害的百余名抗联战士。董淑英是我亲姑姥，她在靠山屯儿出生，自己非要回来安度晚年，活到九十五岁，前年才走的。"

秦丰年说："我看过她的回忆录《最后的斗争》，很感人。咱们先去烈士陵园好吧。"

东山烈士陵园里的花草灌木都修整得很整齐，火山石铺设的甬路也很干净，墓碑上的字用红漆描过。秦丰年在董淑英的墓前默默站了一会儿，鞠躬致敬。

秦丰年用赞许的口气说："刘贵龙同志，看样子这烈士陵园你们收拾过，这很好。"

刘贵龙说："嗯呢，清明节扫墓来着。我姑姥活着时候给定的规矩，每年清明都组织屯儿里党员团员来扫墓，把墓碑上的字描得清亮儿的。我姑姥在时党支部活动一次不落。”

秦丰年说：“她是神一般存在的英雄，令人崇敬！”

从东山下来，秦丰年来到董淑英生前住过的农家院。小院里有三间正房，一间偏房。看上去是不折不扣的泥草房，但是内部设计得十分讲究，屋里有上下水，有冲水马桶，有自动调温的燃油供热系统。这个小院现在是“大黑山抗联营地展览馆”，免费对游人开放。

秦丰年称赞说：“这样的泥草房真不错，让人记得乡愁。我小时候回乡下老家就住泥草房，睡南北炕。”

晌午饭派到刘贵龙家。一盆儿小鸡蘑菇炖粉条，一盘炒豆腐，还有蘸酱菜。秦丰年照常喝了一大碗凉开水，外加两小瓶矿泉水，吃了一碗大米饭，边吃边叨咕，“小鸡蘑菇粉儿太香了！”

杨立春等长林市领导也赶到了。杨立春边和秦丰年握手边说：“秦书记呀，您也不打招呼，突然袭击呀，让俺们措手不及。”

秦丰年指一下侯云峰说：“呵呵，都是侯部长的主意，我听他安排跟着他走。”

杨立春拍胸脯说：“秦书记，长林市基层党建工作你随意走、挑着看，保证都说得过去。”

吃完饭，秦丰年看了山上的果木园子，山脚下的蔬菜大棚，又看了两户经营民宿旅游的农户。刘贵龙说：“果蔬生产和乡村旅游是靠山屯儿经济的两大支柱。”

靠山屯儿村部是四间砖瓦结构的平房，其中一间是村委会办公室，另外三间是通开的活动室。活动室宽敞明亮，地中间用十多个小课桌拼成一个大桌面，上面摆着草莓、圣女果、小黄瓜。刘贵龙说这是屯儿里果蔬合作社的应季产品，请领导品尝就当做广告了。

秦丰年拿起一颗草莓，摆个姿势，说：“你们拍个照片，然后加上一句话：市委书记秦丰年说这草莓好吃！我义务当你们屯儿农产品的代言人，可以吧？”

照相机、手机连忙“啪啪啪”地抢镜头。

活动室墙上只有一块儿村干部分工和党员责任区的公示牌，再没挂别的，一墙空白。

侯云峰让刘贵龙说说靠山屯儿的党建工作。

刘贵龙有点儿为难地说：“嗯呢，领导来得急，我也没啥准备，先说说俺们屯儿自然状况……也没啥准备，领导有什么问题就问，我再作答。”

秦丰年问道：“现在屯儿里外出打工的人多吧？”

刘贵龙回答：“嗯呢，长年在外的有六十多人，占全屯儿劳动力四分之一，还有季节性外出的。现在农村生产力水平高了，屯儿里就那么点儿地，用不着那么多劳动力，家跟前又没啥营生[①]，只有去外地找活干。”

秦丰年又问：“那党员外出打工，你们咋管理？”

刘贵龙说：“俺屯儿四十二名党员，十五人外出打工。他们人走了，但户口、家还在靠山屯儿。这些党员出去大都找不到党组织落关系，所以还得经管[②]他们。其实经管这些外出打工党员也不是啥难事儿，现在通讯发达，俺们就建个靠山屯儿党支部微信群，大家在群里商量事儿，用红包交党费。他们在外面遇到困难，或家里有啥为难遭灾的，在群里言语一声，党支部和在家的党员就出面帮忙。”

秦丰年接着问：“党支部平时都搞什么活动啊？”

刘贵龙说：“每月一次党员活动日，当年我姑姥张罗的，一直没断。可以召开组织生活会、上党课、商议屯儿里大事、发展新党员，每次活动都有记

---

① 营生：职业、工作。
② 经管：负责管理。

录。”

杨立春对秦丰年说：“靠山屯儿党支部基础工作非常扎实。刘贵龙，你们有好多展示板啊制度板啊宣传板啊什么的，是吧，咋都没挂墙上呢？”

刘贵龙不好意思地说：“这不是没来得及挂么。俺这活动室用途多了去了，上面要求屯儿里要有‘图书阅览室’、‘业余党校’、‘青年之家’、‘妇女之家’、‘民兵之家’、‘老年活动室’、‘文明大课堂’，反正就我就这三间房，各种牌子和宣传板不老少呢，根据需要换着挂。”

杨立春说：“主要是党支部工作的展示板，这个最重要，一定要上墙。”

秦丰年感触地说：“我看了几个村，都是‘七簿八册九上墙’。靠山屯儿没整‘七八九’，我看倒是挺好。说实在话，现在有的地方基层党建注重表面流于形式，除了‘七八九’别的啥都不行。靠山屯儿党支部实打实地干，各方面工作有板有眼，是吧？他们的党员活动日坚持得多好，还有外出务工党员管理、美丽乡村建设等做法多好啊，当前农村基层党建面临的好多突出问题，在这里都解决得非常好，你们长林市要好好总结推广。靠山屯儿就作为我的基层党建联系点，好吧，以后我会常来。今天我是大有收获，不光是学到了经验落实了联系点，还吃到了刘支书家的小鸡蘑菇炖粉条儿，真是好吃！小时候只有过年的时候才能吃到鸡肉，就那个味儿！”

刘贵龙憨厚地笑着说：“领导你是饿了，吃啥都香。但是我可以保证哈，‘溜达鸡’是自家养的，榛蘑是山上采的，土豆粉儿是俺屯儿粉房漏的，你只管放心吃，无添加纯天然。”

秦丰年告诉吴大军：“去给我称十斤粉条买两只小笨鸡，给俺家老太太和我老丈人捎回去。”

第二十四章　特殊面试

5 月 30 日，星期五

秦丰年亲自主持召开一个研讨会。这个研讨会从内容到形式都有点儿不同寻常。

参会人员由秦丰年提名，市委组织部确定。共十个人，都是市直部门重要职能科室负责人、市委组织部管理的后备干部。为了这份名单，秦丰年把一本后备干部花名册都翻烂了。昨天晚上才确定并通知参会者，但研讨内容不详，开会时由秦丰年当场说明。

秦丰年还请来几个人当评审：包括他本人，侯云峰，市人大常委会主任、原组织部长程欣，胡杨，党校常务副校长李红梅，研究室林强，组织部副部长关伟。评审负责给发言人打分，并写出印象评语。

明眼人一看架势就知道，这个研讨会与考察干部有关，是一场特殊的面试。

研讨会在市人大常委会的圆桌会议室举行。圆桌一半坐着评审，另一半是十个发言的后备干部。四部摄像机记录研讨会实况。

秦丰年主持会议，他说："今天把各位请来开研讨会，讨论的内容现在告诉大家，很简单，就是'如何解决人才问题'。你们可选择人才问题的某个方面，结合岚集实际，阐述自己的认识和工作建议，力求理论与实践相结合，有新意，可操作。每人发言限定十五分钟以内。发言顺序由侯部长点名，点到谁谁就演说。希望大家敞开思想，创新思路，献计献策。”

第一个发言的人，名字叫李纯，市发改委发展规划科科长。此人是南开大学博士研究生，看上去老成持重，说话慢条斯理：

“各位领导上午好！我是市发改委发展规划科李纯，很荣幸第一个被叫到，做这种没有准备的研讨发言。我着重谈谈产业与人才的关系问题吧。因为一个城市吸引人才的因素有很多，而产业吸引是最重要的，这是我的认为。俗话说没有梧桐树引不来金凤凰，英雄需要有一块儿用武之地……”

李纯停顿了几秒钟，接着说：“我非常赞同秦书记您关于岚集发展的总体分析和产业定位。岚集作为一个老工业基地城市，最可行的振兴思路是把现有产业做精做细，搞精品钢、精密机械、精细化工、精纺织品。所以，现在急需能够让传统产业升级走向精致的人才，不然谁来做呢？我建议市委市政府要与企业共同面向海内外招聘业界精英，寻求高层次技术研发与合作。与此同时，还要通过引进高端人才来推进、加速发展战略性新兴产业。我市新兴产业已经在碳纤维、人工智能、大数据等领域初现端倪，要千方百计请高人来引领突破，实现产业化目标……”

李纯最后补充说：“我想表达的意思是，在人才问题上也有个‘两手抓’的问题，一方面以产业聚人才，另一方面用人才兴产业，两手都要抓紧，两手都要很硬才行。浙江有个城市拿出十亿元招收一百名博士后，发‘英雄帖’邀全球人才‘揭榜’，这种招贤若渴的举措，值得我们学习借鉴。我就说这些。谢谢组织上给我这样的发言机会，谢谢！”

秦丰年眼睛一亮，心里想：这小子脑袋里有东西，思路清晰，表达能力也很强，开了个好头，真是不错！

第二个发言的是市文化和旅游局办公室主任吴咏华。从简历上看，她28

岁任文化局团委书记，之后在文化旅游局五个科室做过负责人，是个后备了十七年的老科长了。

吴咏华迅速捋了捋思路，站起来演讲：

“各位领导，我要说的是，岚集需要从多元角度认识人才、引进人才。咱们市一直注重经济领域、科技领域的人才培养与引进，这是必需的，没问题。但同时也要对其他领域的人才给予应有的关注，比如文学艺术与竞技体育方面的人才。一个城市培养或者引进一批知名作家，不断创作出优秀文艺作品，拍成有轰动效应的电影、电视剧，不仅能满足群众的精神生活需求，而且可以弘扬地方特色文化，扩大城市知名度。大家知道，岚集市过去篮球和冰球很有名气，但如今全都销声匿迹。”

秦丰年表示赞同，说：“可不是咋地，好多岚集人周末开车跑一百公里去省城看中超和 CBA，我市的体育场馆却常年空闲着。”

吴咏华接着说：“关键是得有好球队，有球星。现在国内各类球员市场很活跃，我们应动员有实力的企业，成立职业足球、篮球或冰球俱乐部，然后选来优秀球员，从基础抓起，努力打造‘岚集主场’，一步一步地让岚集的足球冲进中超，让岚集的篮球打进 CBA，让岚集的冰球走进国际赛场。”

秦丰年说：“不错，有支好球队，有几个著名球星作城市的形象大使会产生意想不到的效果，既可提振士气，还能凝心聚力。”

每个发言者都竭尽所能地发挥想象，展示才华。市劳动和社会保障局就业科科长徐荣的发言，也给大家留下深刻印象。

徐荣发言说：“我们应该敏感地看到，现在各城市在竞争人才的同时，也在近似疯狂地争夺人口。也就是说，城市要发展，人才要争，人口也要抢。有观点认为，‘人口资源是核心竞争力，是可持续发展的根本’，人力资本存量持续增加，是保证经济社会长期增长的重要因素。岚集地处东北腹地，特大城市人口规模，处于工业化后期发展阶段，正面临着人口净流出和人口老龄化的双重危机。”

秦丰年说：“有道理。岚集人口确实在减少、在老化。我们对外称城市人口二百万，其实户籍人口不到一百七十万，常住人口不足一百九十万。昨天我去常山镇靠山屯儿，一个屯儿就有六十多个农民长年在外地打工。本地活儿不好找挣得少，都去长三角和珠三角找活干，很多人出去就不回来了。咱们别说把外地人口抢来，起码要把本地人口留住是吧！这不是小事儿！”

徐荣接着讲：“所以，我建议制定岚集城市扩容计划，放开落户限制，加快人口集聚。实行‘四个零门槛’落户政策，即引进人才零门槛、投资经商办企业零门槛、购房租房零门槛、流动人口落户零门槛。本地农业人口进城落户，其土地承包经营权、宅基地使用权和集体收益分配权依然享受，转户不退地。争取十年之后，岚集城市户籍人口达到二百万，常住人口达到二百四十万。通过人口合理增长和人口结构改善，保证岚集经济稳定增长，社会持续进步。”

秦丰年对这个研讨会很满意。十位后备干部的发言各有千秋，当然也能明显看出差距。没有提前准备，当场确定题目，发言全凭个人理论素养、数据积累和对市情的熟悉把握，展露的是真才实学、经验和分析解决问题的能力。

会后秦丰年对侯云峰说：“组织部作个方案，拿出二十个副县处级领导干部名额，在全市后备干部中公开遴选，重点考核业务经验和其实际工作能力，把一批优秀中层干部提拔到专业性较强的领导岗位。方案提交市委常委会研究后组织实施。”

第二十五章　大医精诚

6月1日，星期日，国际儿童节

“儿童节”这一天，秦丰年公务活动安排得很紧。

上午先到市残联“博爱”幼儿园看望残疾孩子和特教老师，给孩子们送去精美的小礼物，祝他们节日快乐。他得知通过科学训练和耐心辅导，这些残疾儿童都得到有效康复，甚感欣慰，对特教老师的辛勤付出表示敬意。随后又去一家叫“春苗”的民营双语幼儿园，参观其良好设施和趣味活动室，用英语与小朋友和外教进行简单互动交流。最后来到岚集第一实验小学慰问正在开运动会的师生。

以热闹的运动会场为背景，秦丰年接受媒体记者采访。他说：“少年强则国强。岚集市委市政府将一如既往重视教育，为少年儿童学习成长创造良好条件。希望全市教师和少儿工作者积极践行‘立德树人’的神圣使命，把课堂作为实现人生价值的舞台，坚守初心、以身立教、严谨治学，努力为党育人为国育才。”

走访慰问结束后，秦丰年问教育局局长陈杰：“船坞区小学义务教育改革试点方案整啥样了？”

陈杰说：“秦书记，按照您的思路和要求，方案已经完成了，我们和船坞区共同讨论了两次。前几天在全区发了公告：从今年起，小学新生一律分区就近入学，取消重点校，禁止择校择班，一年级新生通过网络教学，用最好的老师统一授课。居民大都表示支持。”

秦丰年对陈杰讲：“这是件大事儿，实施方案必须周密稳妥，网络和电教设备等硬件要有保障，主讲老师要选好，事先进行充分的模拟教学，保证取得最佳教学效果。新生入校前要做好宣传工作，让市民们知道这是实现优质教育资源公平共享的改革举措。”

吃过午饭，秦丰年把吴大军叫来，捂着胸口说：“胃总丝丝拉拉地疼呢，上周体检，大夫让建议做个胃镜仔细查查。你去市中心医院预约，明儿早我去做胃镜。”

吴大军问：“用不用找找医院领导？”

秦丰年说：“不用，咱俩裊悄儿的[①]去做个检查，一找他们张罗巴伙像咋地了似的。”

吴大军把一沓文件、报纸放到案头，又给桌上的水杯倒满开水，说：“我这就去医院预约。”

秦丰年随手翻开《岚集日报》，头版大标题引起他注意：“全市政风行风测评结果揭晓，岚集交警排名垫底”报道称，排在末位的单位实行一票否决，取消领导班子评先评优资格。

秦丰年纳了闷了。他清楚记得市交警支队去年政风行风测评名列前茅啊，今年竟然“打狼”[②]，岚集交警这是怎么了？

他拨通交警支队长吕保华电话：“吕保华吗？我是秦丰年。”

吕保华说：“秦书记好，我是吕保华，您有什么事儿，请指示。”

① 裊悄儿的：东北方言，悄悄的、不作声。
② “打狼”：东北方言，落到最后的意思。

秦丰年说：“你咋整的，过山车啊，从顶峰一下子跌入谷底。”

吕保华沉默片刻，说：“秦书记，我……唉！一言难尽。”

秦丰年说：“明天下午我去你那儿，和支队几个头儿聊聊。你告诉毕树仁，让他也过去。”

6月2日，星期一，上午

秦丰年到市中心医院做胃镜检查。他穿件北重集团的深蓝色工装，头发也没怎么梳理，看上去像个退休老工人。吴大军瞅着他憋不住乐出声来。

秦丰年说：“你笑啥，听说把个粗管子从嗓子眼儿捅进去，整不好呕吐一身，我找件工作服套上了。”

吴大军笑道：“就你这一身儿，不说谁也不会拿你当市委书记。”

预约做胃镜时间是上午8点半，要求空腹，胃里不能有东西。吴大军把检查报告递上去，领取到2号牌儿和麻醉用口服液。1号牌儿患者已经进去检查了，秦丰年坐在椅子上等着叫号。

原以为很快就能进去做检查，可是等了半天也没叫2号。

后面已经排了二十多位患者。不断有穿白大褂的医生或护士领病人来加塞儿，无视排长队的人们，推门就进去。吴大军问管排号的护士：“我们可是昨天就预约的，排第2号，为啥他们先进去啊？”

护士解释说：“人家也预约了，而且都是特诊。你知道什么是特诊不？都是领导来看病，特诊优先。”吴大军还要理论，秦丰年冲他摇摇头，示意他别吱声。

过去了半个多钟头，秦丰年终于第六个进了胃镜检查室。

主检男医生四十多岁，满面红光、精神很焕发的样子。旁边有个女护士给他打下手，女护士身材苗条，戴着口罩，只露出长睫毛和黑亮的眼睛。他们两个人工作不耽误聊天儿。

男医生让秦丰年口服麻醉药水，在嗓子眼儿含一会儿咽下，然后侧身躺到床上，等着麻药见效。

男医生和女护士聊医院里的事儿，说话口气挺大：“我跟你说小刘，中心医院数咱们内科好，很难进呢。内科创收多奖金发得也多，别的科差远去了。再说了，没咱们科撑着医院早玩儿完了，所以院长对咱们科都客客气气的。你要是想来，我可以和科主任说话。”

小刘护士说：“太好了，谢谢哥！我特别想上内科。”

男医生相当有把握地说：“没问题，科主任是我兄弟，我喊话好使……喂，舌头根儿麻了言语一声。”

秦丰年说：“已经感觉麻了……下管子不疼吧？”

男医生说：“有点儿疼，忍着吧。吃东西没？一会儿恶心别吐可哪儿都是啊……大张嘴把这个咬住……身体别乱动！”

男医生拿起一根黑管子，看上去没有想象的那么粗，前面有小彩灯，沾点水，然后以迅雷不及掩耳之势伸进秦丰年的喉咙。秦丰年一阵恶心，强烈地往外呕了几下。

男医生不耐烦地说：“告诉你别紧张，放松！管子已经放进去了……你胃蠕动得厉害，这样蠕动看不清啥啊……告诉你别紧张，胃这样蠕动没法查！”

秦丰年想说，我紧张什么呀，胃是自然蠕动我也控制不了，你还跟我吼！可嘴里插着管子发不出声音。只能用眼睛瞪男医生。

男医生喝道：“瞪什么眼，做胃镜没你这么麻烦的！听我说，你胃里长了好多息肉，息肉懂吗？容易癌变的那种。你要不要做掉？做掉的话点头，我直接给你取出来。不做也行，将来如果病变就晚了，到时候别怨我没提醒你。做不？”

秦丰年点点头。

男医生说：“那好，一共是……八个息肉，都在零点五厘米以下，做掉一个一千，然后多做一个加一百，总共一千七。”

秦丰年用厌恶的眼神瞪着男医生。

男医生让小刘护士下单子。他把一根头上带钳子的细钢丝伸进黑管子，很快从胃里面取出一些血糊糊的组织，然后把管子拔出来。

男医生对秦丰年说：“去补交做息肉摘除手术和病理分析的钱，一周后来取结果。你是典型的萎缩性胃炎，很严重，知道了吧，容易癌变的那种萎缩性胃炎，赶紧治吧！”

秦丰年坐起来，强忍着恶心，对男医生说：“问你个问题，懂不懂什么叫‘大医精诚’？”

男医生一愣，说：“你啥意思？”

秦丰年对他讲：“《大医精诚》是中国古代药王孙思邈论述医德的著作，你没读过？”

男医生表情轻蔑地说：“呵呵，我学的是西医，和什么中国古代药王没关系。”

秦丰年大声说：“可你是个医生！医生就该有基本的医德修养，懂吗？那部《大医精诚》会告诉你‘见彼苦恼，若已有之’，会唤醒你的‘大慈恻隐之心’，进而去‘普救含灵之苦’。我劝你好生学习，好自为之！”

秦丰年扔下几句话气哼哼地走了。

男医生一脸懵懂，转回身对小刘护士说：“他谁啊，还给我上课，真特么能装！”

小刘护士拿起检查单看，一声惊叫：“哎呀妈呀，秦丰年！他该不是市委书记秦丰年吧？”

男医生又一愣，下意识地嘟囔一句：“市委……书记？自个儿来排号看病，开玩笑！”

第二十六章　末位背后

在大城市里，交通警察就像是一张流动的名片。

岚集交警是这个城市的骄傲，多年来一直是精神文明建设的旗帜。一句“有困难找交警”的承诺，听着就让人满怀敬意。

秦丰年平常就关注交警，因为交警掌控着城市交通通畅。他对支队长吕保华印象极好。遇到什么紧急情况，只要他喊一声，交警招之即来、来之能战、得心应手。可这次政风行风测评岚集交警意外翻船，社会上也是一片哗然。

6 月 2 日，下午

交警支队几个头儿在大门口迎接秦丰年和毕树仁，把领导让到8楼的会议室。

吕保华笑嘻嘻地说：“秦书记和毕局长这个时候来，肯定是要问罪追责吧，俺们已经准备好挨板子了。”

秦丰年说：“你心可真大，还笑得出来。”

吕保华自责地说：“唉！俺们给公安系统丢人，让领导失望了，责任全在我。”

毕树仁说："说心里话我也觉得突然，不好接受。交警非常努力，业务能力和队伍素质不断提高，可是却评了个末位，不应该呀！"

秦丰年说："是啊，交警天天风里来雨里去，管理交通、服务群众，尽心尽力。吕保华多白净个小伙儿，晒得比我都黑。分析分析，到底差在哪儿呢？"

吕保华汇报说："我们支队班子昨晚就开了生活会，自查存在的差距和问题，研究整改措施。不瞒领导，三个副支队长都哭了，伤心，不服气呗。不过检讨书和整改方案都整好了，正在打字，明天交给毕局。可是话说回来，虽然测评结果不咋地，可我们对这一年多交警深化改革、科学管理所取得的进步感到欣慰。"

秦丰年问："跟我叨咕叨咕，都有啥进步？"

吕保华说："秦书记你知道的，过去交警人缘儿好，凭啥？就是因为手里握着考驾照、处理违章和发放车牌号的权力。涉及这三件事，只要领导写个条，熟人说句话，事儿都好办。交警也'交人儿'啊。但是随着这几年驾考逐步规范，再想走后门整个驾照不可能了，这是个进步吧；交通违章监控和处罚系统建立完善，再想走后门减免扣分和罚款不可能了，这也是个进步吧；还有汽车牌号采取随机摇号和公开拍卖的方式，再想走后门弄个靓号也不可能了，这又是一个进步。后门都堵死了，交警的人缘儿肯定大不如前，这是影响行风评测的一个因素。但从另一面来看，交通管理确实有了很大改进，也是好事。"

秦丰年问："现在有人来找你说情，你咋办？"

吕保华答："耐心解释呗。真怕领导打电话来说情，亲戚朋友违章罚款了你给关照一下，咱也不能卷领导面子啊，只好说罚款可以考虑减免，扣分就没有办法了。然后自己掏腰包替他'减免'一些。"

秦丰年说："不自己掏你这个支队长也没面子是吧，掏多少了？"

吕保华淡淡一笑："一年得五六千吧。花几个钱倒没啥，有几件事俺们觉得有点儿憋屈。比如出动警车，一般情况下，遇有重大集会、重要接待任务、处理重大事件道路不通畅等情况，可使用警车及警灯、警笛，保证正常通行。可我们用警车太随意，有的领导和部门，不是特别需要也让我们出警车鸣笛开道，影响很不好。再比如交通管制，市里常在江边和几个广场举办大型活动，搞活动就要求交警封闭道路，限制车辆和行人通行，群众就有意见。交警成了一堵墙，每当发生上访、堵路等群体事件，就把交警放到最前面挡着，如果强制疏散就直接和群众发生冲突。还有一点，现在我市好多路段经常堵车，而电子监控抓拍又相当厉害，任何违章都逃不过，好多人无意中就被扣分罚款，他们都把不满和怨气撒在交警身上。这些都会影响到交警测评的名次吧。”

秦丰年很认真地听吕保华讲述，回身对毕树仁说：“毕局长，听保华说这些我深有感触。咱们要透过现象看本质，是吧，要看测评背后的一些东西，反思我们领导作风上的问题。”

毕树仁说：“嗯，虽然这次测评位次不好看，但交警始终是我市公安战线的样板，我们局班子心里有数。当然，还是要借这个机会，进一步改进工作，用实际行动扭转人们对岚集交警的看法。”

秦丰年对吕保华说：“你们可以在内部讲，秦丰年说了，岚集交警还行，有困难还要找交警！”

吕保华说：“谢谢领导理解和鼓励！”

6月3日，星期二

遇事说事儿，见招拆招，是秦丰年一贯的工作风格。他把胡杨和杨智忠找来，深入研究全市政风行风建设。

市政风行风建设办公室设在纪检委监察局。杨智忠兼办公室主任，纪委常委曾国瑞兼副主任，具体工作由纪委纠风室负责。

曾国瑞首先汇报了目前全市政风行风建设形势、年度测评情况和下步工作打算。胡书记和杨智忠都对政风行风建设工作予以肯定，也讲了自己的想法和建议。

秦丰年说：“今儿把各位找来研究政风行风建设是临时动议。昨天我去交警调研，发现一些问题，就把你们找来商量。我市的政风行风建设总体来看有向好变化，成绩你们都说了，我想需要关注的有三件事：

“第一，政风行风建设要从领导干部抓起，必须对症下药，谁有病谁吃药。现在好多问题出在下面，但是病根子在上面。这次交警行风测评排在末位，我看他们有点儿冤枉，某方面是替领导干部严重官僚主义背了黑锅。比如说，现在市领导车牌都是小号，市委书记001，人大常委会主任002，市长003……看牌号就知道这是市领导的车，你再整个警车在前面‘哇啦哇啦’叫，群众能不烦吗？再比如，一有群众到市委市政府上访就把交警找来阻挡，领导不出面解决问题，群众把气都撒到交警身上。还有其他一些政风行风问题，都是领导干部作风不正的反映。因此，必须抓住领导干部作风建设这个关键。市委常委要带头，逐条细化作风建设措施。就从车牌子开始，结合车改，市直机关500号以内车牌子全收上来，取消这些带有领导特权意味的小尾号车牌子。

“第二，政风行风建设要从根儿上抓起，必须强化职业道德教育。政风行风不正，深层原因是道德缺失、道德失范。抓政风行风的核心是职业道德建设。领导干部要讲官德，教书育人要讲师德，行医看病要讲医德，政法干警要讲警德，演艺人员要讲艺德，作贾行商要讲商德。兴业勤为首，修身德为先。昨天我去中心医院做个胃镜检查，没把我气疯了，那位主检医生对待患者没有一点儿怜悯之心，光想着怎么创收赚钱，这哪行啊！要在全市党政机关和各行各业开展以爱岗敬业、诚实守信、办事公道、热情服务、奉献社会为主要内容的职业道德教育，推动道德实践养成。

“第三，要改进测评方式，真实反映政风行风建设实际。这次政风行风年度测评，交警支队从去年第一位落到最末位，为什么出现这么大的反差？是岚集交警变坏了，还是测评本身有问题，应该认真总结分析。因为我太熟悉岚集交警，你们也都知道交警的付出。他们不惜流血流汗，不应该再让其伤心流泪！所以，要研究科学测评的方式方法，评出正确的导向，评出积极的能量。”

秦丰年又同胡杨商量几个案子，确定全市正风肃纪警示大会六月底召开。

第二十七章　难为家事

6月5日，星期五

今儿个是老丈人宋志成七十五岁生日。秦丰年少有的按时下班，拎两瓶酒和宋春梅一同去给老爷子祝寿。

宋志成老两口跟儿子宋春雨一起过，住在北重集团职工社区。宋春雨在北重建筑公司开吊车，媳妇刘凇受聘于一家保险公司当业务员，儿子铁蛋儿今年上小学。

秦丰年差不多有两个月没去老丈人家了。宋春梅一张罗回娘家，他就有这事儿那事儿的，其实是心里头打怵，不好意思去老爷子家。他寻思至少有两件事老丈人肯定不满意，而且他也感觉确实有点儿对不住宋春雨两口子。

市委书记也有家长里短。秦丰年也是个有血有肉有情感的人，因为家事而感觉内疚让他挺难受的。今天来不光是给师傅加岳父祝寿，他还准备把该说的话挑明说透，大不了当面儿给岳父岳母及宋春雨、刘凇赔个不是，要不然总在心里头惦记着是回事儿。

宋春梅和刘凇在厨房里忙活炒菜做饭，秦丰年陪岳父岳母在屋里看电视聊天。宋志成七十岁那年得过一回脑血栓，留下后遗症，离不开轮椅，得整天让老伴儿推着。老爷子腿脚不灵活说话不利索，但是头脑清醒，还爱管闲事儿，看啥不对心思就唠叨抱怨。

宋志成对秦丰年说："丰年，我……我跟你说，这岚集新闻得……得改，天天净是这……这个会那……那个会，一开……开会就请……请领导发表重……重要讲话。人家央视新闻联播说……说总书记发表重要讲话，那讲……讲的都是全国大……大事，那才叫重……重要讲话，你一个岚集市绿……绿豆大的官儿也作重……重要讲话，呸……不嫌砢碜！"

老伴儿瞪他一眼，说："整天介就你事儿多，瞅啥都不对劲儿。"

电视正播岚集新闻，报道市政府召开治理野广告专项行动工作会议，会议规模不大，一位副市长讲话给了挺长一段画面。

宋志成接着抱怨："二十分钟岚……岚集新闻，一半是开会，特……特烦人！"

秦丰年说："师傅您说的在理儿，这样确实不咋好，得改。"

秦丰年一直管老丈人叫师傅，宋志成也说还是叫师傅好，显得自然亲切，还不俗气。

菜上齐了，大家入座。宋春梅主持个简单的仪式，关了灯点燃蛋糕上的小蜡烛，让老爸许个愿，然后大家一起把蜡烛吹灭，唱《生日歌》。

铁蛋儿迫不及待地问，可以吃蛋糕吗？宋春雨说："可以，但你要给爷爷磕头，祝爷爷生日快乐！"铁蛋儿马上跪地下磕了仨响头，又喊："爷爷生日快乐！"赢得满桌欢笑。

秦丰年举起酒杯说："我和春梅祝爹、妈健康长寿！先干为敬……也谢谢刘凇，做这么多菜，辛苦了！"

刘凇喝了口饮料，回一句："俺不辛苦，就是命苦。这也就是爹过生日，要不上哪儿见你这么大领导啊！"

宋志成一瞪眼，说："刘凇，怎……怎么说话！"

宋春雨连忙打圆场："姐夫你别介意，刘凇她就那样德行，心直口快不会唠嗑。”

秦丰年一直端着酒杯没放下，说：“没事儿，今儿是在自个儿家，骂我都行，反正外人看不到。我呢，说心里话，也真是觉得对不住你们两口子，我自罚三杯。”

秦丰年连干了三杯酒，还呛着了，咳嗽几声。宋春梅说：“你急啥呀，快吃口菜压压。”

刘凇说话不中听自有原因。头几年铁蛋儿小，公公又偏瘫，刘凇没急着出去找工作。去年有个做保险的同学给她出主意，说你干保险代理呗，你姐夫是市长，在岚集办业务，提秦丰年谁都得给面子。刘凇进了一家保险公司，但她从不提秦丰年那个茬儿，想凭自己本事去跑业务。宋春雨天天给她上课，叮嘱她哪怕一分钱不挣，也不能给姐夫添乱！后来，刘凇自己联系了一份大单，拿下市烟草公司一百多辆车的保险。合同都要签了，却被秦丰年发现立马叫停。刘凇不服气，说这事儿跟你秦市长没关系，我自个儿跑的业务，凭啥不让签合同。秦丰年说不仅这一单不行，也不容许你同岚集任何企事业单位做保险业务。刘凇气得哭了好几场，心里打了个结。

刘凇不服气，跟秦丰年说：“现在做保险的谁不通过关系拉保源啊，‘人脉是金，朋友无价，不如领导说句话’。你不替我说话是吧，其他领导会替别人说话，佣金就让人家得了。”

秦丰年明确表示：他不会帮助刘凇说话。

默默地吃了一会儿，又唠起铁蛋儿上学的事。哪壶不开提哪壶，这又是秦丰年的一块儿心病。

秦丰年寻思了半天，说道：“爹，还有件事，必须跟你和春雨说，有关铁蛋儿上学的事。”

宋春雨问：“啥事儿啊姐夫？”

秦丰年说：“你们看船坞区小学义务教育改革试点通知没？”

宋春雨说：“我知道，公布好几天了。”

秦丰年说：“这几天就有人去市委上访，要找我讨说法，认为这个教改损害了买学区房群众的利益，现在学区房的房价掉一半。”

宋春雨看了刘凇一眼，小声说：“是啊，本来咱们那套房有人要买，订金都给了。现在说啥不买了。也有人拉我去找政府说理呢，我没去。他们都说这改革主意是你出的，这一招可把买学区房的人坑得不浅。”

宋志成听不明白，问道：“学区房掉价了？咋……咋整的？”

刘凇又说了一句气话：“把老本都赔进去不说，还欠一屁股债，愁死人了！”

为铁蛋儿上学的事儿，宋春雨两口子三年前就找过秦丰年，想让他到时候跟市教育局领导说一声，把铁蛋儿送进岚集第一实验小学。老爷子也找他，说认可花择校费。秦丰年明确表示：他帮不了这个忙。宋春雨只好花一万二千元一平方米高价，买一套五十平方米的学区房，用宋志成的积蓄先付三十万元现金，宋春雨又贷款三十万元。原来以为学区房能升值，铁蛋儿上学后再把房子卖掉，或许还能赚几个。没想到今年船坞区进行小学义务教育改革，取消重点校。高价购买的学区房一夜之间不值钱了，六千元一平方米都卖不出去。

宋春梅接过话茬说：“爹，春雨，刘凇，你们不用犯愁，你姐夫和我商量了，明个往你们卡里打三十万元，算是给你们学区房损失的补偿。以后铁蛋儿上学的钱也我们出，一直供他大学毕业。”

刘凇连忙说：“姐呀，我说的都是气话，哪能要你们钱啊。”

秦丰年坚持说：“这钱你们一定收着，事儿都怪我。有我这个当官儿的姐夫，沾不到啥光不说，还要让你们赔了老本儿，我心里也不得劲儿。其实给刘凇找个工作，安排铁蛋儿上一实验，都不是啥难事，但是我秦丰年不能办啊！”

宋志成听明白是咋回事了，说：“春雨，刘……刘凇，别怨你姐……姐夫，他不容易！”

秦丰年叹了口气：“唉！师傅，爹！你能理解呢我这心里还好过点儿。我当这个官儿，就是不能用权力和影响谋取一丁点儿私利。一点儿都不行，真的不行！还有啊，平时我也不能尽孝，都是春雨两口子伺候你们。刘淞工资开得少，我们也给她补助一点儿，要不找家政服务也得花钱的是吧！”

宋春雨说：“姐夫，真的不用你们拿钱。你不知道啊，咱爹平时老跟别人显摆，说秦丰年，原来的市长，现任市委书记，知道不？那是我徒弟！老自豪了。咱爹说别的口语不利索，就这句话，说得可顺溜了。俺们也经常听到大家叨咕你，都说你如何如何好，是咱们北重集团的骄傲，听着也挺开心的。”

秦丰年说：“我再自罚三杯，给春雨、刘淞还有铁蛋儿赔不是，对不住你们了……”

宋春梅把酒杯接过来说：“你再喝就多了。这杯酒我替你喝！”

宋春雨赶紧把酒杯接过去，说：“姐夫你这么说就见外了，你没有啥对不住我们的。这酒我替你喝，也祝你把这个书记官儿当好，给岚集百姓留下好念想儿[①]。”

刘淞又从老公手里抢过酒杯，说：“这杯酒我喝，都是我不懂事，对不住姐夫……”

铁蛋儿在一旁喊：“把酒给我，我替我妈干杯！”

满桌人全都乐了。

① 念想儿：东北方言里有印象、形象的意思。

第二十八章　媒体交流

6月9日，星期一

外面细雨霏霏，天气阴凉，1号楼三楼会议室里却是气氛热烈。秦丰年把市里主要新闻单位负责人找来，座谈交流媒体宣传工作。

参加座谈的有周国庆、邹大伟，报社、广播电台、电视台、岚集信息港和市委网信办负责人，还有几位资深编辑记者。

座谈交流由邹大伟主持。他说："今天，丰年书记召集大家来，研究进一步加强媒体宣传工作。大家既要向丰年书记汇报本单位工作情况，同时对搞好全市媒体宣传发表意见。"

秦丰年说："开个'神仙'会。我对媒体宣传这块儿是外行，想听听大家的意见和想法。在新形势下，宣传部门和媒体单位肩负着正确导向，弘扬正气，把控舆情的重大责任，咋整好，请大家畅所欲言。"

在座的各大媒体负责人，平时常与市委领导见面，但直接向书记汇报工作的机会并不多，所以大家争相发言。全是搞宣传的，个个能说会道，尽情表达。秦丰年不时插话，和大家谈自己的观点想法。

电视台刘台长发言，介绍本台工作时讲了个例子，他说："我台社会生活频道有一档与观众互动节目叫《和小满说事儿》，每周一、三、五晚上9点半到 11 点播出，很受观众欢迎，每次都是电话不断，到点儿都收不住。”

邹大伟插话说：“我觉得这个节目需要改进，内容得改。我听过几期，都说些啥呀？不是搞对象女方提出分手男方骂女方是骗子，就是女的说男人有外遇日子没法过了，翻过来掉过去都是失恋、骗人、出轨、离婚那些事儿。说事儿可以，最好选择积极的主题，比如读一本好书、创业就业、健身养生什么的。”

秦丰年说：“我知道那个节目，主持人叫李小满，是吧？小伙子挺精神的。”

刘台长说：“对对对，主持得相当不错，原来在交通台主持《岚集夜话》，后调到我们台来了。”

秦丰年说：“我倒是觉得《和小满说事儿》还可以。群众欢迎就是这个节目存在的理由。现代社会需要有多种渠道让人抒发情感，表达诉求。当然，说事儿的内容如邹部长讲的，可以再丰富一些，更多地传递正能量。”

岚集日报于总编发言中提到：“我们专题部策划了一个关于‘老人摔倒了扶不扶’热点问题讨论，引起一定社会反响。”

秦丰年问他：“那你说说，为啥要进行这样的讨论？”

于总编打着手势说：“老人摔倒无人扶现象是观察社会的典型事例，引人深思啊。摔倒的有人‘碰瓷儿’，搀扶的有人被讹，见义勇为变成惹祸上身，这使得中华民族助人为乐传统美德陷入‘尴尬’之中。组织关于‘老人摔倒了扶不扶’的讨论，是对岚集人道德良知和社会信任的考验。”

秦丰年不赞同于总编的观点，明确表示：“我认为这是小题大做，弄不好跑偏了还会产生歧义，造成负面影响。有人说老人摔倒无人敢扶是社会道德的沦陷，这完全是别有用心的夸大其词！实际情况是这样的吗？不是。平时人们见到一位老人摔倒了，都会本能地去扶一把，司空见惯不算事儿，没什么需要讨论的。‘碰瓷’、讹诈是违法行为，与老人摔倒扶还是不扶是两码事。不要把社会上偶然发生的极个别现象炒作成热点，更不能通过所谓的群众性讨论形成社会道德沦陷的论断。高铁出现个‘霸座’的也当成大新闻，引发讨论，又归结到国人素质如何低下。现在都讲大数据，你们算算，咱们国家每天乘坐高铁动车的有上千万人，99.99%的人文明乘车，出现一两个不讲道德、低素质之人胡搅蛮缠，批评教育依法处置，报道一下大家嗤之以鼻也就结了，干吗非要发动讨论把人们引到沟里去。媒体宣传必须头脑清醒，类似的讨论需慎之又慎。”

到会的人都发言之后，邹大伟请秦丰年讲话。

秦丰年有准备，他翻开自己的活页笔记本，说：“今天在座的都是岚集市宣传战线的负责人，还有著名编辑、记者，你们可是引领这个城市风气的先锋，是左右城市舆论的向导，是刻画城市形象的工匠，是培树城市精神的力量。为了宣传岚集，你们做了很多值得肯定的工作。我仅就抓好媒体宣传工作讲几点具体意见。

“第一点，减少领导活动和一般会议报道。”

秦丰年说：“现在每天广播电视台的《岚集新闻》和《岚集日报》头版，大时段大篇幅报道各种会议和市领导活动，这不好，必须改！除市委全委会、市人大政协例行会议和市政府全体会议外，其他会议一般不做报道，或者只报标题新闻。你们要明白，市领导平时的走访调研、开会讲话，那都是日常工作，无须进行宣传。如果某项工作确需宣传报道，那你把新闻点放在工作上，不要放在领导活动和讲话上。在新闻报道中不要滥用‘重要’这个词，某某市领导做重要讲话，某某市领导做出重要批示，让人笑掉大牙。谁如果说秦丰年做重要讲话，我头皮都发麻。宣传部抓紧搞一个规范，严格限制领导职务、尊称和溢美之词。就叫秦丰年同志、李静亭同志，讲话就是讲话，不要说重要讲话，这要作为新闻纪律。

“第二点，坚持真善美，呈现最美好的岚集。”

秦丰年强调："电视台不要自我感觉良好，必须在提高节目质量上下功夫。专题栏目、娱乐节目都要创新，要展现岚集最好的文化、最好的景观、最好的人物和精神风貌，这是主流媒体的责任。咱们电视台也有个相亲节目是吧，叫《岚集之恋》。我不反对突出东北农村青年搞对象的特点，可是你看看男嘉宾女嘉宾的造型，打扮得土不土洋不洋，净唠些不文明嗑，没有美感。还有一个节目叫《今日采访》，内容挺接地气，大都采访普通老百姓的难心事儿。我也赞成关注百姓疾苦，帮助他们解决实际困难和问题。但是节目画面和人物形象得讲究点儿吧，最起码上镜前要捯饬捯饬[①]吧，把采访的环境收拾收拾吧。总之，要展现岚集的真善美。

"第三点，开辟媒体论政窗口，发挥舆论监督作用。"

秦丰年提出要求："报社要开个专栏，发布政府各个部门履职、服务的规范与承诺，请市民监督；电视台也要搞个'论政'直播节目，定期把劳动就业、教育、文化、卫生、交通、住建、城管、商务、司法等涉及民生部门的负责人请到演播室，与市民代表面对面交流，现场直播，当场回答和解决市民提出的问题。通过这样的方法，促进政府职能转变和'放管服'改革。请宣传部牵头，协调政府办公室做出方案尽快实施操作。

"第四点，深化体制机制改革，培养全媒体人才……"

散会时，秦丰年拉住于总编说："老于啊，咱们岚集日报办得很像样，发挥了主流媒体的作用。今天我们是探讨问题，想到哪说到哪，没有批评你的意思，以后有时间咱们多交流。"

于总编说："好的好的，多交流，还请书记不吝赐教！"

秦丰年："咱们相互启发，共同探讨。"

---

① 捯饬：东北方言，意思是指梳洗整理自己的仪容。

第二十九章　领导秘书

东院儿 1 号楼是 20 世纪 50 年代的老建筑，差不多与共和国同龄。后来又盖了 2 号、3 号楼和市直机关会议中心，用高高的铁艺围栏围成个大院落。

在一般市民眼里，这旮旯儿很神秘：大门口站着穿制服的警卫人员，进出车辆要看通行证，外来办事的需在门卫室登记，无事闲人不得进入院内。

在东院儿，市委办公室作为市委中枢部门，更让人感觉神秘莫测。

市委办在 1 号楼的一、二层办公，离市委书记最近。内设秘书科、综合一科、综合二科、信息科、机要文电科、督察科、人事科、老干部科等十多个科室。其中秘书科、综合一科、信息科和督查科是直接为市委书记服务的政务科室。秘书科负责一般事务性工作，比如办好领导交办的事情，做好各种会议的会务服务，安排领导迎来送往什么的；综合一科给市委书记写材料，起草讲话、报告等重要文稿；信息科负责对各类信息进行综合整理，上传下达；督查科主要是督促检查市委工作部署贯彻落实的情况。

人们习惯把在市委书记身边工作的人叫秘书。市委书记的秘书不是一个人，是一帮人。

虽然市委办这些政务科室都有规定的职能责任，但是每个市委书记都按照自己的风格和习惯使用身边这些工作人员，对秘书们的要求截然不同。

6 月 10 日，星期三

过来东院儿快两个月了，秦丰年认识大部分市委办干部。今天他把几个平时接触比较多的科室工作人员找来见个面，一方面以普通党员身份参加所在党支部活动，另一方面要和这些同志商量工作，提出他的想法和要求。

秦丰年对综合一科科长秦宏岩说："我可是正式向你报到了，秦书记，往后呢我就是综合一科党支部的党员，有啥组织活动记住招呼我，交党费时候给我提个醒。"

秦宏岩四十多岁，文质彬彬的样子，和书记研究过几回材料，多少了解点儿领导的秉性。他不好意思地说："丰年书记，您还是叫我宏岩吧，或者就叫老秦。虽然我也是秦书记，但不能在您跟前儿叫啊。咱们党支部组织活动，有人喊一声'秦书记'，是您应呢还是我应？"

秦丰年说："当然你答应啊，咱们支部的党员不都得听你吆喝吗。"

在场的人都乐了，显得气氛轻松。

办公室主任李仲，副主任韩威、王铁力也参加了这个见面会。

李仲说："丰年书记思想解放，意识超前，理论素养深厚，作风严细实快，我们办公室感到有压力啊。希望书记对我们批评和指点，让办公室更好地发挥作用，更好地为领导服务。"

秦丰年说："对'服务'的理解你们就该提升一下。市委办的工作，既是为市委领导服务，同时也是市委工作组成部分。换句话说，你们看上去是为我服务，为常委会、全委会服务，实际上咱们是捆在一起共同为岚集全面振兴服务，为岚集人民服务。我这样讲意思是让大家站位要高，无论办文办事办会，都要有'代表市委'的责任意识。秦宏岩，你写讲话稿的时候，一定要把自己当作秦丰年，那你写出来的才是秦书记讲话，而不是秦科长的文章，对吧。"

秦宏岩苦笑一下说："我们可以这样去想，努力写好领导讲话，但是很难达到您的境界和要求。"

秦丰年问："为什么？"

秦宏岩说："因为您是市委书记秦丰年，有职业革命者的胆识、眼界和格局，领导干部中真正意义的'高大上'①。"

李仲接着说："是呀是啊！能和您一起工作，是办公室工作人员的荣幸，我们学到很多知识，很多方法，不断提高自身素质和工作能力。"

秦丰年笑道："你们不用跟我客套。办公室担负着保障市委日常工作运转的任务，是市委实施正确领导的参谋助手。前不久，习近平总书记到中办调研视察，提出了'五个坚持'② 的要求是吧，这是新形势下做好市委办公室工作的根本遵循，咱们一定要认真学习、深刻领会、全面贯彻。"

李仲说："我们已经组织全室干部进行了学习讨论，初步形成了践行'五个坚持'的具体要求。"

秦丰年说："好。今儿咱们商量政务工作这块儿，我说下想法，请大家讨论。先说综合一科。秦科长，你们科五个人是吧？"

秦宏岩答道："编制五人，都配齐了。"

秦丰年说："以后我的讲话不用你们综合一科整。一般场合我拉个纲先讲，可以录音整理，需要印发的让文电科处理；全委会等讲话稿让政研室起草。你们科把主要精力放在对市情的综合分析上。首先，要与统计局、发改委、财政局等部门建立市情综合分析机制，按月形成准确的同比与环比数据报告，掌握全市发展的节奏与进度。其次，还要建立两个横向比较系统：一个是与省内十五个地级市的数据对比，一个是与全国十个同类城市的数据对比。有关民生数据一月一统计，宏观数据一季度一统计，清楚地比较出我们在全省、在全国同类城市中发展的水平和状态，并根据我市实际提出具体工作建议。这么说明白不？"

---

①"高大上"：网络流行语，高端、大气、上档次。

②"五个坚持"：坚持绝对忠诚的政治品格、坚持高度自觉的大局意识、坚持极端负责的工作作风、坚持无怨无悔的奉献精神、坚持廉洁自律的道德操守。

秦宏岩说："大体思路明白了，我们还要深入研究细节，把您的要求吃透。"

秦丰年又讲："再说信息科，你们主要是收集国际、国内、省内重要新闻和本市重大市情报告，每天整理一份《当日信息精选》报送各位常委，其中国内外和省内信息选十条、本市信息选十条，言简意赅，一目了然。就是不听广播不看报，看了你这个精选信息便知天下时政要闻和岚集大事。你们还要和网信办、信访局建立舆情和信访信息专报机制，保证重大舆情与信访信息及时掌控处理。"

李仲不住地点头，插话道："信息既要选得准、编得精，还要及时，这要下功夫啊！"

秦丰年又讲督查科工作："除了正常的督查工作之外，再给你们加个任务：帮助我处理'市民意见'。我让市委组织部挑选一百个不同阶层、不同群体的岚集人，有企业家、个体户、退休人员、记者、农民、社区干部、国企员工、大学教授、青年志愿者等等，请他们当市情监督员，随时反映市民对市委市政府的意见和诉求，反映社会存在的腐败现象和不良风气。给每人发了十个特制信封，直接邮寄给我。督查科负责帮我处理这些信件。你们要对每个信件进行分析研究，提出处理意见，然后交给我看。"

大家看到了特制的牛皮纸信封，上面印着一行大字："中共岚集市委秦丰年收"。

秦丰年又说："你们几个科室工作的实质，简单说就是'信息处理'。咱们生活在信息时代，市委领导就是基于对时代、社会、市情、民意等信息正确地把控处理。你们呢，要为市委提供及时、准确、有价值的信息数据，提供科学地分析和预判，提供具体的解决方案，以保证市委决策正确、领导有力。处理信息必须记住三个关键词：一是'知已知彼'，二是'问题导向'，三是'措施可行'。你们好好研究研究，如何帮助我解决这三个问题。"

秦丰年离开后，市委办的领导秘书们围绕书记提出的三个问题深入讨论，并将书记布置的工作任务一项一项地细化，落实到人。从市委办主任到每个科员，都感觉压力山大。

李仲对大家说：“别以为当领导秘书有多风光，要有真才实学才能胜任啊，你们说是不是？”

秦宏岩感叹：“尤其是给秦丰年当秘书，太难了！最大的问题是咱们的思想认识水平和处理问题能力和他不是在一个层次上，跟不上节奏踩不上点儿。”

李仲鼓励大家：“跟着武松能打虎，强将手下无弱兵。为秦丰年这样的领导服务，学的是真本事，很锻炼人的，都好好干吧！”

第三十章　主动投案

6 月 23 日，星期一

近两天从各种渠道传来消息，说原岚集市市委书记刘建超被省纪委“双规”[1]了。岚集似乎要迎来一场风暴，让有些人感到心惊肉跳睡不好觉。

秦丰年刚走进办公室，就接到省纪委书记打来电话，告诉他经省委批准，对刘建超采取“双规”措施。今天上午，省纪委副书记单勇专程去岚集，要带走一名与刘建超有关的副市级领导干部到省纪委接受审查调查，请岚集市委予以配合。

放下电话，秦丰年心情立刻变得沉重。这时候，他既担心可能会有更多的岚集市领导干部被牵连出来，也顾虑刚刚好转的发展势头会受到官员腐败的消极影响。这样的政治生态，谁敢来投资啊！

他把胡杨叫到自己办公室来。

秦丰年问：“你知道大概是什么情况？”

胡杨说：“我也是刚才得到省纪委正式通知，知道刘建超的准信儿。今天他们来要带走的，可能是朱明利。他和刘建超关系非同寻常，而且早就有人举

① “双规”：纪检机关所采取的一种调查手段，要求有关人员在规定的时间、地点就案件所涉及的问题做出说明。

报他的问题，只是省纪委没有动他而已。”

秦丰年说：“我琢磨也是他的可能性大。就怕拔出萝卜带出泥，通过刘建超整出个‘团伙式’腐败，垮掉一批干部，岚集经不起‘塌方式’的折腾啊！”

胡杨分析说：“刘建超在岚集任书记只有三年时间，之前七年他在省城任区委书记、副市长。据说他的问题多数是在省城任职期间发生的。当然，在岚集也有事儿，但还不至于官场‘塌方’吧。”

9点多钟，省纪委副书记单勇一行人进了岚集市委大院，三辆黑色吉普车停在1号楼门前。胡杨下楼迎接，把单勇和省纪委的两个处长让到秦丰年办公室。

单勇说：“经省委批准，省纪委监委对岚集市人大常委会副主任朱明利严重违纪违法问题进行立案审查。目前掌握的情况，朱明利存在违反政治纪律、违反中央八项规定精神、违反组织纪律、违反廉洁纪律和收受巨额财物，涉嫌行贿受贿犯罪。为了保险起见[①]，不直接去市人大带人，请丰年书记配合一下，把朱明利叫到市委这边来，然后将他带走。”

简单商量了个方案，秦丰年用座机拨通朱明利的电话。

秦丰年招呼道：“朱主任么，你好啊，我是秦丰年。”

朱明利说：“您好秦书记，有什么事吗？”

秦丰年平静地说：“你现在到我办公室来一趟，有个城市轨道交通建设的可研报告，咱们商量一下，你情况熟悉，想听听你的意见。”

朱明利立即答应：“好的秦书记，我这就过去，十分钟到。”

秦丰年放下电话，无奈地笑了笑说道：“他一点儿不觉警[②]啊。我这样把他叫过来，然后让省纪委带走审查，这老朱不得恨我一辈子。”

---

① 起见：表示为达到某种目的或出于某种原因。

② 觉警：东北方言，指心里有所觉察，有所警惕。

朱明利不是没有一点儿心理准备。他这两天也多少听到风声，说刘建超出事儿了。但怎么也没想到这么快火就烧到自己身上。接到秦丰年电话后，他赶紧找了点儿相关资料，让司机拉他到东院儿，车也停到1号楼门前。

一下车，朱明利就感觉到有点儿不大对劲儿。楼前停着三辆省城牌照的吉普车。他走进楼门，拿出手机给司机发条短信：不用等我，马上离开！把车后备厢里的东西找地方放好！

1号楼里很安静，朱明利看到李仲，主动打个招呼。李仲问他，“来找书记啊？”他说：“是啊，丰年书记找我商量轻轨建设的可研报告。”两人聊了几句，李仲说：“那你赶紧去吧。”

上到三楼书记办公室门口，朱明利轻轻敲门，听到秦丰年说：“请进！”他推门进屋，一下子蒙了。除了秦丰年和胡杨，另外三个人他都不认识。其中一个年轻人拿小型摄像机在拍摄。他知道这显然不是要研究什么报告。

这时朱明利的手机响了，他不自然地笑笑，掏出手机看一下屏幕，没有接听就挂断了。

站在一旁的单勇眼疾手快，麻利地夺下手机，笑着说：“手机不错哈，谁的电话，怎么不接听啊？”

朱明利不自然地说：“是我司机打来的。”

单勇打开手机，翻到朱明利给司机发的那条短信。

单勇问：“你车后备厢里有什么啊，还要赶紧处理？”

他示意省纪委的一位处长马上去检查朱明利的汽车。

朱明利头上冒汗了。他用哀求的目光看着坐在办公桌后面的秦丰年，腿一软，扑通一声跪在地上，肥胖的身躯像面墙倒了似的。

朱明利说：“秦书记，我自首，我向组织坦白交代，现在就交代，我投案自首！”

秦丰年大声说：“你站起来！给我下跪有啥用，要自首去和省纪委领导说，这是省纪委单勇书记。”

朱明利又对单勇说：“单书记，我叫朱明利，我现在就向你投案自首交代问题，我违规，我有罪！”

朱明利一边说一边痛哭流涕。

单勇说：“朱明利你先起来起来，冷静点儿。有问题为什么不早向组织交代，现在自首恐怕来不及了。”

朱明利从地上站了起来，不住地用衣袖口擦鼻涕，哀求道：“单书记，我知道自己大错特错了，我全坦白。我收受贿赂，我家有五套房产，我向刘建超行贿一百万。我把受贿赃款分别用我母亲、我女儿和我爱人的名字存在银行，还有一些转移到国外。我一定积极退赃，争取立功赎罪。”

朱明利正说着，省纪委的处长回来了。楼下早已经控制了朱明利的汽车，没有让其离开。处长从车后备厢里拿到一个长长的帆布包，打开一看，在场的人都愣住了：是一支双筒猎枪！虽然样子老旧但保存完好，乌木枪托磨得锃亮，枪身有银色雕刻显得非常华贵。

单勇问：“朱明利，这是什么？”

朱明利满头大汗，说：“这……这是我收藏的猎枪。”

单勇说：“看样子很值钱的是吧。”

朱明利说：“德国克里科霍夫公司制造的双管猎枪，别人送我的。我从小就喜欢枪，现在一共收藏了五支……”

秦丰年急了：“你还收藏？那叫私藏枪支你懂不懂！朱明利你好大胆啊，啥都敢玩，这回好了，罪加一等！”

朱明利又哭道：“秦书记啊，求你了，救救我吧，单书记，我主动投案！”

秦丰年叫单勇出来一下。单勇让胡杨和两个处长看好朱明利。

秦丰年说：“单书记，你看这种情况能不能按主动投案处理。毕竟还没有向他宣布纪律审查决定。”

单勇："这个我定不了，要请示省纪委。"

秦丰年当即给省纪委书记打电话。他说朱明利原是长林市委书记，曾把长林市从全省综合实力第十位跃进到第二位，后来提拔到岚集市做主管城建的副市长，干了不少正事。他的腐败问题必须彻底清算，依法处理，但建议给他主动投案的机会。

省纪委最后同意朱明利主动投案。

专案组要到朱明利的办公室和家里搜查。朱明利提出请求说："我母亲已经八十五岁了，心脏还不好。能不能先让我妹妹把老人接走，然后再去搜查，别让老太太看到搜查的场面。"

专案组同意他的请求。

朱明利被带走了。1 号楼里面波澜不惊，似乎什么事情都没有发生过一样。

这一天秦丰年把自己反锁在屋里，整整抽了两包烟。

儿子秦浩然给他打过电话，告诉他去昊宇重工科创中心面试已经通过，月底就去报到上班。

秦丰年说："好小子，这个值得祝贺。给你奶奶和妈妈报个喜讯……你记住，将来一定去搞科研做学问，千万千万远离官场，别走你爹这条道儿……"

秦丰年和儿子聊了半天，让秦浩然感觉有点儿不大对劲儿。往常父子两人对话非常简单，不超过五分钟就没嗑唠了。

秦浩然问："爸你咋了？情绪不对呢，不会是岚集又出什么大事儿了吧？"

秦丰年说："没事儿，你不用惦记我。不跟你唠了，我要收拾一下东西，明天出国去南美。"

吴大军把出国访问的相关手续、证件都准备好了，明天他要带队去巴西和阿根廷。出访已经获得省里批准。

秦丰年给省委副书记赵喜亮打电话。表达三层意思：一是和省委领导请假，领导干部出国都要请示请假，不能自己说走就走；二是简要汇报一下当前岚集市的工作情况，尤其是刘建超出事给岚集带来的影响；三是关于干部调整事宜，侯云峰接替李静亭任市委副书记，请省委抓紧派新的市委组织部部长来，另外，有两个空出来的市级领导位置也最好尽快补上。

赵喜亮特别强调，当前既要协助省里办好查处刘建超的案子，肃清其在岚集的流毒，同时更要以此为契机，在各级党员领导干部中进一步正风肃纪。正确引导和激发大家的积极性，努力抓好改革、发展、稳定各方面的工作。

第三十一章 “拉美陷阱”①

6 月 24 日，星期二

应巴西圣保罗市、阿根廷布宜诺斯艾利斯市邀请，秦丰年率岚集市代表团赴巴西和阿根廷进行友好访问。

晚上 22 点 30 分，秦丰年乘机飞抵北京。三个小时后转乘阿联酋航空班机飞往南半球的巴西圣保罗。

和他一同出访的有岚集轻型车厂总经理刘长春、奇峰化纤集团董事长姜宏涛、商务局孙雪峰和外事办主任赵建华。

飞机忽忽悠悠像个巨大的空中摇篮。秦丰年在漫长的航行中试着放松身心。他捧一本《“拉美陷阱”与中国城市化进程》看，困了就闭上眼睛眯一会儿。这个时候他感到了疲惫，很想好好睡一觉。

6 月 26 日，星期四

飞机经过八个小时飞行到达迪拜，停留三个多小时之后继续飞，凌晨3点半（巴西时间6月25日下午4点30分）降落在圣保罗瓜鲁尔霍斯国际机场。

① “拉美陷阱”：又称中等收入陷阱，是指一个国家（由于某种优势）达到了一定收入水平，将停留在这个水平的情况。

当地华商总会副会长鲁宏伟来接机。

鲁宏伟，福州人，和秦丰年在义乌小商品博览会上相识，后来成为朋友。鲁会长在南美几个国家交际很广，又热情好客乐于助人，是国内不少城市联系南美商务事项的中介人。

代表团入住圣保罗东方街东亚星光酒店。东方街也叫自由区，是个以亚裔人为主的区域。

东亚星光酒店老板和鲁会长是老乡。这个酒店按照福建南部古建特色装修，红砖白石，雕梁画栋，纯朴高雅。鲁会长做东用闽菜为代表团接风。

鲁会长热情地向同胞介绍说：“巴西是个移民国家，华人来这里已经有二百多年历史。圣保罗是巴西华人最集中的地方，大约三十万人，成为当地有一定影响力的族群。”

秦丰年说：“听说巴西社会治安不咋好？”

鲁会长点头道：“嗯，出去最好别拎包，好相机啦、名牌表啦、贵重首饰啦能不带就不带，零碎东西多你就拎个黑垃圾袋，穿着尽量朴素，拖鞋短裤老头衫。别揣太多现金，兜里有二十雷亚尔[①]就行，如果真有人抢，你痛快把钱给他。”

秦丰年不大相信：“有那么严重吗？”

鲁会长笑道：“圣保罗还可以，在里约常听说有人被抢，出门在外还是小心为好。当然也不用太过紧张，巴西总体来说还是蛮不错的。你们早点儿休息，倒一下时差，现在北京是早上起床时间，而巴西刚刚入夜。”

躺在床上，秦丰年没有睡意，脑袋里一直琢磨“拉美陷阱”。巴西几十年徘徊于世界银行称之为中等收入国家行列，是陷入“拉美陷阱”的典型。有专家指出，根据国家统计局发布的GDP数据，我国从2010年开始进入中等收入国家行列，接下来必将迎来一个非常痛苦的时期，面临掉入中等收入陷阱的威

① 雷亚尔：1993年巴西发行的新货币。

胁。[1]国内学者们都在议论如何跨越这个“陷阱”。

晚餐时他问鲁会长，“中国和巴西比，你说人们生活谁更好？”鲁会长想了想回答道：“这么说吧，当中国人在为买一百平方米的房子纠结、筹款、拼命还贷时，巴西人是在海滩上晒太阳，在街上跳桑巴。巴西这个国家很容易让人喜欢，因为谁也无法拒绝蓝天白云沙滩和美女，谁都喜欢好的气候与环境，没有雾霾，食品安全，巴西人生活得不那么累。”

秦丰年心想，这是“陷阱”，还是好事？

6 月 27 日，**星期五**

早上起来，秦丰年出去跑步，一气儿跑出去几条街。他发现东方街日式建筑不少，一些门市前面挂着印有店铺名字的大红提灯和日文招牌。他主动与路边一位亚裔老者搭讪。

秦丰年问他：“您是中国人吗？”

亚裔老者朝他摇头说：“不，我是日本人，不过我会讲中文。”

秦丰年说：“不好意思！这里日本移民多吧？”

亚裔老者说：“很多。世界上除了日本本国之外，巴西是日本人最多的地方。我们的同胞在这里购买大片农场，面积差不多超过了日本国土。而且，你知道在圣保罗最受欢迎的是什么餐厅吗？嘿嘿，不是巴西烤肉，而是日系料理。”

老者脸上现出自豪的笑容。秦丰年朝他竖了一下拇指。

酒店 8 点半之后才供早餐。秦丰年说那就吃方便面，吃完好去做事。

赵建华托运来一箱方便面，还有火腿肠和榨菜，以备不时之需。

孙雪峰说，“在这儿吃泡面不会有损国人颜面吧。”

秦丰年说：“不会的，我打听了，这儿的人把中国方便面当好东西呢。你

---

①《中等收入陷阱》，作者，严行方，2012-8 山西经济出版社。

看餐厅饮水机上都有三个龙头：一个牛奶，一个咖啡，还有一个是白开水，专供中国游客泡方便面用。”

上午 10 点，代表团参加岚集轻型车厂与圣保罗 SBR 公司合资建厂签约仪式。这个项目是鲁会长帮助促成的。双方采取“CKD”[①]模式在圣保罗生产轻型商务车。在巴西，CKD 组装的零部件进口关税只有 3% ~ 5%，岚集轻型车厂将国内生产的零部件运抵巴西，在当地工厂完成整车组装，既提升就业率又扶持了汽车工业，所以很受政府欢迎。岚集轻型车厂团队已经在此工作三个多月了，做好了合作签约投产的各项准备。

这个项目是岚集企业走出国门的范例，秦丰年格外重视。他和鲁会长作为嘉宾参加签约仪式。刘长春和 SBR 公司总经理在合作协议上签字。

圣保罗市政厅派来一位年轻的市长助理参加签约仪式。小伙子一再用半生不熟的英语解释，说市长今天繁忙没能亲自参加这个重要的活动，深表歉意。

秦丰年说:“没关系，请转达我们对市长的问候，欢迎他到中国东北做客。”赵建华给翻译过去。市长助理提出和秦丰年合影，当地多家媒体来现场采访，这绝对是个露脸儿的好机会。

中午，刘长春请代表团一行人吃巴西烤肉，庆祝项目签约。

鲁会长也建议说，“到巴西必须尝尝烤肉，我领你们去一家正宗的巴西烤肉店:‘Gardener Grill’。”赵建华告诉秦丰年，他说的是“园丁烤肉”。

这家在圣保罗有名的烤肉店装饰气派，餐桌、座椅、灯饰华丽高贵。烤肉店自助用餐，每位一百雷亚尔，相当于一百二十元人民币。热情的侍者引领他们在一张小桌坐下来。鲁会长提示大家，公共餐桌上的食物先别动，吃肉为主。

烤肉有西冷、牛眼、T 骨、里脊、臀肉等多种多样，最好吃的当属巴西牛

① “CKD”：全散件组装。

身上特有的一块肥肉叫“驼峰”，另外还有烤鱼、香肠等等。喝啤酒免费，喝红酒要另外付钱。刘长春买了一瓶巴西产的米洛梅洛干红葡萄酒，请大家喝一点儿品尝品尝。

秦丰年不怎么在意巴西烤肉，他更注意观察四周吃烤肉的巴西人。他们有的看报，有的喝啤酒聊天，并不急着吃。

秦丰年问鲁会长：“这些人在干吗，咋不吃啊？”

鲁会长说：“巴西人就这样慵懒，一顿烤肉可以从中午12点吃到夜间12点，相当于两顿正餐外带夜宵。”

秦丰年不明白了，问：“那他们不上班不做事？”

鲁会长解释道：“巴西人平常多在周六周日吃烤肉，今天情况特殊。因为下午有市民上街游行示威，为保证道路畅通，警察将实行交通管制，市政厅下令全城放假，所以好多人才有时间来吃烤肉。”

秦丰年好奇地问：“因为啥事儿呀，还游行？”

鲁会长说：“公交车票涨价，相当于人民币四毛钱涨到四毛五，五分钱也不行。示威游行在这里是平常事儿。”

下午，代表团走访岚集奇峰化纤的海外大客户，圣保罗特柯（TEKA）纺织厂，并会见当地纺织商会所属的企业代表，洽谈奇峰化纤产品对巴西出口事宜。

圣保罗有巴西最大的纺织品生产基地。几十年前，纺织业产值曾占到该地区GDP总额80%。后来大量物美价廉的国外纺织品涌入，严重削弱了巴西纺织品的竞争力，纺织业产值下降到只占GDP总额的25%。于是巴西采取限制国外廉价纺织品“不正当竞争”的措施，保护本国纺织业。而奇峰化纤生产的高档纺织原料非常受欢迎，产品在巴西高端梭织面料行业中占一定份额。

巴西需要物美价廉的纺织原料，奇峰化纤有意扩大出口。姜宏涛与多位圣保罗纺织企业老板进行了有成效的洽谈，达成数量可观的采购意向。

在回酒店的路上，鲁会长指着路边一座普通楼房说：“那儿就是圣保罗市政厅。建筑规模照岚集市政府差很多。”

秦丰年感慨地说：“当圣保罗的市长，管理巴西最大的城市，不容易啊！”

鲁会长却不以为然，说：“巴西的市长不能和咱们中国市长比的。他们每周到市政厅来几趟都有数的，哪像你们白天黑夜地忙啊，没有节假日。我是真服了你们吃苦耐劳的精神头。”

秦丰年说：“我们是专职市长，他们大都是兼职的市长，没多大权力，也就没有那么大的责任和压力吧。”

6 月 28 日，**星期六**

听人说巴西的蜂胶货真价实，秦丰年就在一家商场买了几瓶。没想到在巴西购物可以用人民币结算，刷VISA卡就能自动完成人民币与美元或雷亚尔的汇率换算，店家还负责替你包装邮寄，不用自己背着。

下午，岚集代表团离开圣保罗，乘机前往阿根廷首都布宜诺斯艾利斯。

当地华人超市商会派义工小崔负责接待。小崔是位阿根廷朝鲜族华裔，也算是秦丰年的东北老乡。

小崔自我介绍说：“我家在延边和龙，原先是去韩国打工，随韩企来阿根廷，后来跳槽自己开超市，现经营五个社区超市。因为我会五种语言，韩语、英语、西班牙语、意大利语和汉语，所以华人超市商会经常找我帮忙接待中国来的客人。”

秦丰年有点儿吃惊地问：“五种语言？还会意大利语？”

小崔乐呵呵地说：“嗯，我媳妇是意大利人。”

小崔拿出自己的“全家福”照片给大家看。他有两个漂亮的女儿，一个五岁，一个三岁。

秦丰年又问："你有绿卡了？"

小崔说："还没有绿卡，但有永久居留权，下一步再转绿卡。阿根廷经常对非法移民实行'大赦'，先给两年临时居留权，两年后可获得永久居留权。"

无论走到哪里，秦丰年都要拿当地人的生活水平和岚集相比，成了职业习惯。他问："小崔，你觉得阿根廷人生活怎么样？"

小崔说："呵呵，就知道玩、喝咖啡聊天，特享受生活。我开超市要雇佣店员，当地员工节假日都得出去旅游，长工每年有一个月带薪休假，满世界跑。咱们国家为啥能高速发展，是中国人勤奋敬业，阿根廷经济上不去，因为这儿的人闲散贪玩。"

秦丰年不解："怎么会这样呢？"

小崔讲："我超市的员工，迟到很正常，不想干了就辞职。阿根廷有优越的自然环境，慢节奏的阿根廷人习惯坐在草地上，树荫下，海滩上喝茶聊天晒太阳。他们一天吃四顿饭啊：早餐、午餐、下午茶和晚餐。晚餐 9 点开始吃，边吃边聊到半夜，然后再去酒吧跳探戈或蹦迪，几乎一宿不消停……"

秦丰年暗自感慨："人民，只有人民才是创造历史的动力"。毛泽东老人家这话说得在理儿。在这个世界上，没有哪个国家的人民能够像中国人一样任劳任怨、自强不息。说到根儿上，是勤劳智慧的中国人苦干实干，默默奉献，才创造了国家强盛民族复兴的奇迹！

秦丰年感到欣慰，岚集有四百万勤劳勇敢的人民。他心里想，你在中国当官儿要是不好好干事儿，真对不起这么好的百姓啊。

6 月 29 日，星期日

上午，代表团与阿根廷华人超市商会负责人进行交流。

让秦丰年赞叹不已的是，阿根廷华人超市利用中国强大的商品供给做后盾，击败多家著名大型超市，进入阿根廷社区零售业市场。

秦丰年要求孙雪峰，与当地华人超市商会建立联系，争取把诸如东北长白山特产和岚集制造的小商品打入华人超市。

吃完午饭，秦丰年一行前往门多萨[①]，专程到老华侨纪天翼的葡萄酒庄园考察。

纪先生是地道的岚集人，来阿根廷三十多年了，家住布宜诺斯艾利斯，而在门多萨有大片葡萄园和酿造厂，生产兰吉（LANJI）葡萄酒。“兰吉”这个牌子饱含着纪先生的思乡之情。

今年春节纪先生回岚集探亲，秦丰年接见他，建议他回家乡建酒厂，边生产兰吉葡萄酒，边开发东北山葡萄酒。纪先生有意，特邀请秦丰年来阿根廷看他的兰吉酒庄。

六十多岁的纪先生热情洋溢，豪爽健谈，亲自开车拉家乡的客人去门多萨。

汽车离开繁华市区驶上高速公路。有一段公路与铁路并行，一列火车缓慢行驶，内燃机车头，橘黄色车厢，类似我国老式绿皮车厢，大约每小时五十公里的速度。

秦丰年有了新发现，说道：“这火车也就是咱们国家20世纪80年代水平，落后至少三十年。”

纪先生承认阿根廷的铁路落后，他讲：“其实阿根廷铁路曾经很先进呢。1885年阿根廷铁路就横跨全境，把门多萨、圣胡安与布宜诺斯艾利斯连接起来。阿根廷富裕年代铁路四通八达。后来实行私有化，铁路里程越来越短了。地图上布宜诺斯艾利斯到门多萨有铁路，可早就不通火车了。整个南美洲铁路都是这样的状况。”

① 门多萨：阿根廷历史名城，位于以葡萄酒酿造闻名的库约地区核心地带。

傍晚，一望无际的潘帕斯草原[①]洒满落日金色的霞光，看着令人心旷神怡。

纪先生指着草原说："你们看，那是全世界最大最富饶的平原，可耕作，可畜牧，是百多年前阿根廷暴富的资本。"

秦丰年说："资源丰富可以成为优势，也可能是'陷阱'。历史上的资源大国最后真正转变成工业大国的没有几个，相反资源匮乏的国家，比如瑞士、卢森堡、新加坡、日本，他们更有上进心，发展得更好……"

到门多萨已经半夜了，秦丰年一行住进纪先生的兰吉酒庄。

6月30日，星期一

纪先生的葡萄园位于门多萨最好的葡萄种植区，总面积有五百多公顷，采用滴灌技术灌溉，植株都是五六年树龄。主要品种有马尔贝克、赤霞珠、黑皮诺、霞多丽等，全是名贵品种。酒庄的酿酒设备先进，葡萄从采摘到葡萄酒装瓶都按严格规定进行。

在酒庄地下酒窖里，纪先生请秦丰年品尝各种兰吉葡萄酒。

纪先生说："兰吉葡萄酒果香回味悠长，酒体饱满丰富，风味热烈奔放。她集合了阿根廷本土文化与葡萄酒文化的精髓，高级酿酒师通过人工采摘，人工分拣，单一品种自然发酵的原生态手法酿制，结合古老传统的特别工艺，已成为具有一定知名度的品牌。"

秦丰年对纪先生说："你把阿根廷最好的葡萄酒、最好的酿酒技术带到岚集，再深度开发东北地区的特色山葡萄酒，一定会大有作为。"

纪先生说："我唯一担心的是市场，现在国人还没有喝红酒的习惯，酿出再好的红酒，要有人喝啊。"

① 潘帕斯草原：也称阿根廷草原，面积约76万平方公里；"潘帕斯"源于印第安克丘亚语，意为"没有树木的大草原"。

秦丰年说："现在看喝红酒还不普遍，说明潜在市场是巨大的。"

纪先生讲述了回乡建葡萄酒庄园的计划。他已经委托一家咨询公司在岚集做可研报告，联系五个合伙人注册一家新公司，准备十月份回去签约。

秦丰年表示："请纪先生放心，家乡会以极大的诚意欢迎并帮助你发展红酒产业，让你的红酒如同在阿根廷一样成为知名品牌。其实我们已经在给你的红酒做宣传了，前不久我们到南京招商举办酒会，用的就是兰吉牌红酒。"

下午，岚集代表团结束全部访问活动，乘机回到布宜诺斯艾利斯，然后换乘阿联酋航空的班机经过近三十个小时返回北京，又连夜回到岚集。

第三十二章　警示震慑

7 月 1 日，星期二，中国共产党建党日

中共岚集市委在党的生日这天发出通知，动员全市党组织和党员干部开展“一对一”帮扶纾困活动。活动以基层党支部为单位，以党员干部为主担当帮扶纾困志愿者，帮扶对象是城乡低保户和有特殊困难的家庭。

国家提出了明确的扶贫攻坚目标，这个活动是岚集扶贫攻坚的一项内容。秦丰年亲自安排这件事，作为地方主官，他一直特别关注岚集那些面临困难的人，想方设法为他们提供必要的生活保障和纾困帮助。

“一对一”帮扶纾困活动具体由市委组织部负责部署、督促和验收。大致的程序是：首先需要详细排查核实帮扶对象，由社区、村镇发放低保家庭和生活困难家庭救助证，全市共二万八千多户，近九万人口领取了救助证。第二步，把这些帮扶对象分配到基层党组织，落实到党支部，由党员干部签订帮扶责任书，承诺实现帮扶纾困目标。第三步，要求志愿者每月至少到帮扶对象家去两次，带去政府发放的最低生活保障金和特困人员补助款，监督合理使用，同时采取其他措施，帮他们增加收入，解决困难，过上正常的温饱生活。最后组织验收，并由第三方机构评估纾困效果。

这样帮扶纾困，既保证了政府发放的低保金和特困补助资金在监督下有效使用，同时也能增强党员干部的社会责任感。用秦丰年的话讲，就是要让党员干部时刻记着：在岚集还有很多生活困难的人需要帮扶，党员干部要把他们当作自己的亲人，很好完成帮扶纾困任务。

7月2日，星期三

岚集市召开全市党员干部正风肃纪警示教育大会，通报市纪委监委上半年查结的一批典型案件，公开曝光受党纪政纪处分和被问责的党员干部。

秦丰年年初主持岚集市工作之后，便在全市展开了一场正风肃纪反腐倡廉的战役。虽然表面上看不出大刀阔斧、深挖严查的轰动效应，但是外松内紧，静水流深。秦丰年抓反腐败斗争下手狠，上半年市纪检委监察局立案比去年同期增加了两倍，一批人中箭落马。

警示教育大会主会场设在市直会议中心，里面坐满市直机关科处长以上干部。各县市区设分会场。

大会首先观看省纪委录制的反腐倡廉警示教育片《警钟》，里面描述的都是本省被依纪依法惩处的党员领导干部。镜头前，这些人全都没有了往日的风采，身穿罪犯服，悔恨交加，叩问初心的自我剖白句句动情，引人深思。

看完警示片，由胡杨通报岚集市纪委查处的案例。第一类是违法违纪的党员领导干部，处理四个人。

李文梁，原市房产局党组书记、局长，已退休。经查，李文梁大肆收受可能影响公正执行公务的礼金，不按规定如实向组织报告个人事项。利用职务便利骗取和非法占有公共财物，涉嫌贪污罪；利用职务便利为他人谋取利益，非法收受他人财物数额巨大，涉嫌受贿罪；滥用职权，致使国家利益遭受重大损失，涉嫌滥用职权罪。决定开除李文梁党籍，其涉嫌犯罪问题移送检察机关依法审查、提起公诉。

郭振云，市安全生产监督管理局副局长，曾任吉岗市副市长、岚集市公安局副局长等职。郭振云丧失理想信念，对党不忠诚不老实。经常接受管理及服务对象的宴请，收受管理及服务对象的礼品礼金，参与赌博。涉嫌受贿罪、巨额财产来源不明罪、徇私枉法罪。决定开除郭振云党籍和公职，涉嫌犯罪问题移送检察机关依法审查、提起公诉。

单咏春，岚集高新技术产业开发区管委会副主任。单咏春利用职务影响违规从事有偿中介活动，收受可能影响公正执行公务的礼金，违反生活纪律，公车私用。涉嫌受贿罪和滥用职权罪。对党不忠诚不老实，转移、隐匿、销毁赃款赃物，对抗组织审查。决定开除单咏春党籍和公职，其涉嫌犯罪问题移送检察机关依法审查、提起公诉。

邱成健，抚桦市委常委、常务副市长。邱成健丧失理想信念，违反政治纪律，在组织调查期间与他人串供对抗审查，不按规定如实填报个人事项情节严重；违反廉洁纪律，违规在多家企业持股获利；搞钱色交易、权色交易，在出国（境）期间，多次到赌场赌博。涉嫌贪污罪、受贿罪、滥用职权罪。决定开除邱成健党籍和公职，其涉嫌犯罪问题移送检察机关依法审查、提起公诉。

第二类是属于“小蝇大贪”的案件，处理两个人。

赵国义，市住房和城乡建设局建筑行业管理科科长。赵国义任建筑行业管理科科长五年多时间里，伙同副科长及两位科员，在办理建筑企业资质、牵头清欠住房和建设领域拖欠工程款、新型墙体材料推广应用、建筑材料检测管理等事项中，大肆收取“好处费”，给钱给办事，不给钱就拖着不办。人送外号“赵扒皮”，造成极其恶劣地影响。决定开除赵国义党籍和公职，其涉嫌犯罪问题移送检察机关依法审查、提起公诉。其他相关涉案人员另案处理。

吕建坤，长林市常山镇党委委员、副镇长。吕建坤利用职务影响向社区负责人提要求，使其母在不符合条件情况下，违规领取城市低保金三万七千元，被大数据监督检查发现，造成恶劣影响。决定给予吕建坤党内严重警告、行政撤职处分。

第三类是党员干部被问责的案件，处理五个人。

市粮食局副局长张庆海、纪检组长刘浩，因下属单位特需粮供应站违纪违法问题多发被问责。几年来，特需粮供应站伪造虚假值班表以值班费名义违规发放津补贴四万五千元，一名财务人员贪污公款五十五万六千元，还违规将差价补贴款五百万元存入定期账户。因落实主体责任和监督责任不力，给予张庆海、刘浩党内严重警告处分。

昌平区人民法院党组书记赵洪生、纪检组长杨大成，因单位违规设置账外资金用于发放津补贴、公款吃喝等问题被问责。赵洪生违规决定将政府拨付用于慰问“双拥”单位和贫困群众慰问金十万元，设置为账外资金由个人保管，其中部分用于单位违规发放福利和公款吃喝，部分用于单位文体活动购物等支出，多名班子成员参与公款吃喝。因落实主体责任和监督责任不力，给予赵洪生党内严重警告处分，给予杨大成党内警告处分。

鄂河市黑山镇太平村党支部书记唐晓军，虚报套取修路款问题。太平村以林果基地道路维修名义，制作虚假合同，虚开五万元工程款发票和九千六百元汽油票，套取财政资金合计五万九千六百元，用于该村账外开支。决定给予唐晓军撤销党内职务处分。

胡杨在通报中强调：“我们要始终保持对腐败分子和各种不正之风高压态势，推动岚集形成反腐纠风工作无禁区、全覆盖、零容忍的新常态！”

最后，秦丰年在正风肃纪警示教育大会上讲话。他打开活页笔记本，顺着自己草拟的提纲说：

“同志们，刚才看了警示片儿，听了案例通报，不知道你们有啥感受，我的心情十分沉痛。

“就在前不久，前任市委书记刘建超接受纪律审查，市人大副主任朱明利投案自首，引发岚集党政机关强烈震动。再看看今天通报的这些案例，相信大家能够清楚岚集的反腐败斗争形势有多么严峻！

“今天的警示教育大会，一方面展示市委、市政府反腐倡廉的决心与斗志，同时也希望全市人民擦亮眼睛参与监督，让腐败现象在岚集无处滋生，让不正之风在岚集无处遁形。这样的警示教育大会，今后定期召开，及时通报我市反腐败斗争进展情况。同时这也是一种宣示：岚集杜绝腐败，崇廉尚实，风清气正！

“这几天，好几位同志找我谈话。有人觉得委屈，说刘建超当书记‘卖官’成瘾，不给他送钱就没有出头之日，自己‘买官’是被逼的。那么好，如今是秦丰年当市委书记，我与在座的任何人不存在个人之间的利益关系，请大家监督；同时，任何人在岚集搞腐败我也绝不姑息，谁如果硬往枪口上撞，别怪我心狠手辣！

“今天通报的这些案例，还有那些已经查结的和正在查结的案子，归纳起来就两条：一是以权谋私，一是为官不为。

“我认为，在我们这个社会走仕途无外两种追求：一种是天下为公，一种是升官发财。有人想两者兼顾，既努力工作积累政绩步步高升，当更大的官便可获得更多的财富和利益。这就形成了所谓‘能人腐败’‘两面人’现象，干工作有本事，搞腐败胆子也大，既有政绩也是贪官，结果是身败名裂。实践证明，升官发财的路走不通，那是一条不归之路！

“我们党和国家有完善的领导干部工资福利制度，足以让我们有优厚的生活保障而且没有后顾之忧。每一位领导干部都应该在享受这样好的待遇条件下，尽职尽责，心无旁骛去为人民服务。可是总有人私欲膨胀，贪心不足，利用手中的权力和职务影响疯狂敛财。经常听到‘数额巨大’这样的词，贪得无厌让人触目惊心。社会财富是劳动人民创造的，贪污受贿就是在剥夺劳动人民的血汗！

“组织部门每年都给领导干部发个人重大事项报告表和收入申报表。这是个人事项和财产在党内的申报制度。虽然目前领导干部财产还没有在全社会公开，但是党内要掌握，这是党的规矩。有人不如实报告，因为里面有猫腻，有不义之财，他的真实财产状况与其正当收入不符，于是就欺骗组织，对党不忠诚不老实。而这恰恰给反腐败斗争提供了线索。老话讲‘喝凉水睡凉炕——早晚作病’，获取不义之财迟早会被追查、受处罚。

“所以，我奉劝想当官发财的人，不要不以为然，不要铤而走险，也不要以为自己做了多大贡献而心存侥幸，因为‘九功不抵一过’。记住：想当官就别想发财，想发财就别来做官！

“还有一些人的问题是为官不为。在反腐倡廉问题上，领导干部不仅要率先垂范，而且要管好下属，管好家属。今天的案例中，有领导干部因落实主体责任和监督责任不力而受到党纪处分。这给所有党员领导干部一个警示：今后你的下属或者家属出了问题，主管领导必须担责！

“现在一些部门单位有严重的‘中梗阻’现象。什么意思？就是很多事情卡在科处长这些中层干部手里，类似赵国义‘赵扒皮’这样的人，利用手中权力，肆无忌惮地‘雁过拔毛’‘勒大脖子’。我在这里重申，再发现利用手中权力‘寻租’捞好处的党员干部，一律‘双开’，没有下不为例！同时，严肃追究部门单位领导失职失察责任。各部门单位‘一把手’，要看好自己的门，管好自己的人，否则出了问题，你必须跟着吃‘锅烙’。

“我们要坚决筑牢拒腐防变思想防线和制度防线，以自我革命精神推动全面从严治党治政。从市委常委做起，从我做起，强化管党治党政治责任，层层传导压力，把主体责任一贯到底；把纪律监督挺在前面，加强对党员干部纪律教育，扎牢制度笼子，做到‘探头’处处有，监督全覆盖，严厉惩治发生在我们身边的不正之风和腐败行为；抓好‘关键少数’，抓早抓小抓苗头，动辄则咎，强化对权力集中部门的监管，构建不敢腐、不能腐、不想腐体制机制，营造岚集风清气正的政治生态！”

这是很普通的一天，但整个岚集市却显得气氛不同一般。朗朗晴空，风和日丽，人们却嗅到硝烟的味道，清廉正义与腐败邪恶在猛烈碰撞拼杀。

秦丰年在警示教育大会上的讲话，如同青龙山慈恩寺大钟鸣响，荡气回肠。

第三十三章　洪水如镜

7月15日，星期二

岚集地区连续三天雷声阵阵，阴雨绵绵，锦兰江及流域内多条河流泛滥，洪水肆虐无情地吞噬着大地的肌肤。全市防汛应急响应由Ⅳ级升至Ⅱ级，而抚桦市和吉岗市升至Ⅰ级。

洪水如同集结号，全市上下闻“汛”而动，展开抢险救援。

上午，秦丰年主持召开抗洪抢险紧急会议，部署市委常委及副市长分兵把口，全市进入紧急状态。

市委常委临时分工，侯云峰（已经由组织部部长转任市委副书记）坐镇市防汛指挥部，担任全市抗洪抢险总指挥；周国庆、杨智忠、毕树仁任副总指挥。

代市长李静亭侧重领导吉岗市抗洪救灾。吉岗市在锦兰江下游，7月14日江水超警戒水位零点五米，是有水文记录历史以来第二高水位，沿江十多个乡镇受灾，大面积农田被毁，已紧急转移安置群众八千多人。

秦丰年去汛情最危急的抚桦市。

抚桦市在锦兰江上游，靠近丰林湖。城边儿的牤牛河属锦兰江支流，平时干涸无水，只在汛期才有山水下来流入丰林湖。牤牛河大堤两公里长，十多米高，双面花岗岩护坡，堤上可通行大货车，宏伟坚固，围护着抚桦城免受河水灾害，几十年安然无事。但今年雨水特别大，锦兰江全流域水势暴涨。为保下游安全，丰林电厂发挥调峰作用，没有开闸泄洪，因此库区水位上升，出现牤牛河水倒流的情况。

抚桦市委书记于国祥忧心忡忡地向秦丰年报告汛情，嗓音沙哑地说："丰年书记，我们没想到牤牛河水还能倒灌，从未有过。现在河床已经和丰林湖成为一体，水位不断升高。也没想到好多市民不以为然，根本不相信牤牛河水会漫过大堤淹到城里来，组织撤离很艰难。还请市里帮助协调丰林电厂泄洪，以减轻抚桦城的险情！"

于国祥是个有担当的干部，言语中能明显感受到他急切的心情。正所谓"天有不测风云"，全市每年都会出现这样或者那样的自然灾害，各级党委和政府都有应对处理紧急情况的措施和经验。

秦丰年清楚抚桦市汛情的严重程度。他对于国祥说："已多次和省领导及有关部门沟通了。目前锦兰江下游防汛压力更大，所以丰林电厂泄洪可能性很小。咱们现在要做的是迅速把住在城区低洼处的市民全部转移出去……我正在去抚桦路上。"

于国祥说："辛苦书记了，有您在俺们就有主心骨！"

天色阴沉，深灰的云层似乎就压在头顶，雨淅淅沥沥连绵不停。中雨的规模貌似不大，但这种持续降雨极其可怕。山林植被已经饱和，农田草地都浇透了，落到地上的雨水形成径流注入小溪大河，让锦兰江和丰林湖水静静地暴涨。

秦丰年坐市委办机要通讯车赶赴抚桦市。吴大军开车，李仲和公安局警卫处小郭同车前往。小郭的水性好，秦丰年是哪里危险他去哪，吴大军找来个水性好的干警跟在身边护他安全。

高速路上形成往来两路车队，一面是从抚桦市方向开过来的疏散群众车队，一面是从岚集开往抚桦的驰援队伍。“向水而行”的增援大军里，有解放军和武警官兵、公安干警，有运送抗洪抢险物资的卡车，有来自岚集各界的抢险志愿者。

下午 4 点多钟，到了抚桦城外。警察设卡拦住所有进城的车辆，告知抚桦已封城，人员车辆只许出不许进。

外来抗洪抢险车辆朝右拐进抚桦中学校园待命，运送物资的车队开往抚桦西山变电站，那里是临时设立的抢险救援指挥部，连同旁边两所学校和西山医院，成为抚桦城转移疏散人员最大的安置点。

看到“抗洪抢险指挥车”牌子，设卡的民警二话没说，抬手敬了个礼，起竿放行。

抚桦城内弥漫着令人窒息紧张的气氛。好多市民跑到城南河堤上打探情况，都被牤牛河倒流的险情吓傻了，于是奔走相告，疾呼大堤难保！人们终于相信了政府的紧急撤离通告，用各种运输工具载着大包小留的家当往安全地带转移。有的投亲靠友，有的单位安置，多数人撤离到西山救助中心。救援的解放军、武警战士和抢险志愿者帮助群众有序撤离。

秦丰年的车开进抚桦市委院里。于国祥和抚桦市长关君宏等人在雨中迎候，秦丰年冲他们挥手说：“上牤牛河大堤。”

秦丰年换了雨靴和雨衣上大堤察看。堤上有一个营的民兵预备役人员在用沙包垒子堤。

牤牛河水面几乎是静止的，离大堤顶部还有一米多高，河床里水深超过十米，已高于城区地平线。

于国祥说：“现在每小时水涨十厘米左右，再有十个小时河水势必漫过大堤。一旦河水漫灌入城，抚桦城内平均水深大概达到两米，最低洼处水深五到七米。”

秦丰年再次打通省长电话，汇报抚桦险情，恳请省里协调丰林电厂泄洪。

省长说，知道抚桦的情况，但是从目前防汛大局考虑，抚桦恐怕要做出牺牲，这是淹一城以保十数城之策……

秦丰年收起电话，心情沉重地对抚桦市领导说:“咱们得做最坏打算了！垒沙包赶不上河水涨速，如果河水漫过大堤，子堤是挡不住的。大堤上民兵预备役人员坚持到午夜12点便全部撤离。现在要组织人员进一步排查城中低洼地区的住户，一家一家清理，12点之前清理完毕。临街的门市尽量清空一、二楼物品，所有机动车辆全部开到城外高岗处。宣传车、警车、救护车轮番宣传、拉响警报，电视台停播所有节目，各频道全部播放撤离通告。最后阶段要采取强制措施撤离拒绝转移人员，公安干警全力维护转移区域的治安，防止和打击各种犯罪。”

秦丰年走到大堤最东端，十几个解放军战士在警戒线内作业。

于国祥说:“这是某部工兵，准备在河水漫堤时实施爆破任务。在这里炸开一个口子，让牤牛河的水漫灌抚桦城，水势平稳上升，不会形成自然决堤的强烈冲击，能给抢险带来一定的缓冲余地，把灾害程度减至最小……”

于国祥说不下去了，这个坚强的汉子实在不忍让自己的家乡遭此一劫，可面对巨大灾害，他无能为力。

这是经省防汛总指挥部批准的应急方案，也就是秦丰年所说的“最坏打算”。

上半夜，雨中的抚桦城灯火通亮。街路上少行人走动，偶尔有警车沿街巡逻。

秦丰年在西山抢险救援指挥部落脚。

他先去看望安置在旁边学校里面的群众。教室里用桌椅排成床铺，院子里搭起几十顶帐篷，放置几百张折叠床，灾民情绪稳定。

随后又去同救援部队首长和志愿者组织负责人见面，向他们表示慰问。

临近午夜，吴大军领取几份餐盒，一箱矿泉水。秦丰年先喝一瓶矿泉水，然后吃了两个包子，一根火腿肠，再喝一瓶矿泉水。从岚集运送来的包子、餐盒还都是温热的。

秦丰年和李静亭通电话，问一下那边的情况。他让李静亭抓紧安排人统计灾情向省里报告，尽量多争取些救灾资金。

李静亭说有人提出让市委市政府发通知号召捐款，他的意见是市里不做统一要求。现在岚集的企业大都很困难，不能再增加他们负担。秦丰年赞同他的想法，说捐款的事让慈善总会去张罗。

牤牛河的水位仍在上涨。午夜时分，指挥部下令大堤上民兵预备役人员全部撤离。城内部分区域停止供电供水供气……

7月16日，**星期三**

凌晨3点，牤牛河大堤东边传来一声沉闷的炸响，随即河水从一个十多米宽的缺口灌入堤内，流向东西北三个方向。

东面是大片稻田，西面和北面是抚桦城街区。河水顺着沟渠和道路涌入城内，水深由十厘米到三十……五十……八十厘米，缓慢上涨。

洪水并不肆虐，似乎就是为寻一处容身之地，把抚桦城当成水库。这个时候抚桦城与丰林水库合为一体。

早上6点多，城东部低矮的平房全部没顶，市内平均水深达到一米以上。大堤的缺口由十多米扩大到三十多米。城内水位缓缓上升，十几艘冲锋舟在水中巡查。

秦丰年一夜没合眼，他站在西山变电站高岗处，能看到城中一片汪洋……

到此时为止，只发现一个遇难人员。死者是个八十四岁的老头，半夜自己偷偷回家去了，他家就在城东平房区，巡查民警在水面上发现漂浮的遗体。

他儿子后悔没看住这个患有阿尔茨海默症的爹。

临近中午的时候雨停了。天空上阴云薄了许多，露出明亮颜色。

秦丰年和于国祥等人乘冲锋舟察看灾情。大堤炸开的缺口处，河水仍在倒灌，但是速度趋于平缓。城东边百余垧水田全泡在水里，平房区六七百间房子过水损毁严重，街路两边的楼房门市一楼全部进水，个别地方水淹到二楼……

秦丰年对于国祥说：“灾后重建，把东片儿平房区彻底改造吧。找个有实力、有责任感的开发商来干。新区建在哪儿要好好论证，不能在原地建了。上冻前让居民搬入新居。”

于国祥说：“新区地址早有规划，一块儿是往河南岸扩展，南岸地势高不存在水患。再就是住西山发展，在那里建一个六十万平方米的新区。这片儿已经列入今年棚户区改造计划，没有这场大水也要拆迁的，准备在这里建湿地公园。”

秦丰年说：“牤牛河大堤还得加长加高加固，至少要加高两米……”

过了晌午，天空开始放晴了，阳光穿破云层射向大地。抚桦城内积水与牤牛河处于同一水平线上。傍晚时候水位略微下降，建筑物上可看到过水最高的水印。

从下午开始，岚集市人大、政府、政协的领导，一些市直部门的头头都来抚桦慰问，拉来瓶装水、食品、蔬菜等物，同时也借机来看望秦丰年。

晚饭后，秦丰年住的地方一拨又一拨没断人，房间里堆满了各种水果、饮料、营养品。

秦丰年把李仲叫过来，脸色很难看，说：“去把那些来看我的人都撵回岚集去！让市委办通知各部门，这几天除非抗洪救灾不要到抚桦来，不是我招呼来的我谁都不见。”

李仲说：“书记啊，大家都是关心你。”

秦丰年说："转告他们说我十分感谢，这情我领了。还有，你把这些水果饮料什么的，都给救援部队官兵和抢险志愿者送去。"

于国祥来告诉秦丰年："城里水位降落了十厘米。"

秦丰年说："嗯，丰林电厂徐厂长下午给我打了电话，得知抚桦炸堤淹城他们也很痛心，表示要捐款一百万给抚桦灾后重建做点贡献。还有北重集团捐了五百万，市慈善总会今天收到各方捐款将近一千万，还有些物资。这些捐款大部分用于抚桦县城重建。"

于国祥说："感谢社会各界的支援。明天上午我们召开常委会，研究救灾和灾后重建问题，你去给我们讲讲吧。"

秦丰年答应道："好。通知岚集市防汛指挥部、卫生局、商务局及供电、通信等单位的负责人到抚桦来，现场办公。"

7月17日，星期四

上午秦丰年参加了抚桦市委常委会。岚集市政府相关部门负责人专程赶来一同研究灾后建设事宜。

秦丰年强调："眼下重点抓好四方面工作：一是由卫生系统负责开展防疫消杀，现在天气炎热，大水过后必须严防疫病流行；二是由岚集市防汛指挥部调集大型抽水设备，水消到一定程度后，用抽水设备加快排出低洼处的积水；三是保证无家可归的市民有吃有住，抓紧启动棚户区改造，建设新区；四是尽快恢复供电供水供气，恢复正常社会生产生活秩序。"

秦丰年高度赞扬抚桦市干部群众抗灾自救的壮举，他说："你们从容面对大灾大难，一切都应对有序，没有造成多人伤亡，把守灾害损失降到最低，很了不起！"

下午，城中的水位明显下降，大堤缺口处开始回流。

秦丰年调来一只冲锋舟，还点名找来两位水利专家和他一起去巡视丰林湖，他还没去过丰林湖上游。

抚桦县城在丰林湖中上游位置，冲锋舟向上游疾驰，湖面越来越宽阔，岸边农田大都是慢坡地，湖水已经漫过田地到了岗上村落的边缘。在略微陡峭的山崖上，能看到湖水已经超越最高水位痕迹。

秦丰年和两位水利专家聊了很多。

市委督查室整理了一份这两位专家撰写的关于丰林湖现状调查材料，里面详细阐述了丰林湖发展旅游与保护生态的关系、发展丰林湖水产养殖、治理周边农业面源污染、库区植被保护等工作建议，给秦丰年留下深刻印象。

秦丰年暗下决心要彻底整治丰林湖。他让李仲通知市委常委和市政府相关部门负责人，下星期一到丰林湖上开一个关于湖区保护开发的专题会议，并指定几个部门负责人在会上介绍有关情况，提出工作建议。

冲锋舟回到抚桦城时天已经黑了。全城恢复供电，水位已经降到五十厘米以下，市民开始有序返回家园。

当晚秦丰年回到岚集。

第三十四章　莅湖四问

7月21日，星期一

锦兰江拦腰筑起丰林水电站大坝，形成了一座大型人工湖——丰林湖。浩荡的山地平湖跨抚桦、鄂河和丰林两市一区，面积五百多平方公里，最大库容超过百亿立方米。

丰林湖对岚集市可谓意义重大。这里是岚集城的水源地，还是国家AAAA级景区，湖光山色，水碧林秀。

美丽的丰林湖亟待整治。

岚集多少任主官都把丰林湖的治理与开发作为一件大事，每每从管理体制、开发机制到具体项目实施采取突破性举措，但是回过头来看效果并不理想，还积累了不少要害问题。如何治理这个“母亲湖”是摆在秦丰年面前十分紧迫的问题。

丰林湖最深处将近九十米，而丰林湖存在问题背后的水恐怕比湖水还深，正所谓宿弊难清。但秦丰年非要啃这块硬骨头。

市委办联系租用丰林电厂的新能源游船“丰林水电号”，这艘大船能乘载二百人。

湖区已严格禁止燃油机动船行驶。这样规模的新能源游船限量二十艘，十九艘是经营性的，只有“丰林水电号”属于电厂公务用船。为保护丰林湖水质，湖上的机动渔船也狠抓节能减排，基本完成了 LNG[①] 改造或更换为电动船。

上船参会的有丰林湖旅游开发区管委会、抚桦市、鄂河市、丰林区、丰林电厂的主要领导，还有市发改委、城乡建设局、农林水利局、文化旅游局和水务集团等部门单位负责人。

市领导有程欣、侯云峰、胡杨、杨智忠、周国庆、新任市委组织部部长谢明宇、邹大伟、毕树仁，十一位市委常委有八位到会。

天气风和日丽，岸上青山叠嶂，远处烟云浩渺。“丰林水电号”一声长鸣缓缓启航，沿着西岸朝南逆流而行。船头划开因涨水变得混浊的湖面，推开两行水花波浪。

游船经过几个湖套子，能够看到套子口拦湖网上边一排排白色的浮漂，还有套子里面各式各样的山庄别墅。

与会人员在二层船舱围坐一圈，谁都无心观景，小心翼翼地看着秦丰年铁青的脸。

秦丰年指着湖边说：“大家都看到了是吧，整个湖区有六十多个套子，都封住了。李相林，你说这湖套子是咋回事儿？”

李相林介绍说：“最开始吧，丰林湖共有四个国营渔场，上千名职工。那时候湖上生态比现在好，鱼也多，有丰林白鱼、青鱼、鲤鱼、胖头、花鲢‘五大湖鲜’和红尾、麻鲢子、黄鲴子、鲚花、鳌花‘五小湖鲜’。后来国营渔场不行了，加之非法捕捞猖獗，湖里鱼越来越少。渔场改制后，有专家提出把湖套子承包给个人，丰林湖水产养殖化整为零，既可以强化水产资源管理，也能最大限度地提高湖面水产养殖效益。时任市政府领导就拍板，把所有能够拦湖养殖的套子都承包给个人。当然了，能承包套子的都不是一般群众，有原来渔

① LNG：即液化天然气（Liquefied Natural Gas）的缩写。

场的头头、当地企业家和外来投资者。承包期少的十年，最多三十年，承包人分别与各湖面管辖县区政府签订了合同。现在有三分之一套子承包期已满，明确不再对外承包了，还有三分之二没到期。我们和承包人多次接触，想终止合同，但难度很大，解除合同补偿金不好定，承包人漫天要价。”

秦丰年说：“实践证明把湖套子拦起来非但没有促进水产养殖业发展，反而更加破坏了自然生态，给丰林湖大型鱼类带来近乎毁灭性的影响。”

李相林解释说：“书记说得不错，丰林湖大型鱼类每年春季都要到湖套子浅水区‘甩籽’[①]，湖套子全被网拦死了，主湖区的鱼无法游到湖边浅水区繁殖，造成大型鱼类急剧减少。而湖套子里面鱼苗投入不足，主要靠野生鱼自然繁殖，养殖周期又短，所以现在已经很少能够吃到真正的‘五大湖鲜’了。”

秦丰年说：“现在经营假湖鱼形成了产业链。有人花五元钱一斤把外地精养鱼塘养大的鲤鱼、胖头、鲢鱼买来送到湖上，放在套子的网箱里养几天，再捞出来当新鲜湖鱼二十元钱一斤卖给坝下的鱼餐馆和岚集水产品市场，最后三十元钱一斤卖给消费者。”

李相林又说：“由承包湖套子牵带出来的是岸边违规修建的山庄别墅。原来合同上商定可以盖一间临时性住房，供看守湖套子人员驻守。但多数承包人大兴土木，盖起了别墅山庄，变成鱼餐馆儿、旅游点接待游客。我们局和国土环保局都接到省厅传来的卫星定位照片和行政指令，要求尽快拆除三十多处湖边违章建筑。”

秦丰年讲：“今天要解决的第一个问题，就是尽快拆除拦湖网解封套子。同时，拆除套子里的所有违章建筑。具体由各县区政府操作，市农林水利局、国土环保局、公安局等部门配合。市委组织部和纪检委派人参与整治。你们把风放出去，通过这件事要严查涉事党员领导干部，如果哪位不服气，让他来找我谈！今天是 7 月 21 号，到 31 号违章建筑全部拆除并恢复绿植，用卫星定位

---

① 甩籽：鱼产卵。

照片说话。解除湖套子承包合同给你们一个月时间，到8月21日，打开湖上所有套子。下一步，由农林水利局牵头，招聘专业水产养殖公司总体规划并经营丰林湖水产养殖业，创新经营机制带动周边乡村共同恢复、开发丰林湖水产资源。市里面由云峰书记主抓这件事，有什么问题直接请示他。大家有什么意见，可以提出来。”

各位市领导都表示没有意见。事儿就这么定了。

“丰林水电号”开到一片茂密的山林地带停下来，周国庆指挥大家下船，沿着一条小路去登云头山。

秦丰年鼓动说：“这座山海拔六百六十六米，各位比比，看看谁最先登上去。第一名六六大顺。”

还真有人兴致勃勃地往前冲。可是到了山顶，大家都被眼前的景象惊呆了……

以山梁为界，临湖一面山坡上树高林密，而山的另一面坡及伸向远处的大片山丘却没了树木，有的变成耕地种上苞米，有的地方是刚刚砍伐的遍地倒木，树桩的茬口都是新的。

秦丰年指着山梁说：“大家看到了吧，这是今天我要问的第二个问题，如何保护丰林湖的植被。刘殿斌，你说说这片林子是咋回事？”

刘殿斌说：“湖区一些地方乱砍盗伐严重，是我们管理失职。近些年丰林湖渔业萎缩，原来渔场职工和湖边的渔民打不到鱼，又没有地种，就偷偷地毁林开荒，而我们管理不到位……”

秦丰年说：“有个摄影爱好者来云头山拍风景，看到这个情况，就去找大岗子镇政府，有个姓潘的镇长看了照片，竟然挖苦人家多管闲事。这样毫无责任心的镇长是怎么选任的？你们要认真查，谁砍的树，潘镇长是怎么回事，查清后严肃处理，我要听结果！”

刘殿斌表示：“这事儿一定认真查实、严肃处理，而且要举一反三，增强保护丰林湖环境的责任意识，加强湖区植被保护。”

秦丰年又说：“除了保护山林植被，还有湖区农田面源污染问题。湖边的农民可以种‘水没甸’地，淹不着就偏得，但是必须保证不使用农药和化肥。还有湖区上游大面积在册耕地也不能使用农药和化肥。丰林湖是岚集城的‘水缸’啊，不能让农药和化肥残留物污染湖水。这件事儿市里由智忠市长负责，协调两市一区抓好整治。”

“丰林水电号”围着湖中心的鹿神岛转了一圈，慢慢地停靠在登岛的码头旁边。

鹿神岛原来是锦兰江边的一座山，库区形成后变成湖心岛。多年来不少人投资开发，岛上修建了一些简单的娱乐设施，但游客稀少。

秦丰年跟大家说：“都别下船了。看这鹿神岛便知丰林湖旅游经营得多么惨淡，我要问的第三个问题，怎样发展丰林湖旅游？”

丰林湖旅游开发区管委会主任田永恒发言认为，丰林湖并没有形成自己的旅游特色因此也不可能产生强人的旅游吸引。凡是能憋坝建水库的地方，都有山有水，区别在于水面大小而已。人们到丰林湖来，无外就是坐船在湖上看看风景，然后吃顿鱼餐就走人，没有什么可留念的，没有什么可购买的，更没有什么可铭记的。要建立丰林湖的旅游优势，必须打破传统观念，大手笔谋划、大力度投入，上大项目，实现文化与旅游深度融合，建树新的景区特色和形象。

秦丰年接着说：“这个观点我赞同，文化与旅游的融合很重要。没有文化支撑景区就没有灵魂，没品位。拿丰林湖和我省北部的圣灵湖相比，丰林湖自然条件远远强过圣灵湖，可游客比人家少很多。差在哪儿？差距就是缺少文化元素。人家圣灵湖有清音寺、有蒙古大营、有‘圣灵湖畔’影视基地，还有冬季传统渔猎活动等等，汇集藏传佛教、渔猎文化、蒙古族民俗、现代影视文化于一体，自然吸引游客。这方面咱们要向人家好好学习。关于丰林湖旅游景区开发，市里由邹大伟负责，文化旅游局全力配合丰林湖旅游开发区开拓创新。”

“丰林水电号”绕到湖东岸返航。秦丰年提出第四个问题：如何让岚集市民用上更优质的自来水？

水务集团总经理兰学军介绍说：“从丰林湖大坝到岚集城近二十公里，这二十公里锦兰江段流经人口密集区和工业集中区，虽有各种减排保护措施，但还是难免产生各种污染，使江水仅为二类水质。目前，岚集城区四个水厂都是就近从锦兰江取水，经过絮凝、沉淀、过滤、消毒处理之后再送到千家万户供生活饮用。自来水达到国家标准，但水处理成本高，还存在水安全隐患。丰林湖虽然也有一定程度污染，但总体上属一类水质，经过简易净化与消毒处理后即可供生活饮用。水务集团设计一个新的水源取水工程，在丰林湖坝上修建一个取水口，将丰林湖水直接通过管道输送到水厂。这项工程有三个好处：一是提高水质，确保市民饮用放心水；二是从坝上取水，利用地势自然落差的压力把水送到水厂，节省工程造价；三是输水管道可沿锦兰江岸边水底铺设，不占用土地也不用拆迁。”

丰林电厂徐厂长表示：“让岚集市民吃上放心水是民生大事，我们电厂全力支持这个工程。目前，已经争得了电网总公司同意，并请专家对取水口的位置、工程及流量等进行了论证。我们一定积极配合市里建设这个工程。”

秦丰年说：“吃水问题事关岚集人民长久生计，这件事已经酝酿很长时间了，非常感谢丰林电厂的支持。水务集团抓紧与电厂衔接，争取早日开工。这件事请智忠市长负责。”

秦丰年最后要求：“今天会上定的事儿，相关县区和市直部门抓落实。两院儿督查室负责督促检查，我随时调度落实情况。”

第三十五章　持筹握算

秦丰年主持召开了市委第六十次常委会，用了差不多一天时间研究当前经济工作，重点讨论增加财政收入的问题。决定召开一个通报经济运行情况并表彰纳税大户的会议，进一步统一思想，围绕推动岚集经济高质量发展凝心聚力。

7 月 27 日，星期日

全市经济运行情况通报暨先进纳税人表彰大会在市直机关会议中心召开。

秦丰年、李静亭及所有市级班子成员、市直经济工作部门负责人、各县区党政一把手，还有岚集重点企业老总齐聚一堂。市委市政府对去年贡献突出的纳税大户进行表彰。

李静亭首先通报全市经济发展情况，他说："上半年市本级财政收入六十八亿元，同比增长 2.8%，全市经济呈现稳中有进、积极向好的态势。但是距离预期还有不小差距。去年我市经济低位运行，今年是在本来就不高的水平上略有增长，所以情况并不尽如人意。关键要看下半年，全市要力促招商引资项目建设全面提速，狠抓产业提质增效，全力推进乡村振兴和新型城镇建设。全年招商引资要突破八百亿；实现市本级财政收入一百五十亿。这是年初人大会议确定的目标，必须不折不扣地完成。”

市委市政府对去年岚集纳税百强企业进行表彰。宣读表彰决定之后，没有像以往那样给受到奖励单位颁发荣誉奖牌，而是发了一百个特殊的汽车牌号。把过去分配给市委、市人大、市政府、市政协机关从00001到00100号车牌，按在市内入库税金排名颁发给纳税百强企业。北重集团获得00001号车牌。

这一百个车牌号实行动态管理，两年排位更新一次。以后在岚集街头看到00001号车，那不是市委书记的车了，而是岚集纳税第一大户的座驾，00003号也不是市长专车，而是纳税排第三企业的车。车牌号越小，车主纳税贡献越大。从此，岚集结束了党政领导机关占有小号车牌资源的历史。同时也告诉人们，在岚集最牛的、最值得尊敬的不是党政官员，而是纳税最多的企业法人。

轮到秦丰年讲话。他习惯性地掏出活页笔记本，打开讲话提纲，提高了嗓门说：“首先，我要向受到表彰的纳税百强户表示祝贺！在岚集就是要形成重商、亲商和多纳税有功的社会氛围。以后，我们见到了小号车要向他们表示感谢和敬意！”

会场响起了掌声，大家支持这样的举动。

秦丰年接着说：“静亭市长关于经济运行情况的分析和工作部署，是市委常委讨论的意见，请大家就按照他讲的抓落实。”

秦丰年话题一转说：“这些日子我一直在琢磨，岚集究竟靠什么生存？这似乎不是问题，又是个需要弄清楚的问题；这似乎是领导者考虑的问题，又是与每个市民有关的问题。岚集靠什么生存？简单说，就是靠‘挣外地人的钱’。请大家记住，我们要靠挣外地人的钱生存！有人把城市经济活动分为‘基本’和‘非基本’两类。基本经济活动是为本城市以外地区需要的生产和服务，主要通过产品、劳务、服务等输出，从本城市以外获利创收，这是城市生存和发展的根本动力。非基本经济活动是为城市自身需要的生产和服务，是城市自身消费的能力。”

秦丰年进一步解释：“两类经济活动形成两种挣钱类型，即挣本地人的钱和挣外地人的钱。而重要的、关键的是挣外地人的钱，对吧？岚集的企业家要生产更多满足外地人需要的产品和服务，只有不断地赚外地人的钱，岚集人才会富起来，进而促进本地购买力和生活质量的提高。”

秦丰年举例说明：“我去温州考察，温州市政府的领导很自豪地告诉我，仅春节前十天当地银行统计，就有几百亿人民币从外地汇到温州，这是温州人回家过年的钱。温州人的本事就是挣外地人、外国人的钱，他们满世界赚钱。岚集人也要通过挣外地人的钱实现富民强市的目标……”

这些年，秦丰年脑袋里面想得最多的是如何增加岚集市财政收入。说一千道一万，财政没钱玩不转，谁当政都是一样。一个城市真正的实力是它有源源不断的财政收入能力。

每年财政供养人口的工资、各项事业费支出、地方统筹的基本建设和城市维护费支出、价格补贴和人民生活基本保障等等，都要靠本级财政收入不断增长做保障。保持财政收入可持续增长，是地方党委和政府的硬指标、硬任务。

岚集市还是个“吃饭财政”，年年捉襟见肘，勉强维持开支。政府没有更多财力投入城市建设，解决发展中的困难，而且债务越滚越大。为增加财政收入，秦丰年一手抓培植税源，一手抓依法治税。在防止竭泽而渔与应收尽收之间把握平衡。而要做到最好，必须依靠税务部门发挥职能作用。

国家税务部门与地方政府之间的关系很微妙，又很重要。税务机关是垂直管理，拥有独立的执法性。地方政府往往编制比较高的财政收支预算，但能不能完成财政收入目标，要靠税务机关积极作为；而税务部门在执法保障和执法监督方面也需要地方支持。税务机关与地方政府相互作用，也相互博弈。

前几年刘建超与原岚集税务局长不大友好，地方政府与税务机关之间关系搞得很僵。有的年份到了四季度，眼看着税收进度上不来，政府着急，但税务部门不急，根本实现不了财政收入计划。后来秦丰年下了很大的功夫和税务局融洽关系，联络感情。过年过节都要去慰问，年终还要给予一些奖励，终于形成了彼此心意相通的友好关系。

这天下午，秦丰年又搞“篮球交流”，率球队去和岚集税务局打比赛，地点在税务局培训中心篮球馆。

税务篮球队有几个好手，在岚集甲级队中属中上水平。税务球队厉害也吊起了秦丰年的胃口，隔两周就来找人家打一场，结果互有胜负。税务局球队跟其他机关球队不一样，他们可不管你是书记还是市长，人家不归地方管，他们要为荣誉而战，赢你没商量。秦丰年还就是不服气，非要赢球不可，心里头憋着一股气儿。

和税务局球队比赛很正规。秦丰年从两院儿机关挑了几个打过专业队比赛的球员，又请来市体校篮球教练做指导，市直机关工委组织了几十个球迷前来助阵。税务局也组织啦啦队，身着整齐的制服，举着小旗儿呐喊。球场气氛不亚于 CBA 季后赛。

税务局长赵冬贵也喜爱打篮球，他比秦丰年年轻，能跑能跳。

开球后，赵局长和秦丰年都首发上场。打了几分钟，赵局长先换人离场。秦丰年随即也离场换人。毕竟和打过专业队比赛的球员不在一个档次，奔跑速度、防守、投篮都跟不上节奏，眼看着对方频频长分，自己在场上误事儿。

果然，换人后局面大变，上半场结束时，市直机关队赢了税务局队 4 分。下半场开始，秦丰年又上场打了几分钟，投中了两记三分球，还领先 5 分的时候换下来，就再没上场。结果市直机关队以 2 分的微弱优势拿下了这场势均力敌的比赛。这是非常好的结局，赢了球又不是很悬殊，获得一场友好的胜利。

平时对税务机关多是客气，看脸色求人家。打球就不一样了，对秦丰年来说赢税务是很开心的事儿。

打完球稍事休息，秦丰年、侯云峰、胡杨等市委领导同税务局领导班子一起进行工作交流，研究如何依法征税、保障税收。

秦丰年说：“今儿上午市里召开经济工作会议，总体看完成全年的计划目标难度很大，尤其财政收入方面，需要税务机关做出不懈努力。”

赵冬贵回应说：“我参加会议了，丰年书记讲要‘挣外地人的钱’有道理。”

秦丰年说：“我们今天来，一方面是向全市税务干部表示感谢，上半年在非常困难情况下，税收有增长，实属不易。下半年还希望你们再接再厉啊。”

赵冬贵笑道：“丰年书记客气了，依法征税是我们的责任，应收尽收是基本要求。我们做得不够的地方，还请市委领导批评指正。”

秦丰年说：“赵局啊，市纪委还真掌握一些信息，需要引起咱们共同重视。胡书记你简单说说。”

胡杨说：“纪委党风政风监督室获得一些情况，反映个别税务工作人员用管理、征收、处罚之权谋取私利。比较突出的问题：一是核定暗箱操作，收‘人情税’‘关系税’，造成税源流失；二是接受纳税人吃请，向纳税人借款借物，占用纳税人财产；三是接受贿赂，过节收红包，或低价购买纳税人商品；四是与纳税人打牌赌博，明赢暗拿。平昌分局稽查科副科长，和几个私营业主打麻将让派出所给逮着了，一细问，才知道他们几个在一起玩，故意输给这个副科长，一次输十多万。这些问题及线索，市纪委已经和税务局纪检组进行了沟通，我们的想法是，把问题解决在基层，别等着捅到上面被挂牌督办就被动了。”

秦丰年补充说：“市纪委全力帮助你们查处案件。咱们主动出击解决问题，既是工作需要，也是对税务干部的保护。”

赵冬贵认真地说："丰年书记，我们局领导班子已经认识到问题的严重性，也向省局做了汇报。部署在全局范围内开展一次'税收执法大检查'，从征、管、查等诸环节查摆'风险点'，通过自己交代、群众揭发、领导谈话等方式查找问题，查办案件，进一步完善防范措施，全员监督执行。对城区纳税人的税收征管基础及纳税情况进行拉网式核查，在核实税源同时查找风险点，坚决杜绝'人情税''关系税'，堵塞税收漏洞。既减少税务干部职务犯罪的概率，也能够保证依法征税，做到应收尽收。"

秦丰年说："这样就好，不仅加强干部队伍建设，治理不正之风，也能够推进税收征管工作。说实在话，岚集财政压力老大了。每年市本级收入一百五十亿是个杠，低于这个数日子就不好过。你们一定要帮助我们实现收入目标。现在还有潜力可挖，请税务系统多下点儿功夫，开源挖潜堵漏洞。我跟静亭市长说好了，到年底算账的时候，市政府视税收增长情况给税务部门奖励，增长幅度越大奖励越多。"

赵冬贵表示："请书记放心，我们保证不遗余力加强税收征管。不过今天的球我们输得有点儿冤，有个大中锋出差没在家，内线差老了。"

秦丰年说："那没问题，等你们人齐了咱们再磕。"

赵冬贵提出一个要求："再比赛丰年书记你得上场，以往和别人打球你都是跑全场的。"

秦丰年笑道："呵呵，少跟我扯。咱俩说好了，你上场我就上，别看你比我年轻，防你还是牢绷[①]的。"

① 牢绷：东北方言，指万无一失，可靠。

第三十六章　公平分享

7 月 31 日，星期四

秦丰年安排一天时间，到船坞区进行“义务教育优质均衡发展”专题调研。市教育局和船坞区已经做了大半年准备，这是个事关提升义务教育质量的大动作，秦丰年出的主意。

作为一名地方主官，秦丰年对教育特别关注。这或许与父母当教师对他的影响有关系，更基于他对教育的深刻认识。他常对分管教育的领导和部门负责人讲：岚集再穷不能穷教育，再苦不能苦孩子。“十年树木，百年树人”，教育于国是民族振兴之大计，于城是富民强市之重器，于家是未来希望之关键。抓教育实为功在当代、利惠千秋的德政。

自打当上市长，秦丰年便开始在岚集有步骤地推进义务教育质量提升工程。首先，在保证正常教育事业经费同时，不断增加对城乡中小学校舍、电教网络等教育基础建设投入。用五年时间，完成全市中小学校标准化改造，统一配置网络及教学设备，加强师资培训提高高等级教师比例。在各方面条件基本具备前提下，今年选择船坞区进行小学分校区就近入学、取消重点校重点班、通过网络集中统一授课的改革试点，计划明年在全市推开。他要在岚集为孩子们提供最好的义务教育环境，共享优质教育资源。

船坞区总共二十四所小学，五所在乡镇，十九所在城区，岚集市最有名的第一实验小学在这个区。现在小学放暑假，正准备招收一年级新生。今年将实行最严格的就近入学限制，不容许跨片区择校。各学校新生名单提前一个月公示，请市民监督。

秦丰年一上午走了五所小学，主要看校园标准化建设。全区小学都是四层楼建筑，多的四十几个教室。除普通教室外，还有科学、“理化生”实验、音乐、美术、计算机等专用教室。每个学校都有“两场一馆”，即运动场、会（剧）场和室内体育馆。运动场上铺环形塑胶跑道，会场有舞台，能开大会，也能当剧场进行文艺演出。室内体育馆最小的也有篮球场那么大。还有一项重点考察内容是网络信息化建设，所有学校实现无线网络覆盖，一年级教室都是多媒体课堂。

最后，秦丰年来到岚集第一实验小学。

一实验是岚集传统的重点小学，地处城市中心，过去一直归市教育局管。由于地处闹市，校园面积受限，除了教学楼，操场只有半个足球场大，学生上间操都要分两拨。作为全市最好的重点小学，一实验曾经严重超规模设班、超班额招生，有的班多达七十多个学生。一实验学区房比城区相同条件住房价格高出五倍。可不论房价涨得多高、择校费要得多狠，市民们砸锅卖铁穷尽家财也要把孩子送进这所重点小学校。

同时，重点校收取高额择校费，也成为市、区财政一块儿不菲的预算外收入。因此，明知这样会带来教育不公平，但主政者并不想改变，以致择校择班习以为常、年甚一年。

把教育当成摇钱树让秦丰年不屑，而由此带来的义务教育不公更让他揪心。他力排众议把一实验下放到船坞区，且严格学校规模和学生班额管理，逐年减少择校生比例，向取消重点校过度。他设想要让所有适龄孩子都能共享一实验优质教育资源。

中午在一实验食堂体验学生午餐。秦丰年详细查看学生餐厅，了解饭菜制作过程，并提出建议。他强调食堂是学校另一个不容忽视的课堂，要像抓教学一样来管理食堂，不断改进学生午餐的营养搭配，不仅吃得饱，还要吃得好。

下午在一年级一班多媒体教室里召开座谈会。市和县市区教育局负责人，船坞区所有小学校长参加座谈。

陈杰汇报了船坞区取消重点校、新生实行集中网络授课的准备情况。今年入学的一年级新生不再设重点班；一年级语文、数学、英语三门主科和音乐、美术、科学、品德与社会、信息技术五门副科，实行统一教材，统一课程时间，每堂课由一名老师担任主讲、科任老师辅助指导的教学方法。各科主讲老师经反复筛选由专家组确定，主要由一实验的高级、特级教师和全区选拔授课最好的老师担任。现在，已经形成了集体备课、分单元竞争主讲的流程，保证让最优秀的老师给学生授课。

秦丰年问："各学校集中统一上网课的视频、互动效果怎么样？"

陈杰说："已经上了十多次模拟教学课，效果很好。设备调试到最佳状态，影像和声音非常清晰。主讲课堂有四个摄像头：一个固定拍摄讲台，一个拍黑板内容，一个固定在正前方监控整个教室，还有一个可移动摄像头拍教学互动场面。整个教学过程全方位呈现，现场编辑同步输送到各终端课堂，主课堂和各个终端教室教授效果相差无几，有身临其境的现场感，如同在一实验上课一样。每个终端教室有两个摄像头，可直接与主课堂交流互动。"

秦丰年对在座的小学校长们讲："说实在话，我不咋懂教育，所以请你们大家来提意见、提问题，把这个事儿整好。"

有校长发言说："现在船坞区所有小学的硬件设施都不差，有的条件比一实验好，起码操场宽敞，能踢足球，能画四百米的环形跑道。学校的基础设施都一样，人们为什么还要想方设法把孩子送进一实验呢？主要是一实验多年来积累了先进的教育理念、管理方式和教学方法，形成了优质资源'洼地效应'。

释放这种‘洼地效应’，实现优质教育资源公平分享，最好的办法就是让全区小学都无差别地成为一实验。”

另一位校长说：“我们必须负责任地面对社会存在的教育不公平问题，包括把小学校分成重点校和非重点校。进入市或者区重点校的孩子，自然享受相对好的教育，而更多进入普通小学的孩子，却人为地输在了起跑线上。他们从上小学那天起，幼小的心灵中就有了阴影，觉得自己比进入重点校的孩子低一等，即使再努力也没有希望。同时，那些非重点校的教师也失去了上进心和教书育人的动力，教学业绩再不好也认为是天经地义。由此带来严重的教育失衡社会问题。”

秦丰年同意这位校长的观点，指出：“教育公平是社会主义教育制度的本质要求，而最能体现教育公平的正是义务教育阶段，因为它具有强制、免费、普惠等基本公共服务特征。我们在船坞区进行试点，目的就是要让所有同龄的孩子一块儿享受一实验高质量的小学义务教育，也让所有教师在公平教育中释放自己的才华和能量。”

有发言者认为：“高速发展的网络信息技术，能够让教育公平的美好愿望变成现实。未来船坞区甚至岚集市或许只有一所小学，再没有重点与非重点之分，再没有城乡之别。由全市最优秀的老师统一授课，各学校科任老师作辅助指导，那么一门课程至少有两名科任老师教授，互补互助，更有利于提高学生成绩。而只有义务教育公平化，避免中小学生两极分化，才有基础和可能进一步推进高中阶段的教育公平化，实现更高层次的教育公平。”

最后，秦丰年强调说：“离开学还有一个月时间，要进一步完善网络授课的细节，让上网课变得更容易让孩子们喜欢，获得更好的教学效果。在这段时间里，请宣传部负责协调新闻媒体做好这项改革的宣传，近期电视台‘论政’栏目专门做一期节目，由市教育局和船坞区政府面对面与市民对话，深入讲解这个改革的意义，也为明年在全市实施改革营造有利的舆论氛围。”

第三十七章　扶弱济困

8月1日，星期五，中国人民解放军建军节

秦丰年到军分区走访慰问，向驻岚集部队指战员致以节日祝贺与亲切问候。

在岚集军分区，秦丰年主持召开军政联席会暨双拥工作领导小组会议，发表了热情洋溢的讲话。他说："多年来，驻岚集部队官兵始终保持和发扬人民军队优良传统，积极履行国防义务和光荣职责，在急难险重任务面前勇当先锋。就在前不久，抚桦市发生特大洪水，锦兰江下游也发生严重洪涝灾害，抢险救灾战斗中，驻岚部队官兵再一次为保卫人民生命财产安全做出了突出贡献。我代表岚集人民向你们表示由衷感谢和崇高敬意！"

秦丰年向在场的军人深鞠一躬，又说："岚集市委市政府将一如既往地支持部队全面建设，广泛深入开展拥军优属活动，真心实意为部队办实事、解难题，不断开创新时期我市军民融合发展新局面。"

岚集军分区司令员发言，感谢市委市政府和岚集人民对部队建设的关心、帮助和支持，表示将始终牢记党和人民的重托，满腔热忱地服务地方经济社会发展，为推动岚集全面振兴做出新贡献。

下午，秦丰年又陪同省委副书记赵喜亮走访慰问驻岚集陆军预备役某高炮师。深入到基层连队，参观了微机室、荣誉室和部队史馆，了解官兵训练和生活情况。

其间赵喜亮跟秦丰年透露，省委主要领导对岚集近期工作满意，无论从舆情信息还是从职能部门的数据统计看，都反映不错，他鼓励秦丰年继续努力。

秦丰年说："请省委放心，岚集决不甘为人后，我秦丰年不会再厚着脸皮上台丢人现眼！"

晚上，秦丰年和妻子又去医院看望小晓。

小晓住院三个多月了，经过化疗病情有所缓解。医生认为小晓虽然弱不禁风，经常感染发烧，但他并没有高危因素，治愈率应该在80%以上。但这需要时间，经过一段治疗达到完全缓解后，还要进行造血干细胞移植，彻底治愈并保证不再复发。

秦丰年让妻子给小晓买了一套小军装。在医院病房里，找来好多护士阿姨，秦丰年亲自为小晓主持一个隆重的"授衔仪式"。

小晓爸爸用手机播放《中国人民解放军军歌》，秦丰年把小军帽有模有样地戴到小晓头上，说："小晓，你已经是一名坚强的小战士了，给护士阿姨行个军礼，感谢她们对你的爱护。"

小晓扬起右手，行了一个漂亮的军礼。护士阿姨都为他鼓掌欢呼，给小晓加油。

小晓妈妈笑着流泪，用手机拍下了这温馨了一幕。她拉着宋春梅的手说："谢谢宋姐和姐夫！小晓的命可是真好，遇到了你们，还有那么多热心的人！"

8月3日，星期日

岚集市从8月1日起实行公务用车制度改革，市直机关总共取消了三百二十八辆一般性公务用车。

这些取消的公务用车经评估后，今天事管局拿出第一批五十辆车在人民广场公开拍卖，其中就包括秦丰年乘坐多年的那辆车。没了车牌，只卖车。

拍卖上午 9 点开始，秦丰年和吴大军赶到现场。广场上人还真来了不少，大都是来看热闹的。事管局局长和现场工作人员在人群里看到秦丰年，以为他是来视察工作。吴大军说，“书记来买他那辆车。”

事管局局长说：“秦书记，你要哪台车说一声留下就得了呗，怎么能让你来参与竞拍啊。”

秦丰年说：“参与竞拍咋啦？一来我喜欢那台车，坐五年多都有感情了，二来也是要让大家相信拍卖公平公正，没有台下幕后小动作是吧。”

一共有十辆车先拍卖，秦丰年那辆第三个拍卖。这车原价十八万元，行驶五年，跑了十五万公里，起拍价十万元人民币。报价之后，吴大军第一个举牌，报价员喊了半天也没有人加价。

熟悉行情的人知道这个价不便宜。有人在旁边给吴大军吹风，花十万买这车不合适，这车在二手市场七万元是一大关，几个车贩子马上围过来推销车。

拍卖师拿着手提话筒大声喊：“十万元一次，有没有加价的？十万元两次……最后落锤儿成交。”

吴大军一次举牌就把车买下了。

交警支队长吕宝华也在拍卖现场，他走过来小声问吴大军：“领导喜欢什么车牌号？”

吴大军说：“没啥说道，随便摇个号就中。你抓紧时间弄一个吧，明天去外县。”

吕宝华：“行，下午就把车牌子给你压出来。”

8 月 4 日，星期一

市委发出开展“一对一”帮扶纾困活动通知一个多月了，全市党组织积极响应，党员干部纷纷与生活困难群众结“对子”。

秦丰年带头落实“一对一”帮扶纾困要求，真心实意地当一名扶弱济困志愿者。他带着市委办李仲和秦宏岩再次到长林市常山镇靠山屯儿，要在他的党建联系点找个帮扶对象。用秦丰年话讲，去认一门亲。

秦丰年跟随行的人讲：“过去有句嗑，说‘穷居闹市无人问，富在深山有远亲’，描述的是世态炎凉。咱们就是要去深山认穷亲。党员干部都要胸怀友善之心，践行济困之举，带头弘扬救助急难、助人为荣的良好社会风气。”

还是那辆车，车牌换成 Z1746。吕宝华跟吴大军解释说，“咱们没搞特殊，很普通的车牌，‘Z1746’可理解为‘祝一切顺利’，就那个意思吧，当是岚集交警对秦书记的祝愿！”

秦丰年看到车牌说，这个吕宝华心还挺细。

这回秦丰年还是没跟长林市委及常山镇打招呼，一竿子扎到靠山屯儿。

时隔两月，盛夏的靠山屯儿郁郁葱葱，更加山清水秀。村委会活动室里来了十多个农民党员，特意来看市委秦书记。

秦丰年把李仲和秦宏岩介绍给村支书刘贵龙。

刘贵龙明白秦丰年的来意，手里掐着三本“救助证”，跟秦丰年说：“欢迎秦书记对俺们工作给予批评指导。靠山屯现在较比困难的有三户：一个是老党员徐德福，老两口都七十多岁了，老徐整个胃切除，干不了重活，他家定为低保户；一个叫杨学仁，媳妇患乳腺癌多年，还供个孩子上大学，家里房子破烂不堪，没钱翻盖，属特困户；还有个低保户叫吴桂花，是个寡妇，上有老母亲，下有个半大小子。看看秦书记你帮扶哪户？”

秦丰年爽快地说：“咱们去老徐家看看。”

徐德福家离村部没多远。两间房儿，大门敞着，房山头栓条老狗，见有人来汪汪叫了两声，似乎是在通知主人，然后到阴凉地方趴着去了。

刘贵龙喊："德福叔，在家呢？"

屋里头有气无力地应一声。

进到屋里，见炕上坐着一个干瘦老头，独自抽旱烟，身边放着烟笸箩，屋里有股漂河烟儿味。

刘贵龙跟老头介绍说："德福叔，这是岚集市委秦书记，听说你困难，来看看，还有李主任、秦科长，要帮你脱困呢。"

徐德福斜了一眼说："你可拉倒吧，我不用！"

李仲笑着说："老同志，帮你解决困难咋还不用呢？"

徐德福说："我又不是没儿没女。"

李仲问："你老哥几个孩子，咋不跟他们一起过呢？"

刘贵龙接过话茬说："德福叔三个孩子，两儿一女，原来和和睦睦挺好的。五十五岁那年，老伴儿先走了，德福叔转过年又找了个人儿。这下儿女不干了。找这个新人儿叫丁兰香，家在常山镇，跟德福叔小学同学，两人年轻时曾经搞过对象，让家里别黄了。孩子们认为老徐背叛了老伴儿，都不管他了……我兰香婶呢？"

徐德福回一句："上河套洗衣衫去了。"

秦丰年问："孩子都做什么？"

徐德福没吱声，又撕张烟纸卷旱烟，闷头吸。

刘贵龙说："三个孩子过得都还行，老大叫徐保国，在长林市农业局当副科长；二姑娘叫徐保华，嫁到邻村儿，家有不少地，还开个小超市；老三徐保民就在靠山屯儿种地。我们三番五次做工作，孩子说他爹不和丁兰香分开他们就啥都不管，爱咋咋地！老徐呢，坚决和兰香婶一起过，死都不分开！我也是真没辙了。"

秦丰年也卷了棵旱烟，跟徐德福对个火，抽一口说，“这烟有劲儿，味正。”

秦丰年扭头对刘贵龙说：“刘贵龙刘支书啊，我看明白了，这不是给我找帮扶对象，是让我帮你解决家庭纠纷是吧。那你就帮我转告徐保国大公子，说秦丰年求他了，求他理解和尊重自己的老爹，好吧，告诉他必须同弟弟妹妹一起承担赡养父母的义务，在生活上、精神上、感情上对父亲关心和照顾。一个不孝之人，又何德何能在事业上有所作为呢！你们也不用给这个老党员戴低保户帽子，给老徐留点儿颜面。如果徐保国拒不履行赡养父亲的义务，那我就免他的职，老徐你上法庭告他，治他个罪！”

徐德福听秦丰年这么说，表情不自然了，急忙解释：“秦书记，孩子们跟我较劲儿[①]，我也是臭脾气，僵到这儿了。保国那小子还懂事理，能听你批评，千万别因为我影响他进步。那啥，你愿意抽旱烟儿就给你拿两把，自己种的自己抽，不上化肥不打农药。”

秦丰年说：“我可抽不了这烟，太冲，噎嗓子。你好好养身子，也替我给你老伴儿带个好，祝你们晚年幸福！”

刘贵龙又把秦丰年领到杨学仁家。

杨学仁家的房子确实是危房：地基的石头裸露出来，墙面是红砖外面抹的黄泥，红砖已经粉了，黄泥大片大片地脱落下来，屋顶的瓦大都碎了，上面铺了些破旧的石棉瓦。单层窗户，木窗框要散架似的……这是靠山屯儿最破旧的住房。

杨学仁是个老实巴交的农民，家境穷困熬得他未老先衰，满脸皱纹里隐藏着岁月沧桑。不过他很要强，人穷志不短，面相虽然老气但不是愁眉苦脸，陪着病媳妇乐乐呵呵地过日子。有个女儿在省师范学院上学，享受学校奖学金和社会资助。

了解了杨学仁情况之后，秦丰年说，“我就认这个亲了。往后你是弟我是

---

① 较劲儿：东北话，故意的，跟你对着干。

哥，你有啥困难跟我说，好吧。”

杨学仁不好意思，说：“俺哪敢高攀。”

秦丰年说：“咱们商量一下房子的事吧。杨老弟的房子今年就解决，马上扒倒扶起，在原来的地基上翻盖。先说盖啥样房子。我的意见，就盖三大间刘贵龙他姑姥住的那样泥草房。这泥草房是东北农村千百年的生活遗存，老祖宗留下来的。我小时候住过，好的泥草房冬暖夏凉，又是就地取材，用黄土、沙石、木头、苫房草等天然材料建筑，绝对低碳环保。”

刘贵龙说：“可不是咋地，不过现在苫房草难找。”

秦丰年对李仲说：“你让市建筑设计院设计几套适合农村居住环境的泥草房，结构布局吸取老泥草房的精华，建筑材料融进现代科技元素，让泥土沙石更加保温、更加坚固。外观看是泥草房，屋内要现代化，供热要经济适用，可以是南面火炕北面床。杨老弟，盖这样的房子你同意不？”

杨学仁憨厚地回答说：“我没啥意见。”

李仲说：“在你这儿先打个样，效果好的话可以在全市推广呢，新农村建设应提倡盖新型泥草房，返璞归真。”

秦丰年又道：“那咱们再研究资金，看看都有啥补贴政策。”

刘贵龙说：“屯儿里可以帮助申请危房改造补助，按特困户一级危房能补两万。还有改造供热等基础设施补贴什么的，想方设法把能享受的政策都用上。”

秦丰年告诉李仲：“让设计部门同时做出详细预算，通过政策补助一块，加上杨老弟自己的积蓄，不够部分我包葫芦头[①]。”

杨学仁说：“不中不中，哪能让你花那么多钱！”

秦丰年说：“钱不白花，我把你当亲戚，也把这儿当成‘家’。将来房子盖好了，你自己住一头，空出来一头可以接待民宿旅游增加收入。我家有老母亲，特别喜欢农村生活习惯，每年我把她送到这儿来住个把月，你不收住宿

① 包葫芦头：东北话，意思是负全部责任、全管。

费，行不？”

杨学仁回答：“看你说的，就当到自己家了。”

秦丰年说：“伙食费和服务费是要付的。吃饭必须有传统的大酱，有大煎饼。”

杨学仁嘿嘿笑，说：“我媳妇就是大酱下得好吃。”

秦丰年接着讲：“再就是这房子怎么盖，既省钱还要快。”

刘贵龙说：“盖房子的事儿屯儿里张罗。沙石、黄土、苫房草等就地取材，单算个运输成本就行。木材需要到林业部门批指标，松木杆子村里林地粗的细的都有。发动党员和乡亲来帮工，咱们屯儿木匠、瓦工、电工都像样，只要你把图纸画出来，保证不走样给你盖好。老杨你就支棚子做大锅饭，两三天就能上梁封顶。”

李仲说：“需要市委办做什么就和秦科长联系，让他帮助协调。小秦是丰年书记所在机关支部的书记，‘一对一’帮扶纾困活动也是他们支部的事儿。”

杨学仁感动得不知说什么好，看看刘贵龙说：“那晌午就在家吃饭吧，我整几个菜，就是屋里条件不好。”

李仲说：“中午就在你家吃派饭，你负责做饭，摊几张大煎饼，再整个蘸酱菜，尝尝你家大酱，其他的菜我负责。”

吴大军早就开车到常山镇了，在一个饭馆儿买了四个菜打包回来，还买了两箱啤酒。

第三十八章　落地夯实

8 月 5 日，星期二

秦丰年依然起早在市区里转悠。7点多钟回市委食堂吃早饭，见到毕树仁，让他上班后过1号楼来，有件事儿要和他商量。

毕树仁是从省公安厅调到岚集市异地任职的领导干部，家在省城没有搬来，一个人住市委宿舍，吃食堂。

秦丰年拿出一封加盖“绝密”印章信件，递给毕树仁，说：“你看看吧，这是市政协常委、岚集农科院林东院长写给我的。前不久林院长回老家吉岗市前窑镇，听他亲弟弟说，有个绰号叫蒋三儿的人，明争暗夺矿区小煤窑资源，还控制当地酒店服务业，暗中涉黄涉赌。林院长弟弟开个小饭店，每年要给蒋三儿交几千元‘保安费’，生打硬要，不给钱就变着法儿把你买卖挤兑黄了。”

毕树仁看完信后说：“这是典型的黑恶势力。”

秦丰年严肃地说：“听说这人本事挺大，在当地政府和公安系统有靠山。你们安排精干人员成立个专案组秘密侦查，别打草惊蛇，把情况弄清楚后将其彻底解决！”

毕树仁答应道：“是，我立即去办！”

8月7日，星期四

秦丰年时刻惦记着招商引资和项目建设那些事儿。

招商引资上项目在沿海城市是买方市场，而类似岚集这样的内陆城市却是卖方市场。人家那边有一堆项目排着队让你选，当地政府可以横挑鼻子竖挑眼；而东北这边儿，一个项目好几个地方争抢，给足优惠竞相降低投资门槛，形成内耗严重的“恶性竞争”。

项目越是珍贵越容易出问题。

容易上当受骗。弄来个项目不管好歹，“剜到筐里就是菜”，难免带来巨大的投资风险。

容易滋生腐败。重大项目上与不上，给怎样的优惠政策，一般都由地方主官说了算。如果这个主官心术不正，必然产生利益输送，很多领导干部在引进项目上栽跟头，摔得身败名裂。刘建超就是这样的领导干部。

还容易暴露营商环境方面的不良行为。诸如行政审批多而效率低下，“关门打狗”、失信违约的事儿经常发生，政府信誉和形象受到损害，让一些投资者望而止步于山海关以里。

岚集市几个大项目都挂上了秦丰年和李静亭的名字。因为一旦项目成为“秦丰年负责”“秦丰年牵头”或者“李静亭主管”“李静亭包保”，很多事情便可以一路绿灯，也没人敢来吃拿卡要捞好处。

秦丰年这几天主要去视察项目落地的情况。今天，他找来发改委、土地局、金融办、公安局等相关部门负责人，一同去项目建设现场进行调研，推进项目落地夯实。

关于“项目落地”也有讲究。通常有两种解释：一种是指正式签订合约的，叫“投资项目”落地；另一种是指拿到建设工程许可证和施工许可证后开工建设的，叫“施工项目”落地。这两种情况虽然都叫项目落地，但是差别很大。好多项目虽已正式签约，统计上和对外宣传可以喊“项目落地”，但是还不具备开工建设条件，项目只落到纸面上，没有落到地面上。

秦丰年则紧紧跟进重大项目落地实情，他要的是项目建设形象进度、实际工程量和投资的资金到位率。他要真正的项目落地。

秦丰年先到了小坂山满族民俗文化园。这个由上海大地集团投资的项目已破土动工，几台大型推土机正在平整山门和园区围栏基础，一点三平方公里园区将全部封闭，然后里面分五个功能区分期建设，总投资超过十亿元人民币。

在临时搭建的工程指挥部里，大地集团副总经理徐宁向秦丰年汇报："目前园区一期已开工建设，今年力争完成山门、游客服务中心、女真部落古城、图腾柱林、萨满文化广场、满族民俗博物馆等主体建筑土木工程量，预计投入三亿五千万元。眼下棘手的问题是西南坡有十八户人家因不满意拆迁补偿拒绝搬家。静亭市长隔三岔五来查看，帮助我们协调解决问题，大地集团十分感谢市委市政府的支持！"

秦丰年问刘殿斌："拆迁的事儿什么时候能解决？"

刘殿斌回答说："区里派多人和动迁单位做拆迁户工作。先是'保之以利，授之以渔'，公平公正公开予以拆迁补偿，保证拆迁户利益，而且为其生活提供保障。第二步是'动之以情，晓之以理'，把工作做到家。一共有六十多个拆迁户，只剩下这十八户还没做通。我们正采取第三步，申请法院强制执行，现在已经进入程序。请书记放心，保证不会因为拆迁影响项目施工进程。"

秦丰年说："项目包保组里最好多派几个政法机关的干部，他们懂得法律，要依法为企业保驾护航。"

又去岚集制药厂。药厂负责人介绍说："与苏州云水制药的合作项目已经启动。一面对药厂进行改造，淘汰部分落后设备，增加新的饮片、制剂、药品包装、药物检测、药用制冷等机械及设备。同时，市药监局会同省药监局共同跑国家药品生产批件，这需要至少半年时间。今年内完成厂房设备改造任务，争取明年四月试生产，五月份正式投产。更新设备需要近亿元资金，经过静亭市长协调，一家地方银行答应提供低息贷款，市政府给予部分贴息扶持。”

秦丰年对项目进度满意，让金融办负责抓紧落实贷款事项。

第三个是高新区星云科技智能机器人及人工智能产业园区项目。邹国栋介绍：“高新区提供两栋共五千平方米标准厂房给星云科技，一栋作为组装车间及库房，一栋为研发、检测、商务和办公区域。组装车间的装配操作平台都建好了，开始进行员工培训。9 月初，第一批一百台智能消防机器人下线，争取年底生产出一千台产品，完成十亿以上销售额，年内即可缴纳地方税收一亿五千万元。星云陈志强总经理说了，这些税留给岚集，就顶他们交房租了。”

秦丰年乐了，说：“陈总够意思，告诉他，说秦丰年谢谢他！我还欠他一顿酒，等产品下线我请他喝酒。”

邹国栋继续汇报：“人工智能产业园区也呈现好的开端。三栋标准厂房都租出去了，其中一栋给岚集工大与星云科技联合组建的科研基地，主攻研发智能管廊检测机器人和智能危险品设备运行巡检机器人。另外两栋让江东机械厂租下了，他们利用生产工业机器人的基础，与星云合作往智能机械人方向发展。”

秦丰年问：“智能机器人现在有多少订单了？”

星云科技项目负责人笑了，小声告诉秦丰年：“正式订单已经超过七百台了。还有几百台的订购意向。”

邹国栋很自豪地说：“每天都有来联系参观订购的，不仅本省的客户，东北好多城市都来订货。星云科技和高新区消防大队合作，利用消防队八层楼高的钢结构训练塔做演示场，既扩大了消防知识宣传，培训了消防员，也为星云做了广告。现在全市消防队都能熟练使用智能消防机器人救火。”

秦丰年频频点头，说：“好！这个方法很好！昊宇重工大数据中心建设用地有没有办下来？”

邹国栋说：“秦书记你知道，高新区中心地带仅有一块地闲着，是一户汽车配件企业买下的地，本来想建设汽车配件厂，但是因老板涉嫌诈骗被羁押，已无实力无信用投资，我们已经启动土地收回程序，然后把这块地给昊宇重工建大数据中心。这是高新区最好一块儿地。”

秦丰年催促说：“赶紧把地拿下来，人家昊宇已经做好了奠基准备了，比咱们还急呢。”

下午，秦丰年到乌图化工园区看项目。从领导分工讲，他负责的项目大都在化工园区。

在化工园区管委会会议室，贺大雷、乔宏宇和徐艳杰等相关投资企业负责人向秦丰年汇报项目推进情况。

乔宏宇首先介绍两个精细化工项目，他说：“一般的精细化工属于中技术产业，只有高性能化工新材料、现代制药、生物化工等与高科技结合的产品才属于高科技范畴。我们选择的精细化工项目既考虑到市场需要，也侧重向高新技术靠拢。最后确定两个项目：一个是与德国一家化学公司合作生产汽车系列化工产品；另一个是年产五十万吨土壤改良剂新材料，产品主要用于在北方配合优先保护类耕地高标准农田建设，国家会给予很大的扶持。”

秦丰年说：“这两个项目做好了，咱们再上几个精细化工项目，进一步扩大地方与北重的配套合作。”

乔宏宇表示赞同。

徐艳杰说：“秦书记，我汇报一下万鑫苯胺的情况吧。您 5 月 26 日主持召开协调会之后，到今天整整八十天。目前，钢架结构的主厂房已经封顶，主要装置都已制作完成，进入安装阶段，预计装置十二月底能建成试车，明年一月份出产品。现在国外苯胺市场价格居高不下，早建成一天早见效益。我们夜以继日地奋战，北重集团非常负责任，过来五十多人跟我们一起建设，没有他们不可能进度这么快。有十多个退休的原苯胺车间班组长和技术骨干我都聘来了。第一批招收了二百个工人正在接受培训，然后经过考试上岗。请秦书记放心，有方方面面的支持和帮助，我们一定把苯胺项目做好。”

秦丰年问：“远达村消停了？”

贺大雷说：“还是有人到区政府上访。隔些日子上面就转来信访件儿，区里都接下来，不停地对上解释，对下做村民工作。”

秦丰年说：“总是有人在背后鼓捣。要严密注意远达村的动向，找出在后面煽风点火的人。南方有的城市上化工项目，有人就利用网络造谣，煽动不明真相的人上街闹事，给政府施加压力，结果硬是把项目给闹黄了。据说是一家国外化工企业捣鬼，为了垄断我国市场，采取卑鄙手段阻挠破坏我国的化工项目建设。我知道有企业因为没有争到苯胺项目，便扬言我得不到别人也别想上马，这种狭隘、阴暗的心里非常可怕，不得不防！”

贺大雷说：“整个乌图化工园区眼下是一派热火朝天的景象，今年至少完成三十个亿的投资，形成六十个亿的增量。”

秦丰年脸上露出了难得的笑容。项目建设情况比他预期的要好，艰苦的努力见到成果，让他感觉心里踏实了许多。

第三十九章　中元节祭

8 月 10 日，星期日，农历中元节

秦丰年让宋春雨开车拉他回鄂河老家扫墓。自己的家事他不用吴大军开车。

秦丰年问宋春雨："铁蛋儿快开学了吧，学区房处理了吗？"

宋春雨说："铁蛋儿9月1号开学。班都分完了，一年三班。学区房卖了，没怎么赔，有人花一万一平买了。学区房还值钱。不管你怎么搞改革，讲究教育公平，人家还是奔好学校使劲儿，一时半会儿改变不了。"

秦丰年家的墓地在鄂河市松林镇六间房村东山沟的老林子里。岚集已经实现了村村通公路，车可以开到东山沟树林边儿。下车朝沟里再走一段路，就能看到平缓山坡上有一片很大的墓地。

六间房是个历史悠久的满族村落，秦家是村里老户。那片墓地掩埋着秦氏家族的祖辈，几十个坟头按规律排列。坟墓有的维护得完好，显然是已经来人祭祀过了，坟头有覆盖的新土，墓碑字迹清晰。而有的则几乎没有了坟墓的轮廓。

秦丰年找到爷爷和父亲的坟墓。爷爷的坟墓在上位，墓碑上端雕刻着五角星。爷爷是位老抗联战士、曾在四野当副团长，后因伤转业到地方工作，四十岁就病故了。秦丰年没有见过爷爷，爷爷逝世那会儿父亲还没有成亲。他听父亲讲爷爷在解放战争中立过功，是个战斗英雄，英年早逝与他先前受伤有关系。

父亲的坟墓在下位，墓碑没有爷爷的高大。

秦丰年和宋春雨把祭祀用的供品摆放在两座坟前。供品是母亲和宋春梅准备的：苹果、香蕉两样水果；蛋糕、桃酥和绿豆糕三样点心；还有鸡、鱼和白酒。

两人用镰刀割坟头上和四周的青蒿杂草，给坟头填上新土。

秦丰年先站在爷爷的坟前，拿出一张印着《四野军歌》牛皮纸，那是爷爷留下的遗物，说："爷爷，听我再读一遍您的老军歌吧。"

每次来上坟，秦丰年都要给爷爷读一遍《四野军歌》，读起来激昂豪迈，那军歌给予他巨大的精神力量。

秦丰年站在父亲的坟前，轻声念叨："爹呀，家里一切安好，我娘身体健康，一点儿都不糊涂。你孙子已经工作了，当工程师，说不准明年就给你娶个孙媳妇回来……"

秦丰年跪在地上，给爷爷和父亲磕头告别，说："来年中元节我再回来祭拜。"

走出树林子，秦丰年看见老老少少二十多个人都站在沟口候着呢，都是六间房村秦姓本家亲戚，听说秦丰年回来上坟，过来看他。大家七嘴八舌地邀请他到村儿里吃晌饭。

秦丰年和乡亲们一一握握手，尽可能地跟每个人打招呼。

有两位爷爷辈的都九十多岁了，秦丰年认得，叫声三爷、五爷好。几个和他年龄相仿的却是叔叔大爷辈，他勉强叫了声三叔好、二大爷好。有个和浩然一般大的男孩子竟然是他七叔，秦丰年就只是呵呵笑，没有叫。还有两个十多岁小姑娘管他叫大哥。

大伙都笑，说他官大辈儿小。

秦丰年对六间房村印象并不深刻。他出生在鄂河县城，父亲那一辈就离开农村了。小时候，他常回乡下，住在父亲的大哥、他的大爷家。回老家过年是最开心的事，因为他辈分小，到亲戚家串门，进屋叫一声“叔，过年好！”或者“大娘，过年好！”没准就会给你点儿压岁钱，多的给五元，少的给一元。你可要知道，那时候1元钱能买十本田字格和十本算数本，亲戚给的压岁钱够买一学期的学习用具。

他从小就跟父亲回乡祭祖，参加工作后，只要时间允许，坚持每年回乡来扫墓。

秦丰年和乡亲们聊了一会儿，说这次就不到村里了，说他会经常回来和三爷、五爷、各位大伯叔叔们喝酒。他把电话号告诉乡亲，说到岚集就去找他，他管吃管住。

秦丰年上车往回走了，一大帮屯儿亲还远远地跟他招手。

第四十章　青锋剑落

8 月 25 日，星期一

上午8点半，秦丰年紧急召集开书记办公会。李静亭、胡杨、侯云峰和谢明宇、毕树仁参加。会议内容保密，吴大军负责记录。

秦丰年表情严肃地说："由于情况紧急，时间紧迫，临时决定召开这次书记办公会。请树仁先把相关情况做个说明。"

毕树仁说："根据丰年书记的指示，市公安局成立专案组，对吉岗市前窑镇新福集团董事长蒋新福进行立案侦查……"

毕树仁说的这个蒋新福，是土生土长的前窑镇人，现年四十五岁，家中兄弟排行老三，人们习惯称他蒋三儿。其父蒋国平是原前窑镇副镇长，退休多年，现在蒋三儿的公司当"顾问"。蒋三儿初中毕业后一直在前窑镇做事，最早做小买卖开饭店。后来随着煤矿资源枯竭，大矿迁出，前窑镇逐步衰败，可蒋三儿的生意却越做越大。他本人成为镇人大代表，吉岗市政协常委。他经营的企业由一家新福餐馆变成新福集团，旗下新福矿有六口矿井，还有一家大酒店、两个 KTV 歌厅和一个商贸公司。公司快速扩张壮大，主要是靠蒋三儿用十多年工夫"打拼"出来的。

国营大矿迁出前窑镇之后，留下破败的矿区，但边边旯旯还有些煤炭储量。因为这儿的原煤质量好，所以这些煤炭成为个体煤老板争夺的对象，曾有二十多家公司拼得尧儿翻天[①]。通过十多年努力，蒋三儿击败了所有竞争对手，一统前窑镇小煤矿天下，用身上十多处伤疤，换来现在每年稳产五万多吨煤炭，缴纳上百万税款的辉煌。他的新福大酒店是前窑镇最大的饭店，也是镇上唯一能够接待大型红白喜宴的场所。酒店和歌厅分别由蒋三儿的老婆和俩哥哥经管。

经初步侦查认定，前窑镇以蒋三儿为首的犯罪团伙，有暴力威胁强迫交易、收“保护费”敲诈勒索、开设地下赌场和组织卖淫嫖娼、放高利贷及暴力讨债等犯罪行为。新福煤矿设立保安部，也称“护矿队”，需要时能纠集五六十人，这些人都是蒋三儿豢养的打手，涉及数十起暴力残害、聚众斗殴、寻衅滋事、故意伤害案件。据查，蒋三儿同现任前窑镇镇长、现任吉岗市副市长兼公安局局长等多名政府官员关系密切，受到关照和保护。这个以蒋三儿为首的犯罪团伙具备黑社会性质组织特征。

毕树仁说：“侦查秘密进行，但还是出了岔头。先是我们一名侦查员昨天失联，他打入蒋三儿的‘护矿队’，掌握一些情报。再就是今天早上省公安厅一位副厅长打来电话，要求停止对蒋三儿的立案侦查。说是蒋三儿摆平了前窑镇的混乱局面，维护了治安稳定，这样的企业家应该予以保护。”

秦丰年说：“所以我讲情况紧急，时间紧迫。我的意见是：基于目前掌握的大量犯罪事实，市公安局将蒋三儿涉黑犯罪团伙正式立案查处；市纪委和组织部对涉案的党员干部采取措施，协助办案；立即冻结新福集团及下属单位银行账户；组织市局警力和武警立即赶赴吉岗前窑镇对蒋三儿犯罪团伙实施抓捕，全力营救失联干警。现在是上午 10 点，12 点开始，各方面同时行动。大家有什么意见？”

几位领导都说，“没有意见！”

① 尧儿翻天：东北方言，指闹腾得很厉害。

秦丰年说:“那好，现在分头行动，我同市局特警一同去前窑镇，看看这个蒋三儿长什么样。共产党领导的吉岗市前窑镇啊，竟然黑恶势力横行，难以置信！”

秦丰年直接向省委书记汇报了岚集打掉蒋三儿黑社会性质犯罪团伙的行动，得到了省委领导的肯定和支持。省委书记指示：必须揪出“保护伞”，严肃查处，彻底根除！

市局特警支队已整装待发，极速奔赴吉岗市前窑镇。秦丰年坐在指挥车里，通过视频观察整个行动进展情况。

上午 11 点，吉岗市前窑镇所有出口部署公安干警和武警把守，对出行车辆进行检查。

中午 12 点，武警和特警出现在前窑镇街头，同时包围了新福集团总部、新福煤矿办公楼、新福宾馆和两家 KTV 歌厅，查封了蒋三儿的住宅及涉案资产。迅速抓捕包括蒋三儿及其妻子、兄弟等骨干在内的三十八名犯罪嫌疑人。抓捕行动干净利落。

在新福煤矿“护矿队”一间暗室里，找到了被劫持的市局侦查员，他显然遭到毒打，遍体鳞伤，被紧急送往吉岗市医院救治。

前窑镇居民默默地看着这突如其来的强大阵势，意识到这是对蒋三儿及其团伙下手了。众人亲眼看到蒋三儿及团伙骨干一个一个被押上警车。不一会儿，大街小巷鞭炮炸响，持续不断，很快街面上所有的鞭炮被抢光燃放，整个前窑镇笼罩在淡蓝色的烟雾之中。

秦丰年走到押解蒋三儿的警车前，说:“我认识认识这个‘黑老大’”。

干警打开车门。蒋三儿被铐着双手，一脸假装平静的神情。他长得肥头大耳，和善的脸上有两道淡淡的疤痕。不熟悉他的人，很难想象他是个身经百战，心狠手辣的人。

蒋三儿呵呵一声，说:“秦丰年，秦书记哈。你凭什么抓我？我是镇人大代表，受法律保护你懂不？”

毕树仁告诉秦丰年，已事先将逮捕蒋新福报告前窑镇人大。

蒋三儿又说：“秦丰年，交给你个底儿，怎样把我抓进去还得怎样把我放回来，不信？呵呵，咱们走着瞧！”

秦丰年没说话，用轻蔑的眼神看着蒋三儿，一摆手，示意把车门关上。

胡杨来电话报告，已经对吉岗市涉案的五名党员干部采取留置措施，人已经送往岚集市纪委培训中心。

秦丰年说：“这件事已经告知吉岗市，一会儿咱俩同他们市级班子成员集体谈话，你要敦促涉嫌党员干部主动交代问题。”

胡杨说：“好的，我现在吉岗市纪委，一会儿见！”

下午3点，在吉岗市委常委会议室，秦丰年同吉岗市委常委、市人大、市政府、市政协党组成员集体谈话。

秦丰年说：“这次打掉前窑镇蒋三儿黑恶势力团伙是秘密行动，事先没有通知你们。因为情况错综复杂，你们副市长兼公安局局长就与蒋三儿关系密切。可即便是高度保密，还是走漏了风声，让我们一名年轻的侦查员险遭毒手。”

秦丰年停顿了一下，接着讲道：“刚才我看到蒋三儿的时候，心里在深深地自责。这伙黑恶势力出现在岚集，生长在吉岗前窑镇，我有不可推卸的责任。地方黑恶势力猖獗是我们执政之大忌。岚集市委要认真反思，吉岗市委也要深刻反省。有多少党员干部收了蒋三儿的钱，去为他办事替他说话啊？在座的各位同志，你们没有听说过蒋三儿？蒋三儿犹如扎在眼睛里的一根毒刺，难道没有一点儿感觉？思想麻木到何种地步！”

胡杨接着说：“我只强调一点：对于为黑恶势力违法犯罪人员充当‘保护伞’的人，将坚决依法依纪查处，不管涉及谁，都要一查到底。凡涉嫌包庇、纵容、帮助蒋三犯罪团伙的党员干部，自今日起到9月1日，主动投案自首，如实供述自己的问题的，可以依法依纪从轻或者减轻处罚。”

刘树东代表吉岗市委发言说：“丰年书记今天亲自督战，一举打掉了前窑镇蒋三儿黑恶势力犯罪团伙，帮助吉岗割除了一大毒瘤。我在这里代表吉岗市委班子及我本人，向丰年书记做深刻检讨！在扫除黑恶势力这个重大问题上，吉岗市委特别是我，没有尽到责任！”

秦丰年说：“这是个极其深刻的教训，要弄清楚问题症结在哪儿！”

刘树东说：“说明我们思想麻痹。说心里话，如何看蒋三儿这个人，我们思想认识上有误区。平时也听到过蒋三儿的负面反映，但更多是认可他创造了多少就业岗位，给地方政府缴纳了多少税……我们一定吸取教训，并以此为契机，在全市开展清除黑恶势力的斗争，还吉岗大地一片净土。”

秦丰年说：“请大家牢牢记住，为官一任，造福一方，守土有责，岁月静好！这是我们共产党人的执政追求，建设平安岚集，一定要根植于心，外化于行！”

第四十一章　情满中秋

9月1日，星期一

全市小学校暑假结束今天开学。秦丰年到一实验视察船坞区小学新生入学情况。

在一实验教学监控中心大屏幕上，能看到船坞区二十四小学全部七十一个一年级教室新生入学的场面。每个教室标准的四十至四十八个座位，统一电教设备，不一样的是每个教室各有特色的装饰风格。家长带着新生来报到，领取书本教材，然后找到学生的课桌座位坐好。

9点统一召开新生入学家长会。总共三千多名新生，加上他们的家长，是个超大规模的家长会，会场井然有序。

一实验校长赵雅杰主持这个超大型家长会。她做了一个热情洋溢的新生入学欢迎辞，向家长介绍这届新生如何创新教学，强调新生如何做好学习、生活准备，还有家长如何关注孩子的安全健康等等。

统一要求讲完之后，各学校继续分头开家长会，布置更精细周到的入学事宜。

陈杰告诉秦丰年："区教育局建立了新的一年级教育教学督导制度，全天候监督每个班级、每节课的教授情况。不仅监督主讲老师授课，也监督班主任和科任辅导老师，这样就有效避免教学内容不在课堂上讲，而后另办收费辅导班的乱象。同时也严格监视老师与学生的关系，避免出现体罚、辱骂学生等问题，有利于建立良好的、公开透明的教学秩序。”

看到那么多孩子高高兴兴地步入课堂，船坞区义务教育改革得以实施，秦丰年非常满意。他说：“让孩子们受到公平的优质义务教育，总算迈出了一步。咱们要扎扎实实地走下去，明年在全市城乡所有小学推开！”

9月8日，星期一，农历八月十五中秋节

秦丰年同周国庆、林强去看望退休老干部肖汉臣，秦丰年习惯叫他“肖老”。

肖老曾任岚集市计委计划处长、发改委主任、常务副市长、人大常委会主任。他毕业于复旦大学，经济理论功底深厚，思想活跃不保守，又有丰富的实践经验，在职时性格耿直，为人正派，赢得人们普遍尊重。秦丰年就是接任他做常务副市长。两年前肖老从人大常委会主任位子上退下来。

肖老住在市政府附近的锦南小区。二十年前这个机关干部住户集中的小区条件还说得过去，地理位置好，到东西两院儿上班都不远。老话说“丑妻近地家中宝”，好多机关干部住在这个小区不愿意搬走。房改时公房作价卖给个人都变成私产。如果要与那些新开发的商住小区相比，这里明显老旧落后了。

肖老住在三楼，两室两厅。两室一间是卧室，另一间为书房，书房比卧室大，一排顶棚的书架上摆满了书籍。书桌上有台大屏幕一体机电脑。客厅里都是老式实木家具，棕色的真皮沙发掉了颜色，茶几上摆着香烟和水果。

秦丰年和肖老握手，相互问候。林强把两盒月饼、一小箱鸡蛋放在茶几上。肖老说：“你瞅你，来就来呗。还拎东西干啥。丰年书记，这么忙还来看看我，感谢了！”

秦丰年口气和蔼地说：“今儿个不是中秋节吗，我让市委常委和所有市领导，都放下手头的事情，去看望离退休老领导，各部门单位也都去走访慰问退下去的老同志。送去月饼和鸡蛋，东西不在多少，主要是表达一份关心和敬意。”

肖老表示赞许，说：“难得你还想着老干部、老同志。有人说你冷面无情，我看还是挺有人情味的啊！”

秦丰年诚恳地说：“一方面是因为‘老吾老以及人之老’，敬老爱老是中华民族传统美德。另一方面是因为你们老同志不仅代表岚集的过去，也关乎我们的未来，你们的今天不就是我们的明天么。所以于情于理、于公于私，都不能忽视怠慢老同志。这方面，习总书记给我们做出榜样。”

肖老有所感触地说：“岚集走到今天，是一茬又一茬、一代又一代党员干部带领全市人民艰苦奋斗的结果啊！”

秦丰年说：“所以我讲，爱护老干部就是爱护党的宝贵财富，学习老干部就是学习党的优良传统和作风，尊重老干部也是尊重岚集的历史和未来。”

肖老笑道：“你这么说老同志愿意听。回头看看岚集的发展，有多少党员干部把一生都献给了这座城市，可如今谁还记得他们呢！党内有腐败分子不假，但是多数党员干部忠诚于党和人民，默默奉献了一辈子。他们的贡献不能被抹掉。”

秦丰年说：“嗯，现在一提老干部就有人把他们同腐败扯到一起。其实我们大多数老干部、老同志和普通百姓一样，靠有限的退休金过日子，他们同样需要关注和照顾。你老退休生活还好吧？”

肖老说：“我还好，每天早上打太极拳，晚饭后走步，白天在家伺候花草，或者上网购物，看书看报看电视，一天天满充实的。”

秦丰年问：“肖老还上网购物，都买啥呀？”

肖老说：“吃的用的都在网上买。你看我这身儿休闲服就是网购的，大品牌，你猜猜多少钱。”

秦丰年打量一下说：“这一身儿怎么不得五百块钱。”

肖老让秦丰年再猜，往低了猜。

秦丰年看了半天，又说：“就凭这料子这牌子，咋也得三百多吧。”

肖老哈哈大笑道：“这一套才八十九元。我一年四季在网上买鸡蛋、买地瓜、买米面油，买各种水果，和早市价格差不多，还给送到家。这个消费水平一般市民都买得起，这也说明现在老百姓生活成本不高，有保障，所以社会稳定。”

秦丰年问：“这儿的老同志有啥需要解决的难事吗？”

肖老想了想说：“书记既然问到这儿了，有件事儿我就说说。锦南小区房子盖得早，七层楼都没装电梯。像我这样住三楼，腿脚还行，上上下下没问题，但是楼上有的老同志就非常不方便，爬不动楼梯啦。如果市里能补助几个，住户分担一些，把电梯装上，也就解决了小区住户最大的难题。”

秦丰年马上表态，电梯应该装，这个事儿请国庆秘书长负责，研究个解决办法，包括其他老旧小区没有电梯的楼房，能装电梯的都想办法装上。

秦丰年说：“肖老，还有一事和你商量。”

肖老说：“丰年书记客气，有啥事你就吩咐。”

秦丰年说：“想请你牵头，成立岚集市决策咨询委员会，邀请一些决策咨询委员，作为市委市政府决策的咨询机构。决策咨询委员会办公室设在市委政策研究室。初步想法是每个季度召开一次咨询会，就市委市政府重大决策进行咨询研讨，帮助把关定向。发挥老同志的才智和经验。”

肖老想了想说：“可以发挥老同志的余热，搞一搞咨询调研，但要定规矩。你比如：咨询委员必须本人愿意，身体健康；年龄最好在六十五岁以内；帮忙不添乱，不要报酬不要待遇，不配办公室。市里有需要决策咨询事项，让研究室负责交给相关咨询委员研究论证提出意见就行了。参谋不越线，只管提出建设性意见，不干政，不经手具体工作。”

秦丰年说："林强，肖老说的这些都记下来，回头进一步修改组建决策咨询委员会的相关资料，请肖老给把关。咨询委员名单敲定后先征求老同志本人意见，同意的再由市委组织部给发聘书。报酬问题再研究，看看省里和外地是怎么处理的，对老同志的付出应该给予适当补助。"

林强说："我们下午就把资料给肖老送来。"

肖老说："你别来回跑了，把资料文本发我邮箱里……"

中秋之夜，秦丰年和李静亭在西林宾馆摆了一桌酒席，邀请在岚集投资兴业的企业负责人共度佳节。

秦丰年自带一箱"坂山烧锅酒"，超正常宴请标准多加了几道菜，由他个人结账。

一大桌人，除秦丰年、李静亭、周国庆和杨智忠四位市领导外，其余十二位都是在岚集干工程没有回去与家人团聚的企业家。

秦丰年首先举杯祝酒，他说："值此中秋佳节之际，我代表岚集市委市政府和全市人民，向在岚集投资兴业的企业家们表示由衷的感谢，并向你们及你们家人、企业员工致以节日问候！"

之后，秦丰年又举杯单独敬星云集团老总陈志强一杯。他走到陈志强跟前说："四月底我在常州和陈总有个约定，就是等智能消防机器人在岚集落地、产品下线的时候，与你喝庆功酒。今天我兑现承诺，敬陈总一杯！智能消防机器人已经生产了二百多台，收到订单超过八百台！我敬陈总，祝星光集团在岚集星光灿烂，事业辉煌！"

李静亭接着举杯祝酒，他先跟大家通报全市项目建设的生动局面，说："目前，仅看岚集城区，昊宇重工大数据中心已经在高新区奠基，万鑫苯胺开始设备安装，小坂山满族民俗文化园、鸿城景观智能商住区全面开工建设，北重集团汽车化学品和土壤改良剂新材料项目破土动工，中凯新源碳纤维复合材料项目主体工程已经封顶，云水集团新药项目获得国家的批号……岚集形成了可喜的项目建设热潮。我由衷感谢在座的各位企业家，祝你们中秋快乐，恭喜发财！”

宴请结束后，吴大军去餐厅吧台买单，收款员说，李市长已经结账付款了。市长说书记管酒，他管菜。

第四十二章　内陆开放

9 月 26 日，**星期五**

市直机关工委准备在国庆前夕举办“歌唱祖国、振兴岚集”合唱比赛，通知各部门单位合唱队下午到市直机关会议中心舞台上带妆彩排，由活动总导演指挥，掐时间按正式演出要求“走一遍”。

秦丰年身穿深蓝色西装，系红色领带，准时到会议中心参加彩排。他和侯云峰、周国庆三位常委加入市委办合唱队，李静亭、杨智忠参加政府办合唱队，其他市委常委和市级领导都加入本部门合唱队。

听说秦丰年也来参加彩排，差不多所有市级领导也都盛装到场，让古中杰兴奋不已。

秦丰年到东院儿之后，市委机关的风气发生很大变化，精神面貌焕然一新。

按顺序，演唱由市委办合唱队开场，政府办合唱队压轴，市人大、市政协、市纪委、组织部、宣传部、公安局、法院、检察院及各系统部门合唱队依次登场，由十位评委打分，评出一、二、三等奖和优秀组织奖。

这不仅仅是场简单的合唱比赛，也是对机关作风和干部精神状态的一次检阅。各部门单位都很重视，领导带头排练，争取好成绩。

市委办合唱队演唱三首歌。第一首《祝福祖国》，歌词和曲调优美动人：都说你的花朵真红火／都说你的果实真丰硕／都说你的土地真肥沃／都说你的道路真宽阔／祖国 我的祖国／祝福你 我的祖国／我把壮丽的青春献给你／愿你永远年轻 永远快乐……这首歌秦丰年在家练到下半夜，经春梅指导，能够记住歌词从头唱到尾。

第二首《咱们工人有力量》，歌曲坚定有力：咱们工人有力量／嘿！咱们工人有力量／每天每日工作忙／嘿！每天每日工作忙……这首歌不用练，秦丰年可以一字不差地唱下来。

第三首歌《众人划桨开大船》，秦丰年更是喜欢，这歌唱起来气势恢宏，催人奋进：一支竹篙耶（吼嘿吼 ）难渡汪洋海／众人划桨哟（吼嘿吼）开动大帆船／一棵小树耶（吼嘿吼）弱不禁风雨／百里森林哟（吼嘿吼）并肩耐岁寒 耐岁寒／一加十十加百，百加千千万／你加我我加你，大家心相连。以上歌词由男高音领唱，其他人跟着伴唱"吼嘿吼、吼嘿吼"就行。下面两句是合唱：同舟嘛共济海让路／号子嘛一喊浪靠边／百舸嘛争流千帆竞／波涛在后岸在前……

市委办合唱队顺利通过彩排，队形、服装和演唱效果可以用"震撼"来形容。

秦丰年很卖力气唱得满头汗，之后他没有马上离开，坐在观众席饶有兴趣地看其他合唱队演唱。市人大合唱队演唱时，他发现了问题，人大常委会七位主任、副主任，站在合唱队中间，只有一个领导勉强能唱几句，其他人就跟着嘎巴嘴，或干瞪眼儿闭着嘴。

秦丰年对台上的程欣说："程主任，这样子不成！你们几个大主任站在当间儿也不张嘴唱，上电视不嫌丢人啊。回去好好练，都得张嘴大声跟着唱。"又对古中杰和总导演说，"你们必须严格把关，要求领导必须跟大家一起唱，大声唱，不能站那儿当摆设，是吧，领导不张嘴唱的不得评奖。"

人大机关合唱队悻悻地离开舞台，几位主任表情很不自然。有的说回去好好练，认真唱。也有人在心里嘀咕，不就唱个歌嘛，那么认真干啥！

9月29日，星期一

省委书记带省直相关部门负责人来岚集就扩大开放进行调研。

安排看两户出口企业和两户外商投资企业。视察对象是由省委办公厅和省委政研室事先来考察后确定的。秦丰年和李静亭陪同省委书记调研。

上午先去了奇峰化纤，主要了解化纤产品出口情况。然后去岚集轻型车厂，研究扩大汽车出口问题。中午在轻型车厂吃自助餐，也没有休息，接着去看一户台商投资的电子元器件企业，最后来到一个叫“红紫食品”的韩资企业。

“红紫食品”总经理姓朴，是位年过七旬的韩国老头，身体健壮，精神矍铄，讲一口流利的东北普通话。他在岚集搞食品加工十二年了，主要生产两个系列产品：一个是用红小豆加工红豆沙及食品，另一个是用岚集特产的紫苏加工苏籽油和苏叶咸菜。红小豆和紫苏一红一紫，所以公司取名“红紫食品”。产品全部销往韩国，供不应求，红得发紫。

省委书记问：“市场这么好，为什么不扩大生产规模？”

朴总回答道：“‘红紫食品’加工能力没有问题，只是种植红小豆和紫苏的农户太少了，产量有限。特别是岚集的紫苏，品质最好了，就是产量少。”

从“红紫食品”出来上了省委的中巴车，省委书记问秦丰年：“岚集也没啥像样的外资企业可看了是吧？”

秦丰年承认道：“嗯哪，岚集出口企业和外资企业数量少，规模也都不大。”

省委书记说：“我们省经济的外贸依存度不高，全国在40%上下，我们只有12%，你岚集更低，才8.5%是吧？开放程度低、进出口贸易额度低是我省经济发展的短板，也是我们与发达省份差距越来越大的重要原因。所以要认真研究内陆省份、内陆城市如何扩大开放，努力适应并融入经济全球化大潮之中。省委准备做出进一步扩大开放的决定，出台一系列政策，部署全方位大开放。你们岚集呢？是不是也要拿出自己扩大开放的思路和办法啊，通过扩大开放，加快推进高质量发展和全面振兴……”

秦丰年心里清楚，省委书记来岚集进行扩大开放调研，并不是说岚集开放得如何好，而是证明岚集开放得不好。这件事情本身就是对岚集的一个“敲打”。所以必须认真对待这个问题，在扩大开放上有新突破。

送走省委书记一行，秦丰年和李静亭商量，国庆节后召开一次市委常委扩大会议，专题研究对外开放问题。开会时间定在10月8日，小长假后上班第一天。

秦丰年指示市委办马上下发通知，要求每位常委都形成书面发言提纲，作为会议参阅文件。并指定发改委、商务局、文旅新局、岚集海关、高新区等部门单位，结合各自工作实际提出扩大对外开放的具体建议。要求措施务实，有创新突破。

别小看这一纸通知，它意味着国庆节期间，各位常委和相关部门都要做足功课，做好节后会议发言准备。

秦丰年特别讲求会议质量，每个人的发言都不能应付。

10月1日，星期三

秦丰年让宋春梅陪老妈去靠山屯儿住几天，带上宋春雨一家。

刘贵龙给市委办打来电话，说杨学仁家的房子已经盖好，可以入住了，请秦书记来验收。秦丰年说：“我没有时间过去，就让我老妈和家人去住几天体验一下。”刘贵龙说：“那好，俺们就在屯儿里等着老太太过来。”秦丰年让宋春梅特别注意一下房子供热。东北农村冬天寒冷，农户供暖是件大事。

建造这个现代版土草房，设计单位提出三个“清洁取暖”方案，在“太阳能辅助电加热供暖”“燃气壁挂炉供暖”和“空气源热泵供暖”三项技术中选择一个。经过仔细计算，初投资太阳能辅助电加热需要五万元，燃气壁挂炉需要二万元，空气源热泵为三万八千万元；而每年采暖费用相比较，太阳能每年要花九千多元，燃气壁挂炉七千二百元，空气源热泵为四千四百元。空气源热泵系统的年采暖费最低，只比传统散煤烧柴供暖多一千四百元，而且使用寿命达十六年以上。最后决定采用空气源热泵供暖。

宋春雨借一辆七座商务车，拉着秦母、宋春梅，还有刘淞和铁蛋儿，一块来到靠山屯儿，住进杨学仁家的新房。他们带来几大包衣物，还有些家具电器送给杨家。

三大间泥草房，杨学仁两口子住东屋，中间是厨房，西屋是客房。东西屋都是南边火炕，北面双人床。晚上睡觉的时候，南炕拉上一道幔帐，床边也拉一道幔帐，跟过去满族人家的传统习俗差不多。秦母和宋春梅睡热炕头。铁蛋儿对这里的一切都感觉好奇，兴奋得睡不着觉，他把火炕当成舞台，把幔帐当成大幕，在炕上又蹦又跳不着消停。

宋春梅告诉秦丰年：“杨家不缺啥了，市委办组织党员捐钱买了冰箱、洗衣机，东屋西屋都有液晶电视。供热效果可以，卫生间在屋里很方便。老妈爱吃杨家的大酱，说味道纯正。杨家媳妇做菜也合妈的胃口。西屋平时当民宿客房给游客住，加上做农家饭菜提供餐饮服务，房子盖好搬进去就有收入了。”

秦丰年说：“记着回走的时候给他四千块钱，就当帮他解决今年冬天供热费了。”

国庆节放假期间，秦丰年比平时更忙。每天都有好几伙客人投奔他来岚集游览观光、探亲度假，有国家部委和省里离退休的老领导，有外省市的朋友、企业家，还有著名专家学者、社会名流。一天三顿饭都在宾馆酒店陪客人吃，重要客人还要去陪同参观景点。

虽然忙点儿累点儿，但是岚集需要人气、人脉啊，他希望有更多的人来岚集作客，来岚集做事。

即便这样忙碌，他还挤时间和市委办、政研室、商务局、海关等部门的同志研讨了三次，形成了在常委扩大会议上的讲话提纲。

10月8日，星期三

市委常委扩大会议在西林宾馆会议厅举行。

市委常委和固定列席常委会的人大常委会主任、政协主席在主席台上就座。主席台右侧是发言席，各位常委座位前面都有话筒，部门负责人发言上发言席。这次常委会列席人员扩大到各县市区书记、县市区长和市直相关部门主要责任人，共计四十三人。

会议先由发改委、商务局、文旅新局、高新区、岚集海关、外事办负责人依次发言。

秦丰年听得仔细，经常打断提问，引发其他常委参与讨论，会场频繁互动，无意中拉长了发言时间，上午开到12点才休会。

下午轮到市委常委发言。各位常委结合分管工作提出意见和建议。胡杨主要讲为扩大开放营造良好政治生态和风清气正的政务环境；谢明宇讲如何发掘开放型人才，培养开放型干部，为扩大开放提供组织和人力资源保障；邹大伟重点讲加强对外宣传，树立岚集国际形象；杨智忠主要讲加强对外经贸合作；李静亭全面讲岚集实施扩大开放战略的总体思路、重点任务和保障措施……这些发言成为岚集市委做出进一步扩大对外开放决策的依据。

最后，秦丰年做总结讲话。他首先肯定说："今天的会议大家都做了充分准备，讲了很多有价值的道理、办法和工作意见。我呢，综合大家的发言再讲四个问题。"

第一个问题是"承认开放落后现实，树立起建设内陆开放高地的信心"。

当前在许多事情上，信心比黄金更重要！

秦丰年指出："岚集发展落后与开放程度不高有很大关系，而更深层的问题在于我们思想封闭，视野受限。经济全球化成为当代世界一大特征，也是世界经济发展重要趋势。经济全球化是啥？是指世界经济活动超越国界，通过对外贸易、资本流动、技术转移、提供服务、相互依存、相互联系而形成的全球范围的有机经济整体的过程。大家扪心自问，我们脑袋里到底有没有经济全球化观念？就说我吧，不能说一点儿没有，但缺少国际视野和大开放思维，这种局限严重制约对外开放。咱们必须冲破内陆城市没有对外开放优势的陈旧思想，主动把岚集发展放到全球化大视野中，树立内陆城市建设开放高地的信心。信心，信心！一定要有信心！"

第二个问题是"培育开放主体和优势产业，打造扩大开放强大竞争力"。一个城市用啥去扩大开放，拿啥去融入经济全球化？这需要弄清楚。

秦丰年深入剖析说："开放的主体是企业，对吧？是提供技术、产品、服务的企业。众多企业集群式参与国际贸易与合作便形成产业优势，形成对外开放的竞争力。过去岚集企业产品市场主要在国内，多年来形成的惯性思维让许多人认为我们产品进入不了国际市场。这又是陈旧观念。奇峰化纤的产品在南美很受欢迎，岚集轻型车厂商务车出口逐年增加，'红紫食品'在韩国畅销。我们岚集苏籽的价格就是国际市场苏籽的参考价格。岚集企业好多产品和服务都可以走出国门，只是我们没有下功夫去发掘与开拓。特别是在互联网和现代物流高度发达的今天，跨境电子商务为我们打开了国际贸易的大门和渠道，创造了更多机会。我们要抓住机遇，形成扩大开放的新优势。"

第三个问题是"拓展内陆口岸功能，打通对外经贸通道"。对外开放，窗口在哪儿？

秦丰年讲："窗口就是'口岸'，口岸是对外开放的窗口，是连接和利用两个市场、两种资源的渠道。岚集有个'无水港'，但口岸功能不强，对外通道不畅。我们的目标是，要把岚集内陆港建设成集铁路集装箱货运中心、岚集铁路口岸、综合保税区、多式联运物流园为一体的国际内陆港。岚集铁路四通八达，建设铁路无水港，就相当于把海港搬到岚集。进出口企业可在港内‘一站式’完成货物订舱、报关、报验、签发提单等全部通关手续，然后通过海铁联运的方式将货物运送到沿海沿边口岸，直接装船出海或者装上国际班列。我们要完善‘东南北’三个方向对外通道：向东连接珲春口岸，向南拓展大连港和丹东港铁海联运；向北做实连通满洲里进入俄罗斯的国际铁路班列。”

第四个问题是“进一步优化开放环境，建设东北中部国际交往中心”。

秦丰年指出：“我们要把营造好的营商环境作为加快建设内陆开放高地的基础工程，牢固树立‘人人都是开放形象、处处都是开放环境’的理念，着力提升城市软硬件设施品质，加快完善城市国际性综合服务功能，打造东北中部国际交往中心。现在全国到处都在建‘自由贸易区’，我们要主动到自贸区去学习，看看人家是咋办的，汲取可复制的经验做法、法规政策为我所用，国家提倡这样做，是吧，学习人家已经在做的事情，已经成功的经验。岚集的对外开放是全域式、全方位开放，岚集高新区是扩大对外开放的核心平台，各个县市区都是开放载体，都要以全球全国视野、开明开放胸怀、互利共赢理念谋划招商引资和项目建设，全面提升对外开放水平。”

秦丰年最后说：“省委高度重视扩大开放，近期要出台关于全省进一步扩大开放的决定，对全省对外开放做出新部署。市委市政府也将联合下发文件，就落实省委决定，建设国际交往中心进行全面安排，各县市区也要形成各自的开放规划和具体举措。全市上下齐心协，迈出扩大开放坚实步伐！”

会后，市委办起草“关于岚集市进一步扩大对外开放的报告”报送省委。省委书记很快在报告上批示，省委工作简报予以转发。

市政府相关部门编辑了一部岚集扩大对外开放的政策汇编，出台一系列支持开放的优惠政策。岚集进一步打开门户，敞开胸怀，加快开放步伐。

第四十三章　市民中心

10 月 20 日，星期一

市委办通知市纪委、组织部、市直机关工委、市政府办、发改委、工商局、税务局、公安局、城乡建委等部门主要领导，9点到市民服务中心集中，秦丰年去那儿视察工作。

中国所有城市都有政府的政务服务中心，或叫市民服务中心，简称“市民中心”，听起来很暖心的名字。

岚集市的市民服务中心是秦丰年当市长时建的。虽然是个只有四层的建筑，但楼层举架特别高，面积五万多平方米，看上去庄严宏伟气派。一楼是工商注册、不动产登记、公积金、婚姻登记、公安业务等服务区；二楼有税务、社保业务服务区、建设工程服务区、综合服务区、智慧城市运营中心等；三楼有人才服务区、招投标服务厅、公共企事业服务厅和金融业务服务区；四楼为市民服务中心办公区和几个大小不等的会议室。

按秦丰年的期望，要把这里建成全省进驻部门最全、办理事项最多、服务效率最高、群众最满意的市民政务服务中心。

这是一次“闪电式”临时安排的工作视察。

秦丰年经常进行这样突如其来的视察，有时是暗访，让市民中心各窗口单位像今天这样感到措手不及。但能看出来，服务中心还是采取了一些措施应对领导视察，工作人员着装齐整，所有窗口没有空岗，窗口服务井然有序。

市民中心主任孔德成走在秦丰年身边，不时向他介绍情况。

孔德成说：“秦书记，咱们市民中心去年在全省营商环境评比中名列前茅啊！你像进驻单位了、设置窗口了、可办事项了、‘最多跑一次’事项比例等等硬指标全都第一。还有咱们服务中心的规模、信息化程度、服务设施都是全省的样板儿！当然，这都是您的功劳啊。”

秦丰年看了孔德成一眼说：“你别忽悠，啥是我的功劳？”

孔德成说：“秦书记，这可真不是忽悠您，有省里发的红头文件啊，真的排名第一。”

孔德成能说会道是有名的。不过他工作很努力，有上进心，总是保持着一股热情。秦丰年欣赏他的工作劲头，也批评他的毛病。他脸皮够厚，再严厉的批评也不会影响到情绪。

秦丰年郑重地跟大家讲：“今后谁都不要说‘营商环境名列前茅’这样自吹的话。营商环境好与不好，首先要看你发展的状况。咱们岚集综合发展指标在全省排在倒数第二的位置，怎么好意思说营商环境名列前茅？我们实现了高质量发展，说明营商环境适应发展需要；我们没有实现目标，则说明营商环境还不适应发展需要。不要脱离实际去争什么‘名列前茅’。营商环境好与不好，市民中心的服务好与不好，要让投资者、创业者和岚集市民来评价。群众满意度最能说明问题。”

大家你看看我，我看看你，都点头表示秦书记说得对。

这些部门领导心里清楚，秦丰年今天把大家叫到一起，肯定是要针对什么事儿说道说道。因此说话都特谨慎，察言观色，一味迎合。

一楼工商注册、不动产登记和公安业务服务区内坐满了来办事的人，等着叫号。有的窗口前排着长队。

孔德成介绍说:“这一楼窗口天天这么多人，工作人员那是相当辛苦，连口水都顾不上喝，上卫生间都小跑。大厅各个窗口的服务态度没得说，天天都有人写感谢信送锦旗。”

离开服务区，秦丰年停下脚步，问孔德成:“你光看到有人送锦旗，那‘黄牛党’呢？我今天把各位找来，就是想让大家看看市民中心里的一些乱象。你们把那些‘黄牛党’撵跑了是吧。”

孔德成看看工商局局长，说:“我们发现有人在这里假装中介帮人代办事项，工商等窗口都着手整治了。”

秦丰年一针见血地指出:“我接到群众写信举报，说工商登记注册每天限额，于是就有人‘倒号’，一个号少的卖三百、五百，多的卖八百、一千；办不动产登记、办二手房过户更名，手续繁杂好多人整不明白，于是就出现‘黄牛党’帮办，额外收取费用。当然，有人为了方便，找有资质合法合规的中介机构来办理事项应该允许。我们要整治的是在窗口里面‘黄牛’的那些‘同党’。‘黄牛党’之所以能够代办获利，关键是有这些‘同党’提供方便，成事之后他们也跟着分钱。这是公开的秘密，对吧，你们谁敢说不知道？所以，不要拿几面锦旗来当遮羞布，必须正视窗口服务存在的问题！有‘黄牛党’存在，说明我们窗口服务还有差距、有漏洞。要采用‘一窗通办’‘全流程网办’等方法，减少窗口压力，方便群众办事，不给‘黄牛党’留有余地。”

来到发改委服务窗口，孔德成又把于胜利好顿夸，说于主任特重视项目审批工作。他们专门给市里挂号的一批重点项目开辟“绿色通道”，最大限度压缩审批时间。比如说万鑫苯胺项目，原本需要八十多天审批期限，他们仅用三十五天就全整利索了。还有几个投资几十亿元的项目，都大大缩短了审批时间，投资者那是非常满意。

秦丰年同窗口内的工作人员交谈，得知目前来审批的项目都扎堆儿了，他们需要加班加点工作。秦丰年对他们提出表扬，希望他们热情高效地为项目建设服务。

秦丰年对各部门领导说:“为啥要搞市民服务中心?很简单,就是为了让投资者、创业者和广大市民办事方便、快捷、少花钱。我们讲‘简政放权’,你仔细想想,‘放权’对老百姓有啥好处?审批权从省放到市,或从市放到县区,可权还是那个权,只不过是到省里批还是到市里到县区批。群众不在乎谁审批,在乎的是你快点批。发改委搞‘绿色通道’,面儿上看你是作了很大努力,还获得孔主任表扬。但是你想过没有,八十多天的审批流程三十五天就能搞定,说明你可以走压缩了四十五天的‘绿色通道’,那你为什么不把‘绿色通道’变成正常办事通道,变为一种常态,让所有项目都三十五天审批完呢。所以我说别自我感觉良好,别再提什么‘特事特办’‘一事一议’,老百姓的事儿都是大事儿。各部门都要进一步提高办事效率,真正把整个市民中心办成‘绿色通道’。”

从一楼转到三楼视察窗口服务,然后到四楼会议室开会。长条形会议桌上已经摆好了带姓名的桌牌和矿泉水,大家对号入座。

秦丰年说:“刚才看了服务中心窗口工作情况,你们有什么要说的都说说,怎么把市民中心弄得更好。”

自打市民中心建成后,秦丰年召集过几次这样的会议。市民中心从成立到逐步规范完善,是市长同相关职能部门博弈的过程。开始的时候,各部门审批事项都不愿意进到中心来,找各种借口软磨硬拒。无奈“胳膊拧不过大腿”,各项业务逐项进入大厅,但也是“前店后厂”,在窗口收了件再回到本局处理。后来呢又着力解决一件事跑几趟才能审批下来的问题,要求“只跑一趟”。

无论是当书记还是当市长,秦丰年也不是“金口玉牙”说啥是啥,他要和各个系统部门斗智斗勇“掰手腕儿”。在群众利益、全市利益与部门利益之间把握平衡。

大家都掏出笔和本儿等着秦丰年讲话。

秦丰年喝口水，说："那好，你们不说我说。最近我收到群众关于市民中心存在不良现象的反映。刚才我边走边谈了一些想法和意见。这里再强调一点，就是必须严厉整治行政审批事项中以权谋私的问题。这事儿在大厅里我没说，怕群众听到引起公愤。"

秦丰年指了一下胡杨和谢明宇说："今天，我把纪委、组织部都叫来了，你们共同研究个办法，严肃清查各级政务服务中心设租寻租、肆意勒索钱财的腐败问题。就在我们市民中心，办理不动产登记、办工程建筑资质、走招投标流程，还有其他一些审批事项，都得送礼给钱！有的部门办一件事儿要给科处长多少钱、给一般工作人员多少钱，明码实价。谁拿钱就优先办，拿钱多快办，不拿钱就撂在那儿不办。在全市党员干部警示大会上，把市住建局赵国义作为'小官大贪'典型通报，我想问问，现在还有多少这样的科处长？同志们哪，这里是市民服务中心啊，可搞不好就是权力寻租的腐败中心！必须严厉整治，发动群众有偿举报，不管是谁一律严查，问题严重的坚决清除出公务员队伍，移送司法机关！"

秦丰年有些激动，说："我真担心岚集成为传说中的'哨鹿'……用花言巧语把投资客商引来，然后再去'围猎'！"

在座的部门领导都低头做记录，有意躲避秦丰年的目光。

秦丰年缓缓口气说："当然了，市民中心各窗口单位还是做了很多工作，但是出了问题，必须批评、纠正、改进。市民中心如果再出现'黄牛党'的身影，再出现吃拿卡要的现象，都要通过市电视台给予曝光，部门主要领导公开向全市人民检讨！"

第四十四章　切肤之痛

11 月 7 日，星期五，立冬

岚集春夏秋冬四季分明，节气那叫一个准。立冬先封天，气温明显有了冷意。

时光如梭，秦丰年自打初春履新，一晃已经入冬，日子过得催命似的。宋春梅起早给他找出来绒裤和毛衫，还有高筒加厚袜子，秦丰年的胃病忌讳脚底着凉。

一大早他就接到胡杨的电话，说省纪委来一个查办刘建超的专案组，要在岚集待几天。

上班后，秦丰年和胡杨与专案组的人见面，沟通情况。专案组提出上午10 点要给岚集市的相关涉案人员集中开会，要求他们配合办案，也告知这些人主动向组织说明自己的问题。

专案组长是省纪委常委、第五监督检查室魏主任。魏主任跟秦丰年讲，专案组这次来主要是从行贿受贿的线索入手，核查刘建超在岚集的问题。刘建超本人交代，岚集市给他送钱累计五万元以上的党员领导干部有十六人，其中送三十万元以上的九人，企业老板送三十万元以上的有八人。刘建超有个记账本，哪年哪月哪日一笔笔记得清清楚楚。今天要给这些涉案人员开会。送钱数额五十万元以上的由省纪委立案查处，十万元到四十九万元的由市纪委立案查处，其他人员要跟市纪委说明情况，市纪委综合后向省纪委报告，如有重大线索再立案查处。

魏主任递过一张纸说，“这是涉案人员名单……”

秦丰年大概看了看。一声叹息：“二十四个涉案人员啊，够得上一场小‘地震’啦！”

魏主任说：“幸好岚集有你秦丰年。刘建超承认，因为你他有所顾忌，有几个送钱买官的、要工程的，送钱数额都很大，刘建超把钱给退回去了，他知道在你这儿通不过的事儿，钱不能收。”

秦丰年说：“可他还是贪得无厌，疯狂敛财啊！”

魏主任说：“可不是咋的，有些干部具备提拔任用的条件，但也得给他送钱。个别的是纯粹买官，庆丰区有个副区长叫李中原的就是。”

秦丰年说：“这人我知道，刘建超答应他当市委副秘书长，解决正处级实职。”

魏主任说：“李中原第一次给刘建超送三十万，提拔到副区长岗位，后来又送四十万，还没提呢刘就离开了岚集。后来李中原多次向刘建超索要后送的四十万，还威胁如果不还钱就到中纪委举报他，把刘建超气得肝儿疼。”

秦丰年指示胡杨，全力协助专案组工作，认真对待每一个涉案人员，把情况弄清楚，肃清刘建超在岚集的流毒影响。

送走省纪委的人，秦丰年坐下来处理桌上一摞文件，忽然听到窗外传来有节奏地叫喊：

“我们要见秦丰年！我们要见秦丰年！”

吴大军去问咋回事，不一会儿回来说，是十几个鄂河市来岚集打工的农民，在城区某建筑工地干瓦工和力工，工程已经结束，施工单位拖欠他们三十多万元工资不给。

秦丰年说："你去告诉他们别喊了，选两个代表，晌午一块儿吃口饭，我听听啥情况。"

市委食堂小餐厅，餐桌上加了两套餐具，两位农民工代表拘束地坐在桌边儿，没了高声呼喊的勇敢无畏，却有点儿不好意思。秦丰年对两个农民工说："动筷呀，今天立冬吃饺子，趁热乎吃。知不知道立冬为啥要吃饺子？"

农民工拿起筷子，边吃边说："这事儿上哪儿知道去。"

秦丰年告诉他们："咱们北方人都说'立冬补冬，不补嘴空'，吃饺子就是补冬。饺子形状像耳朵吧，吃了它冬天耳朵不受冻，'立冬不端饺子碗，冻掉耳朵没人管'。"

农民工笑着说："这个听说过。"

秦丰年问："你们是鄂河哪儿的人？"

农民工回道："青山镇虎牛沟，俺们一帮人都是青山镇出来的。"

秦丰年说："我老家在松林镇六间房村，咱们是老乡。"

农民工说："听说你是鄂河老乡所以才来喊你。俺们都待半个月了，管包工头要钱，他说施工单位没付工钱，他也没招，就鼓动俺们到市委找你上访。出来七个多月也不能空着手回家啊。"

秦丰年问李仲："你们了解是啥情况？"

李仲说，"施工单位叫宏业建筑工程公司，已经找到公司总经理齐开胜。他说开发商欠他三百多万工程款，不过，他还是答应下午就把欠农民工的工钱给付了。"

秦丰年说："让他们带着现金到市委来，当着媒体面把钱发给工人！快到年根儿了，要特别关注拖欠农民工工资问题。"

秦丰年又对谢明宇说："组织部抽调三十名后备干部到信访局挂职半年，争取在春节前把现有的信访积案、难案都解决了，同时也实地考核这些后备干部解决难题的能力。"

吃完饭，秦丰年让市委办和信访局的人陪着两个鄂河老乡去等宏业建筑工程公司来送工资。

省纪委专案组上午召开会议之后，就不断有干部给秦丰年打电话，强烈要求找他谈谈。秦丰年拒绝约见，说在省纪委专案组工作期间，不与任何涉案人员谈话。后来索性把手机关机，把座机来电也转到吴大军办公室的座机上。

吴大军敲门进来，说：“金融办副主任许晓芸说啥要见你，周秘书长、李仲主任怎么劝说也不行，情绪激动。”

秦丰年说：“那咋整，让她来吧。”

许晓芸走进秦丰年办公室就呜呜地哭。吴大军给她倒了一杯水，连同一个纸抽放在她面前，然后出去，关好门。

秦丰年说：“许主任你哭啥啊，我最见不得女同志又哭又嚎的。”

许晓芸一张一张抽纸巾擤鼻涕、擦眼泪，说：“哭出来心里好受点儿。”

秦丰年问：“跟刘建超有关是吧？”

许晓芸说：“嗯，上午通知我参加会，会后市纪委又找谈话。我都要崩溃了，死的心都有。就想找秦书记您说说……”接着又呜呜地哭。

秦丰年说：“那你就先哭，哭够了再说。”

秦丰年自己点了支烟，深深吸了几口。在他印象中，许晓芸是个挺优秀的女干部。她是学金融的博士，在市金融办工作了好多年。年轻时在西院儿是数得上的漂亮女生之一，如今四十好几了还风韵犹存。许晓芸当副主任已经六年了，为了再往前迈一步，她这几年逢年过节都给刘建超送红包，累计六万多人民币。

许晓芸说：“刘建超交代他和我有生活作风问题，说是我主动投怀送抱……纪委找我谈话，我承认了，前年和他有了那个关系，但绝不是我主动！这算什么？一种交易吧，他答应尽快给我解决正县级职务……结果并没有得到提拔，还落下一个权色交易的名声……我真是死的心都有！”

秦丰年只感觉心里隐隐作痛。面对许晓芸，他不知道该说啥。

秦丰年说：“许晓芸同志，事情已经发生了，正确面对吧，从中吸取教训！作为一名党员领导干部，无论如何党性原则不能丢，党纪国法不可违，道德底线不许破。你要主动配合调查，检讨自己的问题……要有心理准备，听候处理意见。千万别想不开。”

许晓芸擦干了眼泪，说：“我不会做傻事。跟您说说心不那么堵了。我走，回单位去，真是不好意思打扰您。”

秦丰年把自己反锁在办公室，坐在那儿一只接一只抽烟。刘建超接受纪律审查和监察调查，牵扯到岚集一批党员领导干部，涉嫌贪污受贿、腐化堕落。发生在自己身边儿的官场腐败让他不寒而栗，感到切肤之痛。

他毕竟与刘建超搭过班子，虽然在工作上有分歧，在决策时有不同意见，让人觉得两人不和睦，但实际上秦丰年对刘建超的意见主要反映在工作上。在具体决策过程中，他也听到些刘建超的负面信息，但是从班子团结和工作大局考虑，他并没有特别在意。现在看到刘建超如此疯狂敛财，道德败坏，让他深感震惊。

最近他才知道，岚集宾馆二十八楼01号房间竟然是刘建超的私人客房，他经常在那里和女人幽会。刘建超腐败的恶劣影响给岚集造成极大地伤害，既伤害了岚集人民，也伤害了岚集市委市政府的威望和党员领导干部的形象。

秦丰年深切意识到，在岚集分明有两个战场：一个是改革开放振兴发展的战场，一个是反腐败斗争的战场。这第二战场似乎更加血雨腥风，一拨又一拨的党员干部中枪倒下，场面极其惨烈。可令人费解的是，仍然不断有人以身试法，顶风作案，这充分证实了“反腐败斗争永远在路上”的论断是新时代执政的规律。

秦丰年自语道：“清风正气，谈何容易！”

第四十五章　铁肩担当

12 月 5 日，星期五

秦丰年接到贺大雷打来的电话，对方向他汇报说万鑫苯胺项目又出现麻烦了。

今天早上开始，万鑫苯胺厂附近的远达村，几十个村民出现头疼恶心眩晕症状，都说是闻到了从万鑫苯胺厂飘过来的异味，疑似吸入有毒空气。现在人已经全部送到乌图区人民医院观察救治。患者看上去很严重，经过初步检查没有生命危险。麻烦是消息在网上迅速传播，说远达村民被附近新建苯胺厂散发的异味熏倒，数十人中毒入院抢救。很快成为热点引发众议，矛头直指万鑫苯胺项目。

昨天，万鑫苯胺装置投料试车，进入正式开车的最后准备。

又是一起突发群体事件，而且与万鑫苯胺项目有关，马上受到省领导及相关部门关注。省委书记和省长都做了重要批示，要求妥善处置，消除影响，确保安全，维护稳定。主管工业和安监工作的副省长批示：迅速查明原因，采取措施确保远达村民生命安全；万鑫苯胺项目需汲取北重化工厂重大事故教训，暂缓启动装置开车投产！

秦丰年赶到乌图区，先到区人民医院，看望入院抢救的村民。

一共三十六个疑似中毒者，大都是中老年人，见市委书记来了，全都哼哼呀呀表情痛苦地呻吟。有人说：“秦书记给俺们做主啊，快把苯胺厂整黄了吧。这一刮西北风，苯胺厂那边难闻气味可恶心了，村民都中毒，老难受了。谁都知道苯胺那玩意儿毒性大，易燃易爆，可不能让他们生产啊……”

秦丰年好言安慰村民们先静养治病，眼下最要紧的是保证他们身体无恙。

秦丰年问医生是怎么个情况。医生小声对他说：“都说头晕、恶心、浑身没劲儿，正在进行采血化验等常规检查。可我怎么看都不像中毒。如果是急性苯胺中毒，患者会出现呼吸困难、皮肤瘀斑等明显症状，可这些人都没有症状。慢性苯胺中毒会有头痛、头晕、乏力、恶心等症状，可是他们昨天下午才闻到异味啊。俺们是整不明白了，得另请高人来进行诊断。”

秦丰年让市卫生局立即调全市最好的医生来会诊。

秦丰年又来到万鑫苯胺厂。见到愁眉苦脸的徐艳杰，开玩笑说：“这回徐总可贪大事儿了，好几十人中毒，网上疯传呢。”

徐艳杰叹了口气说：“我才不怕，苯胺厂从征地建厂到现在就没消停过，一步一坎儿，有人就是要把万鑫苯胺整灭火儿。可是我不怕，我们用科学数据说话，投料试车现场有一百多人，没一个有不良反应！村民疑似中毒，和我们没有关系。”

秦丰年说：“嗯，那也要做好充分思想准备，应对来自社会各方面的质疑。”

徐艳杰无可奈何地说：“秦书记啊，我们已经尽了百分之二百的努力。苯胺装置中间交接、联动试车、人员培训已经完成，各项生产管理制度、保运工作落实到位，安全、消防、急救系统完备，环保达到‘三同时’。在认真准备基础上，昨天进行投料试车。整个试车过程非常顺利，所有环保指标都在标准线以内。正常排放原料混合过程中形成的气体，有淡淡的化学品气味，但对人身体无害。现场五十多名在岗工人，没有人出现不良反应。相隔两公里以外远达村的人怎么会中毒？真是奇了怪了！”

秦丰年对徐艳杰说：“远达村那边儿所谓中毒你别有啥压力，你们安心进行投料试车全面考核，拿出考核鉴定，做好正式开车准备。”

徐艳杰满脸疑惑地问：“这种情况还能让开车？省政府领导说要‘暂缓开车’啊！”

随后，秦丰年在乌图区召开协调会。安排市卫生局出面请省里医学专家来进行权威诊断和治疗；让市环保局请省环保厅专家来对苯胺厂生产环境做进一步检测鉴定；让市安监局协调省安监局抓紧批复万鑫苯胺开车生产报告；指示市委宣传部和网信办正确引导舆论，适时发布官方情况通报。

12 月 8 日，**星期一**

远达村民“疑似中毒”事件在网上、在岚集没有引起大的波澜。虽然开始流传的“群体中毒”很恐怖，但没有出现死亡病例也没有重症，这一突发事件渐渐失去热度。

经环保部门严格检测，万鑫苯胺投料试车符合各项环保标准要求，没有排放或泄漏有毒气体。

那村民们中的是啥毒呢？从省里请来的医学专家经过反复会诊，最后做出权威结论：心因性疾病。

专家解释说：“往往同一群体（比如一个村儿的人）对某件事情具有相似的看法和态度（比如讨厌新建苯胺厂），就会得同一种病（比如都出现头痛、恶心、眩晕等症状）。他们会产生不安全的情绪，生活在烦恼之中，又无法解释病因，于是中毒便成为理由，以消除内心的不安和苦恼。心因性疾病没啥特效药，症状发作期短暂，一般两三天就能消失。”

可是到了第四天，住院的村民依然在呻吟。常规检查各项指标都正常，没有加重症状，但谁都没有想出院的意思。有的还要求治疗原来的老病，高血压、糖尿病、腰脱、青光眼什么的，医院很是为难。村民说就多开点儿药打打针呗，反正都是区政府花钱。

乌图区组织机关干部一对一做思想工作，劝导他们解除心疑，回家休养，但是没什么作用。

医院不得不下通知：从明天开始，住院产生的费用全部由个人承担……这下可好，不到半天时间，村民就都出院回家了。

12 月 19 日，星期五

疑似中毒事件平息了，另一个问题摆在万鑫苯胺项目面前。

万鑫苯胺完成了投料试车全面考核，装置生产能力、消耗指标、产品质量、设备性能、自控水平等都符合设计要求，而且办齐了所有的许可，完全具备开车条件，计划 12 月 22 日正式开车。

可是由于北重化工厂发生过重大生产安全事故，再加上远达村民出现心因性疾病群体事件，省安全生产监督管部门要求万鑫公司再报一份装置正式开车方案，批准后才可开车。

开车方案报上去十多天没有批下来。万鑫公司不断询问，省里就说正在研究。

离开车的日子越来越近了，省安监部门又提出需要请省领导在方案上签字“同意开车”，他们才能批。企业又去省政府，想请分管安监工作副省长签字。省政府办公厅说没有先例，省长怎么会在一个企业装置开车方案上签字呢？企业又去找安监部门，说那最低要请岚集市主要领导在方案上签字“同意开车”。而且开车时间也不能在原定的 12 月 22 日，因为省政府领导明确说要“暂缓启动装置开车投产”。

秦丰年心里明白，省安监部门压根儿就不赞同岚集地方企业把苯胺项目接过来。生产化学危险物品本身有安全风险，再加上爆炸、污染的前车之鉴，审批苯胺装置正式开车，确实有一定难度。如果真的搞砸了，再出安全事故，必须有高层领导担责。这是正常的领导决策风险，必须坦然应对。

为此秦丰年主持召开专题书记办公会，研究部署万鑫苯胺装置开车生产问题。相关市直部门、乌图区、北重和万鑫集团负责人列席会议。

秦丰年说："省安监部门坚持必须由省领导或市主要领导签字，有他们的道理，算是风险分担吧。而且这个字也不能让省领导签，把矛盾上缴？那是无能、不负责、不作为。"

李静亭说："我来签这个字好了，让我承担这个责任风险，万鑫苯胺必须如期开车。"

秦丰年摆摆手说："签字的事儿就别争了，项目是我抓的，应该我来签。开车时间'暂缓'两天，改到12月24日。万鑫苯胺完全具备开车条件，我心里有底。但还是要做到万无一失，不能出一点儿差头。必须做好可能出事儿的充分准备。徐总啊，你们厂内的岗位消防器材、护具一定要备齐，人人会用。"

徐艳杰说："请领导放心，都准备好了。"

秦丰年又对乔宏宇说："宏宇，开车那天北重多派些技术骨干来，在关键环节岗位上帮助操作，保证装置运行起来。同时，把你们的消防队调过来，和市消防支队一同执行防护任务。"

乔宏宇说："行，我们消防队听市消防支队统一指挥。"

秦丰年又说："所有消防车都要在苯胺厂四周隐蔽待命。明白没？别摆在明处，那么多消防车在现场会让人感到恐慌。大面上看不到几台消防车，假如发生事故，所有消防车务必在五分钟之内到达现场。乌图区要组织警力维护厂区周边治安秩序，一定时间内让各种车辆和群众远离。120要保证足够的救护车辆在乌图区集合听候调遣，区内各医院也要做好群体伤病救治的准备。环保、安监部门各负其责，做好保障服务工作。各个方面共同努力，保证万鑫苯胺顺利开车！"

秦丰年在“岚集市万鑫苯胺装置正式开车方案”上签字：

“同意开车。秦丰年”

12月24日，星期三

过了冬至，东北进入一年中最冷的数九寒天。昨夜下场大雪，白雪把天空洗得瓦蓝。崭新的万鑫苯胺厂耸立在蓝天之下白雪之上，硝基苯初馏塔、硝基苯精馏塔、粗硝基苯罐、硝酸罐、氮气罐、苯胺捕集器等设备，集合成一座壮观的化工城堡。

万鑫苯胺今天正式开车。

没有举行啥仪式，上午10点整，总控室内，随着负责生产的厂长一声令下，所有电路、机械、管线有序开启，寂静的厂区立刻响起了运转与流动的轰鸣。

秦丰年坐在总控室里，观察开车情况。半个小时过后，整个装置进入平稳运转，各项数据都控制在最佳状态。供电、供排水、蒸汽、供氮、供风等各系统均正常运行。

秦丰年终于把悬着的心放下了。尽管他有十分把握，但是还是挺紧张的，因为这种担责实在太重。他举起来一瓶矿泉水，说咱们以水代酒好吧，祝贺万鑫苯胺开车成功！

总控室内响起热烈的掌声。

秦丰年说：“各部门还要严阵以待，坚守到明天上午，开车二十四小时之后再撤离。但愿岚集、万鑫苯胺、咱们大家都平平安安！”

秦丰年分别向省委和省政府领导汇报了万鑫苯胺开车的情况，既报平安也报个喜儿。按现时国际市场价格，明年万鑫苯胺满负荷生产，主打产品可实现五十亿销售收入，地方财政至少增加五个亿的税收，这对岚集来说是个很大的增长点。

第四十六章　岁末年初

12 月 31 日，星期三

公历一年的最后一天，过了今天明儿个元旦，又一个新年开始。

岁末年初，东西两院儿机关单位没啥急事儿大事儿，科处室留个值班儿的，其余人都回家准备迎接新年了。只有几个系统单位却是格外忙碌。每年这一天，市领导都要分头去走访慰问。

上午，秦丰年到岚集市税务局和高新区税务分局，走访看望紧张工作在年终结算岗位上的税务系统干部职工，向他们致以新年的问候和美好祝愿。

秦丰年说：”在即将过去的一年里，岚集市税务系统认真贯彻落实国家重大决策和税收政策，进一步优化升级纳税服务，为经济增长注入了活力。在外部环境严峻多变、经济下行压力持续加大的形势下，牢牢把握收入主动权，及时跟踪税源变化，严格收入执行管理，圆满完成了税收任务，做出积极贡献。市委市政府对你们的工作予以充分肯定。希望你们在新的一年里，牢记‘为国聚财，为民收税’的初心使命，持续落实好国家各项政策，扎实推动税务工作高质量发展。”

下午，秦丰年带队走访慰问公安和综合执法一线工作人员。在市公安局 110 指挥中心，他向全市公安干警表示衷心感谢，并致以新年问候，勉励大家立警为公，执法为民，发扬优良传统，实干担当作为。在交警支队“岚集公安交通指挥中心”，大屏幕实时监控着各地的交通状况，干警们正通过监控系统管理全城交通。吕宝华介绍说，全城各条道路高空和低空布满了摄像头，交通系统是一个由摄像头和路口红绿灯传回数据的系统，由实时现场画面和模拟交通路口画面组成。现场交警有一定权限调整红绿灯时间来调整车流，而指挥中心拥有最高权限，可以随时根据交通情况来适当调整现场的红绿灯时间实现交通通畅。不过，在早晚高峰时，个别路段堵车现象严重，现在有车的人越来越多，车流量太大，没有办法。

晚上，秦丰年又带队去看望慰问市财政局年终结算工作人员。他同加班的工作人员亲切握手，祝福大家新年快乐。认真听取了全市财政年终结算工作汇报之后，秦丰年对大家说：“今年在非常困难的情况下，实现财政收入与经济发展同步增长，收支形势稳定，资金管理效能提升，充分发挥了引导调节、支持保障作用，市委市政府对财政干部的辛勤工作表示衷心感谢！”

秦丰年来到岚集商业银行，已是夜间11点多了。行长说：“行里大多数人都在熬夜加班，对会计年度内业务活动和财务收支情况进行综合结算，这是个很大的工程，银行账目多，所有账目必须结转平衡，差一分钱都不行。各个支行和各个部门环环相扣、无间配合，全方位协调，年终结算非常辛苦。”

银行年终决算日形成一个传统，就是食堂晚餐和夜宵不分钟点随便吃。非业务科室的同事都来给参加决算的同事们包饺子，一屋子人热热闹闹、有说有笑，一拨人来一拨人走，场面十分温馨。秦丰年跟着吃了几个饺子，这时候，已经到了午夜0点，银行一年的成绩单终于出炉。

新年的钟声敲响，千辛万苦的一年画上了句号，而新的更加艰苦的一年大幕拉起。

秦丰年和岚集商行的员工迎来新的一年。

1月19日，星期一

市委召开十届七次全体委员会议。

一般情况下，每年到了这个时候，市委要先召开全委会，为总结过去一年工作、筹划新一年任务把方向、定基调、提目标；然后在春节之前召开人大、政协“两会”，市政府报告工作，全面部署新一年任务目标，经人大、政协会议协商讨论、审议通过。过了春节便是省里的“两会”和全国“两会”。三月份基本上把各个层级的会议都开完，这叫新的一年“开局”，进入四月后开始抓落实。

秦丰年代表市委做工作报告：

“同志们，过去的一年是国内外环境极为严峻、充满变数的一年，也是我市诸多社会矛盾和问题凸显的一年。在错综复杂的情况下，我市保持了健康较快发展态势。全市地区生产总值预计增长11%，固定资产投资增长20.8%，规模工业增加值增长10%，社会消费品零售总额增长13.5%，全口径财政收入、地方级财政收入分别增长10%和22%，城镇居民人均可支配收入和农民人均纯收入均增长16%……

“各类企业平稳运行，百户重点企业总体止跌企稳，十大行业均保持不同幅度增长。全市工业企业实现利润七十二亿元，亏损企业减亏二十一亿元。新生成民营企业三千八百户，个体工商户二万七千五百户，民营经济主营业务收入、上缴税金分别增长24.7%和19.2%，成为稳增长的重要支撑……

“我们深入实施投资拉动、项目带动和创新驱动战略，经济结构进一步优化，战略性新兴产业比重增加了三个百分点，一批技术改造升级项目取得重大进展，昊宇重工数据中心、驰讯软件、星云智能机器人、云水制药、中凯新源碳纤维、大地集团小坂山满族文化园等标志性大项目落户我市……

“在财力紧张情况下，我们围绕解决民生问题加大投入，向全市人民群众承诺的提高城乡低保标准、实施‘暖房子’工程、推进公平享受义务教育优质资源、购置大型诊疗设备、扩大城市绿化、改善城市景观和生态环境等十项任务全部落实。

“我们认真落实中央‘八项规定’，开展对照检查边整边改。彻底解决了公款吃喝、中午喝酒问题，公车私用、发购物卡、请客送礼等现象不见了，机关和干部作风呈现新气象。通过严格的阶段性工作述职测评，调动了广大干部的积极性和创造性，大多数党员领导干部把主要精力用在党和人民事业上……

“我们必须看到，虽然我市大部分发展数据保持两位数增长幅度，但并没有达到预期的年度计划目标。地区生产总值比预期增长15%差四个百分点，规模工业增加值差六个百分点，固定资产投资差五点二个百分点，社会消费品零售总额差六点五个百分点，全口径财政收入差十个百分点。只有城乡居民收入和地方级财政收入达到预期目标。要认真查找工作中的失误和差距，找到没达到预期的原因所在。

“总体看，今年国际市场需求持续低迷，加之贸易保护猖獗，西方国家再工业化进程加快，新兴市场国家大力推进产业转型升级，进一步加大供求格局失衡，加剧产能过剩，我市一些企业将直接或间接受到冲击和影响，目前部分企业仍处于停产半停产状态。因此今年生产形势不容乐观。同时，由于地区生产总值、规模工业增加值、财政收入等基数越来越大，每增长一个百分点都需要增加几亿甚至几十亿的绝对值。能否实现经济持续较快高质量增长，将面临更为严峻的挑战和考验。

“今年全市工作的指导思想是：深入贯彻落实党的十八大和习近平总书记系列重要讲话精神，以‘稳增长、调结构、促改革、惠民生’为核心，以全面深化改革为动力，以加强党的建设为保障，着力推动创新发展、统筹发展、绿色发展、开放发展和安全发展，创造高质量发展的新业绩。

“全市地区生产总值增长要保持10%以上，规模工业增加值增长12%以上，全口径财政收入增长12%以上，地方级财政收入增长18%以上，开工建设投资亿元以上项目一百项，城镇居民可支配收入和农民人均纯收入增长12%以上，全年增加‘三上’企业三百户，亿元以上企业增加五十户……”

秦丰年工作报告中还讲了新的一年里，岚集经济发展“十大任务”，城市建设“十大工程”、改善民生“十件大事”和党的建设十项重点工作。描画出岚集高质量发展新的蓝图。

这次全委会上，还进行了年度第三次领导干部述职测评。综合三次测评的统计数据，吉岗市委书记刘树东和昌平区委书记宋虎排在县区领导干部年度测评末位，市安监局和城管局长排在市直部门领导干部年度测评末位。这四名“一把手”引咎辞职，一年内不安排职务，两年内不得担任高于原任职务层次的职务。

第四十七章　而今迈步

1 月 23 日，星期五

按照省委部署，岚集市开展党的群众路线教育实践活动进入“对照检查”阶段。市委常委召开专题民主生活会，针对个人存在的问题开展批评与自我批评。

秦丰年亲自组织并积极参与这次主题教育实践活动，既是党建工作要求，也是自身完善的需要。

转眼间接任市委书记快一年了，又赶上这岁末年初，秦丰年想静下心来梳理一下履职情况，不仅要对那些事关全局的发展、改革、稳定、民生、党建等重点工作系统总结，也要对自身建设好好反省，做到自知之明。所以借开展党的群众路线教育实践活动机会，征求各方面的意见，查找自己的缺点和不足。

秦丰年分别和各位常委促膝谈心，交流思想，交换意见。在此基础上召开这个常委民主生活会，“照镜子、正衣冠、洗洗澡、治治病”。省委组织部和省纪委专门派人来参加听取情况，可见省里对这次民主生活会也非常重视。

每位常委都收到一份征求各方面意见反馈的问题清单，各位常委针对问题进行自我剖析，常委一班人开展批评与自我批评。

秦丰年最后一个发言。他首先感谢常委们一年来对他的信任和支持，表示作为市委书记，自己没有很好地履职尽责，岚集的发展还没走出困境，人民群众的许多愿望没有实现，党风廉政建设形势仍然严峻，自身领导素质和执政能力有待提高。然后他按照问题清单一条一条地检讨。

问题之一是“学习自觉性不高，相关学习制度坚持得不好，存在‘以干代学’现象”。

秦丰年检讨说：“这个问题我认。我呢确实没完成规定的学习笔记和网上学习内容，学习也没有系统性，基本上是用啥学啥，急用才学。我学习大体上是四块：一是参加省委和市委理论中心组学习，每年学五六个专题；二是平时阅读中央和省委红头文件，还有各种内部参阅资料；三是看党报党刊上的时事信息和理论文章；四是根据工作需要进行各种考察调查、研讨论证等活动，在实践中学一些东西。我有个活页笔记本，就是现在我手上的这个，里面记着上级领导讲话的重要观点，还有调研讨论的笔记、报纸杂志文章摘要、我在各种场合讲话提纲，各类信息都记在这个活页本上。我觉得吧，在学习问题上永远是学无止境，学海无涯啊。”

省委组织部的同志笑着说：“‘学习不够自觉，理论修养不到家’，这是领导干部通病，一般自我剖析都说这条。”

问题之二是“领导方法简单，事必躬亲，不能充分调动干部的积极性”。

秦丰年寻思了片刻，说：“对于我的工作方法，很多人不习惯，也看不惯。我在企业当过车间主任、分厂厂长、集团经理，后来又当常务副市长、市长，愿意抓实事儿干实事儿。现在当市委书记还事无巨细管得过于具体，有时候让分管领导和部门头头感觉不得劲儿，影响到他们的积极性。之所以会这样，分析起来有两个原因吧：一是我这人‘恨活儿’[①]，恨不能把所有的事儿一下子都干利索；二是对工作分工在认识上有问题，总觉得‘一把手’管全面对吧，那

① “恨活儿”：意思是非常想把活干完，哪怕拼尽全力。

啥事都可以管，反正目标是为了把事情办好、把项目促成、把问题解决了。所以往往就管得宽了、管得多了、管得细了。”

有常委说：“事无巨细是你秦丰年的工作特点，大事抓得紧，小事抓得实没什么不好。”

秦丰年说：“如何调动领导干部的积极性和创造性，这是我需要认真思考的问题。事实上岚集的各级党员干部还是蛮拼的，工作都是大家干的。要形成积极的用人导向，完善激励机制，引导激发党员干部为岚集发展不懈努力。”

问题之三是“存在官僚主义思想，对老干部不尊重，与一些部门领导思想沟通不充分，批评多鼓励少”。

秦丰年说：“这个问题提得严重。自己觉得对老干部老同志是怀有尊敬之情的啊，说我对老干部不尊重，有点儿想不通。”

李静亭说：“丰年同志，有两件事让一些人对你有意见。你还记得国庆节前在会议中心大合唱彩排不，你看人大合唱队唱完之后，说几个主任不张嘴，站在那里当‘摆设’，记得吧？当时就有人不高兴，认为你说这话是影射人大是‘摆设’，对几位老主任不尊重。还有一件事，你在抚桦抗洪救灾，一些部门单位领导去灾区慰问，顺便去看看你，你呢，不但不接见人家，还让市委办李主任把人都撵回来了，这就有些不近人情吧。”

秦丰年拍一下自己的脑袋说：“怪我说话欠考虑，顺嘴胡嘞嘞[①]。等我抽空去向人大几位老主任当面道歉，也要找机会向那些关心我的同志表示歉意。还有，我有时候批评人话说得重，甚至骂人，这是摆官架子，官僚主义臭脾气的表现。今后一定注意，不冲动，不情绪化，尽量温文儒雅。”

常委们都笑了，说如果没了脾气，那又不是秦丰年了。

问题之四是“公务接待中有大吃大喝现象，中秋节宴请客商属奢靡之风”。

① 胡嘞嘞：东北方言，意思是瞎胡说。

秦丰年说：“这个问题提得也尖锐，但是与事实有点儿出入。这几年，市政府和市委公务接待大大减少。中央八项规定出台之后，岚集基本上杜绝了公款吃喝的现象。但我还是非常感谢提些意见的人，也希望严格的社会监督，防止铺张浪费和奢靡之风。今年 8 月 15 那天晚上，我和静亭同志一起宴请在岚集投资创业的企业家，酒是我带的地产酒，多加的几道菜是静亭同志花的钱。都有据可查。”

李静亭说：“有几次宴请客人，都是丰年同志自己掏腰包加菜，自带酒水，他是花自己的钱代表岚集市宴请宾客。我就这次抢着埋单。另外，我们的宴请没有海鲜，没有野味，以品尝岚集传统风味菜为主，经济实惠，并不奢靡。”

秦丰年说：“无论如何要防止享乐主义和奢靡之风，我虚心听取批评。”

市委常委民主生活会开得和谐融洽，富有成效。

2 月 9 日，星期一

岚集极其平常的一天。清晨，太阳从青龙山后面冉冉升起，慈恩寺的平安钟照常敲响。昨夜又下一场中雪，一大早各种扫雪机械便出现在主要街路上清扫作业。

秦丰年依旧跑步晨练，看着清雪车把路上的雪清扫干净。回机关浴池冲个热水澡。

在澡堂子里，遇见市作协副主席谌卓然兴高采烈跟他汇报说：“秦书记，我要写一部小说，写一位你这样的市委书记，朝气蓬勃的新时代共产党员领导干部！”

秦丰年边冲沐浴边说：“你净胡扯，我有啥可写的，多写写老百姓，文学创作要坚持以人民为中心。”

谌卓然说：“这个我懂，中国共产党党员也是劳动人民的普通一员，不该把党员领导干部从人民的范畴中剔出去，甚至对立起来。”

秦丰年说："现在可是有种'仇官'的情绪呢，你写出来之后会有人骂，说你歌功颂德、吹喇叭抬轿子，何苦自找没趣呢。不如写反腐败题材的，或者写十里桃花庆余年什么的，流量销量或许还好。"

谌卓然坚持说："虽然你是市委书记，但也是个有血有肉的普通人，每天上班工作，下班回家，脱光了在澡堂子里和其他人没什么两样，有啥不能写的。"

秦丰年说："呵呵，你写吧，写出来也没有人乐意看。我得走了，今儿上午市人大会闭幕，下午还要去省里开会。我去吹吹头发。"

秦丰年就去佟师傅的理发室整头发。

老佟说："领导啊，你的白头发可多了，染染不？"

秦丰年说："不用，吹吹风定个型，别蓬头乱发的就行。"

市委办把《全省地级市经济社会发展数据分析》《全国10城市发展数据对比分析》《全市发展进度综合分析》等资料提供给秦丰年及各位常委，让各位领导"心里有数"。秦丰年把这些材料带到了人大会议会场，抽空翻看。

从预期完成的指标数据看，今年岚集各项总量指标增速都大幅度跃进，仅次于省城，牢牢占据全省第二的位置。地区生产总值增速高于全省平均水平三个百分点，经济总量占到全省的20%以上。虽然统计部门还没有出最后报告，但是这些数据基本上准确，不会有大的变化。

上午岚集市第十二届人大三次会议胜利闭幕。经过全体代表共同努力，圆满完成了各项议程。会议通过了关于岚集市人民政府工作报告的决议等六项决议。

经过全体代表充分酝酿，选举李静亭为岚集市市长。秦丰年在主席台上与李静亭握手表示祝贺。

下午，秦丰年接受一家中央新闻媒体记者采访。

记者问到一个敏感的问题，让他谈谈对“东北现象”的看法，说说东北为什么衰败、落后。

秦丰年说：“请不要一提‘东北现象’就同‘衰败’‘落后’这些词汇联系在一起，把东北说得一无是处。其实所谓的‘东北现象’是东北在全面振兴中爬坡过坎、艰苦跋涉的现实写照。首先，改革开放以来，东北不是没有发展，只是发展速度相对慢些，别人年增长 12%，我们年增长 10%，别人三十年经济总量增加 100 倍，岚集增加 50 倍而已。岚集人同全国人民一样在改革开放中获得实惠，生活质量不断提高。其次，虽然东北 GDP 不鲜亮，没有像样的互联网企业，缺少快消品企业和著名的房地产企业，不如发达地区富裕，但是聚集了一大批国之重器企业，比如岚集的北重集团、岚汽集团、江东机械等等。东北的价值不能用钱来衡量，不能用一个‘穷’字概括。第三，东北过去输出了过多的‘血液’，消耗了大量资源，付出了沉重的环境代价，需要休养生息。现在虽然发展的数字不好看，但是一定程度得到了修复和喘息。东北人不傻不笨也不懒，给一点儿阳光就灿烂。只要撸起袖子加油干，我们一定能把新时代东北振兴这项宏伟事业推向新阶段！”

采访之后，秦丰年去省里参加省委七届五次全会。

车牌号为“Z1746”的车在高速公路上飞奔。这一天对秦丰年来说，还真应了车牌的那个寓意：“祝一切顺利”，好几个事儿让他感到高兴。

吃午饭时，接到小晓打来的电话。小晓说：“秦爸，我已经出院了，能写作业了，能去游乐场玩了！”秦丰年高兴地说：“好样的小晓，你终于打败了病魔，是个了不起的小英雄！”小晓说：“秦爸，我就是有点儿想你，但是我爸妈说你工作太忙，让我在电视上看看你就行了。但是我还是想在你不忙的时候来和我玩儿。”秦丰年说，“小晓，等你开学的时候，我去送你上学校！”

还有，鸿城景观智能商住小区正式开盘，靠山屯儿杨学仁的女儿大学毕业在上海找到了工作，机械小区居民写了一封表扬信，说区政府彻底改造了小区供热系统，今年居民家中室温达到26摄氏度以上，热得只穿短裤和背心……

秦丰年坐在车上闭目深思。过去这一年的拼搏有些成效，他可以向省委交一份说得过去的答卷，兑现自己的承诺。

但是岚集发展了，其他城市也在发展，全国的城市都在阔步前进。所以一点儿都不能松劲儿，必须咬牙坚持负重前行，紧紧跟上新时代的步伐。

后记：敬畏信仰

中国在短短四十多年间发生了举世瞩目的历史性变革，全面进入小康社会，昂首屹立于世界强国之列。习近平总书记说："我们比历史上任何时期都更接近中华民族伟大复兴的目标，比历史上任何时期都更有信心、有能力实现这个目标。"不争的事实充分印证了中国人民之伟大，中国特色社会主义道路之正确，中国共产党领导之成功。

这是我创作《考验》的基础和前提。我为党和国家感到骄傲和自豪，心里底气十足。

党的成功领导既体现在正确的路线、方针、政策和宏观决策上，也体现在各级党政组织带领人民群众进行改革建设的积极实践之中。广大共产党人始终不渝地在为实现党的纲领和奋斗目标努力拼搏，抒写和引领崇高的时代精神，树立和弘扬社会正气。

"不忘初心，牢记使命"彰显着中国共产党人对崇高信仰的敬畏。基于对信仰的敬畏，一大批中国共产党人成为职业革命者，成为中华民族的脊梁。

我心怀崇敬，想通过《考验》着力刻画一位普通的中共党员领导干部秦丰年。他有坚定执着的信仰，是个有精神追求的人，秉持信念，追逐梦想。新时代需要这样有崇高精神追求的人。这样的人多了，国家就会更加强大，人民也会更加幸福。

中国共产党走过革命、建设、改革的峥嵘岁月，在新的历史条件下，仍然面临着执政、改革开放、市场经济、外部环境“四大考验”。这种考验实质是对每个党员坚定信念、敬畏信仰的灵魂拷问。

我们党一百年间从苦难走向辉煌，是共产党人带着初心和使命写就的宏伟诗篇。党历经坎坷，有过挫折，走过弯路，犯过错误，但始终保持朝气蓬勃的发展势头；党内有无数的革命家、英雄、烈士，也有叛徒、变节者和腐败分子，而党员干部队伍的主流始终是好的。我们的党经得住历史和人民的考验。

此时此刻，东北大地全面振兴的车轮仍然滚滚向前、轰轰作响，秦丰年正带领岚集人民迎接新的考验，奋力抒写建设现代化城市的新篇章。

2021 年 2 月